Ktx Col

PASSAGE DE MILAN

OUVRAGES DE MICHEL BUTOR

☆m

PASSAGE DE MILAN, *roman,* 1954.
L'EMPLOI DU TEMPS, *roman,* 1956.
LA MODIFICATION, *roman,* 1957.
RÉPERTOIRE I, *essais,* 1960.
RÉPERTOIRE II, *essais,* 1964.
RÉPERTOIRE III, *essais,* 1968.
RÉPERTOIRE IV, *essais,* 1974.
RÉPERTOIRE V, *essais,* 1982.

MICHEL BUTOR

PASSAGE
DE MILAN

LES ÉDITIONS DE MINUIT

© 1954, by LES ÉDITIONS DE MINUIT
7, rue Bernard-Palissy — 75006 Paris

En application de la loi du 11 mars 1957, il est interdit de reproduire
intégralement ou partiellement le présent ouvrage sans autorisation de l'éditeur
ou du Centre français d'exploitation du droit de copie, 3, rue Hautefeuille, 75006 Paris.

ISBN 2-7073-0198-1

I

L'abbé Ralon se pencha à la fenêtre. Il y avait Paris tout autour, séparé par une fausse muraille de brumes et de fumées couleur de teinture d'iode, de châtaignes et de vieux vin, après un vague espace vide apparemment, (sauf deux arbres maigres, élégants malgré tout, ayant déjà poussé quelques feuilles, enfermés par des palissades couvertes d'affiches), où l'attention découvrait des planches usées, des madriers, des lattes, et puis des pierres et des ferrailles, matériaux plus jamais utilisables, penserait-on, lentement polis par les seuls vents, et rongés par la seule poussière. Et pourtant l'assemblage sordide était perpétuellement la proie de minces remous. Depuis des années que l'abbé l'observait au moment des pages brunissantes, renonçant lentement à fermer ses volets, avant de s'installer près de sa lampe à contempler le passage des vitres de la transparence à la réflection, il ne se passait pas de jour qu'un de ces résidus d'objet n'eût été déplacé, n'eût disparu, ou qu'un nouveau n'eût apparu, ou un ancien réapparu, après une absence d'une semaine, d'un mois parfois ; comment savoir ou distinguer ? Depuis six ans que les deux frères avaient pris cet appartement

choisi pour sa proximité du lycée d'Alexis, jamais lui, Jean, n'avait surpris ce lieu qu'il
connaissait si parfaitement entre chien et loup,
à un moment où l'on y travaillât ; on a tant
besoin d'habitudes. Qui possédait cela ? Qui dé-
cidait de tout cela, fermant les yeux sur les
insignifiants dégâts qu'occasionnaient les habitants nocturnes ? Car on y vivait, on y man-
geait, on y allumait de petits feux honteux,
désordonnés, on s'y grisait de la tristesse de la
braise, brûlant ce qu'on pouvait casser sans
trop d'outils, sans jamais se douter qu'on était
détaillé, tous les soirs, à peu près à la même
heure, dans le carré noir d'une fenêtre en face,
par ce personnage penché sur sa barre.

C'étaient bien des individus, chacun avec sa
démarche particulière, ses accessoires, ses rites,
ses dates, mais sans noms, sans voix, sauf quelques bribes de rires, êtres de passages et de
retours incertains, comme ces lambeaux de
grands objets usés qui les accueillaient.

Dans le haut de l'air, ailes déployées, si ce
n'est un avion c'est un milan.

Les maisons basses, sans étages, en longues
traînées horizontales, avec des toits de bois ou
de zinc en diverses pentes, et les blocs qui
jaillissaient en pyramides et en terrasses, étalant
sur le ciel leurs balcons de fer tordu, et leurs
flaques de verre où se perdaient les dernières
traces du soleil, se mirent à s'allumer irrégu-
lièrement, et dans l'enfilade de la rue toute
teinte encore d'orient vieilli, on entendit les
quatre fers d'un cheval qui trébuchait. Le vent.
L'abbé, sans y penser, se retira. C'est à peine si
l'on devinait la blancheur du papier sur le ve-

lours gris sombre de la machine. Avec des doigts tranquilles et habitués, il caressa l'émail, sentit sa température fraîche, les beaux défauts de sa matière, chercha le fil, et alluma. Ce moment lui apportait toujours un sentiment mêlé de soulagement et de choc. On s'habituait à l'ombre, et tout à coup cette brutalité. N'y avait-il pas un chemin là, le chemin de la tombée de la nuit, que l'on abandonnait toujours trop tôt, que l'on n'aurait jamais le courage de suivre jusqu'à ses grands tournants ?

Les fleurs vertes et bleues brillent dans leur blanc autour du grand oiseau sous l'abat-jour. La lumière s'accroche aux rayons de bois et aux livres. Qui pourrait prétendre qu'on ne rencontre pas de tels animaux dans ces pays-là ? Mais le peintre l'a dessiné comme s'il y avait vu une des puissances de l'âme, et qu'il l'eût mis là pour avertir. L'Iran, l'Islam hérétique, la victoire des images, la perpétuation des civilisations anciennes...

Sonnerie.

« C'est Alexis, » dit Jean ; et il regarde sa montre : « sept heures neuf, j'avais entendu sonner l'église des sœurs quand je suis allé pour fermer les volets. Je n'aurais pas dû en faire une lampe. »

De l'autre côté des vitres, maintenant il n'y a plus rien.

Virginie Ralon guettait ce timbre. Comme tout ce qui touchait à sa vie, elle l'avait voulu d'une élégance précise, et pour parvenir au résultat actuel, qui bien entendu ne la satisfaisait qu'à peine, elle avait obtenu de ses enfants que l'on changeât deux fois l'appareil. C'était elle qui avait meublé tout l'appartement (sauf les bureaux de ses deux fils, où elle n'aurait jamais dérangé une lame de rasoir), et elle avait peuplé sa propre chambre d'objets glanés dans tous les ports où l'avait mené son époux aventureux, marin dans l'âme, quelquefois riche, souvent à la recherche des quelques francs nécessaires pour compléter le montant d'une note de gaz. Il avait ses folies, disait-elle ; c'était toujours quelque voyage. Une fois on s'était arrêté à Rhodes, et un splendide été cuisait les vitres du petit hôpital sale et croulant où il avait dû s'aliter. Les deux enfants étaient au séminaire en ce temps-là ; ils n'avaient pu voir les derniers instants de leur père, ni son convoi funèbre restreint sur un chemin pierreux, illuminé de guêpes, et d'où l'on voyait si bien la mer. Aussi, comme elle n'avait pas su, là-bas, trouver de photographe, elle avait fait agrandir et encadrer toutes les images où elle retrouvait quelque reflet de ses regards tranquillisés, plusieurs portraits d'identité qu'elle avait décollés elle-même de leurs cartes, et diverses reproductions d'œuvres d'art, et les avait disposés sur le mur nu, comme des icônes, ornés de fleurs et de dentelles toujours fraîches.

Elle rangea dans un tiroir l'ouvrage au crochet qu'elle avait pris à son retour des vêpres, vérifia l'état de ses ongles, et lentement, s'habillant d'un sourire pour tenter de se dissimuler la légère inquiétude qu'elle ne pouvait s'empêcher d'éprouver lorsqu'un de ses fils allait rentrer, elle traversa sa chambre, alluma son lustre au passage, s'enfonça dans l'entrée encore obscure,

et manœuvra le mécanisme d'ouverture de la
porte avec précautions, incapable qu'elle était
d'écarter tout à fait le souvenir du visage san-
glant de son mari, apparu quelque quinze ans
plus tôt, ainsi, dans l'embrasure d'une porte
qui n'était leur que depuis peu, et à propos
duquel elle n'avait jamais réussi à arracher que
des explications confuses et contradictoires,
mauvaise semence qui avait proliféré dans son
esprit inventif en images de violence.

Le grand visage de l'abbé Alexis la rassura,
fatigué, mais guère plus soucieux que d'habitude.
La verrière qui servait de plafond à la cage de
l'escalier n'éclairait pour ainsi dire plus. On
entendait le souffle huilé de l'ascenseur qui
descendait. Il l'embrassa. Il claqua la porte
derrière lui. Il tenait son chapeau à la main.
Elle le vit accrocher sa pèlerine au porte-man-
teau, pénétrer dans sa chambre sans dire un mot,
scène qui se reproduisait tous les soirs, et dépo-
sait en elle chaque soir un peu plus de tristesse,
car elle aurait bien voulu qu'Alexis au moins la
mît au courant de ses ennuis quotidiens, puisqu'elle avait depuis longtemps renoncé à comprendre quoi que ce soit aux travaux compliqués
de son aîné. Elle retourna dans son musée sentimental afin d'y fermer les volets, s'y attarda,
laissa un léger soupir lui échapper, puis refaisant
l'ombre derrière elle, s'achemina jusqu'à la cuisine, où l'attendait la mise au point du dîner.

Montons.

Si Frédéric Mogne a pris l'ascenseur ce n'est
pas pour gagner du temps ; qu'en ferait-il ? Il
arrive que son cœur le gêne ; il évite les esca-

liers. Lent pour chercher sa clé, lent pour ouvrir.
Encore un peu de jour amer et violet. Etroit,
restreint, l'espace dans lequel il rentre — tant
de personnes s'y coudoient, — sans nouveauté —
on n'a ni le temps ni la place de les regarder.
On arrive, on se retrouve, on dîne. On s'évite,
on ne sait rien se dire, on s'endort, tandis que
tout continue à s'agiter, et le lendemain il faut
retourner à la banque où l'on dit de lui que
c'est un homme de quarante ans qui en paraît
soixante, alors qu'en réalité il en a cinquante-
cinq, où son métier ne l'intéresse nullement, où
il est sans espoir du moindre avancement qui
reculerait cette échéance de cinq ans, après
laquelle il n'aura plus que la moitié de son
salaire, et qui sait si les enfants seront tirés
d'affaire d'ici là ? Où il a gardé une certaine
virulence dont il se sert comme bouclier, et qui
contraste avec les traits usés de son visage, et ces
cheveux déjà clairsemés, déjà gris. Chez lui, il
abandonne ce rôle comme un vêtement trop
raide, et c'est un homme traînant dès le seuil
d'en bas, un vieillard déjà routinier qui regarde
automatiquement dans la loge des concierges s'il
y a du courrier pour lui, alors qu'il n'attend
rien, car il n'écrit pas, et qu'il sait bien que
tout aurait déjà été monté par un des membres
de sa smala.

Il accroche son manteau, jette sa canne dans
un cylindre de carton à bord de cuivre, et le
son qu'elle produit est un signe que tous reconnaissent à l'étage, car la « maison » est pleine,
mais personne n'est là pour l'accueillir, et l'on
entend seulement une voix de jeune fille crier :
« Maman, papa est rentré, papa est rentré. » Et

lui sans rencontrer personne encore, va jusqu'à
sa chambre, allume, s'assied sur le lit, dénoue
les cordons de ses chaussures.

Ainsi venait de faire Alexis, quelques mètres
au-dessous de lui, séparé par les planches, les
poutres, les lattes, et le plâtre qui ferme le plafond de sa chambre obscure, et qu'il contemple
étendu sur son lit deux fois moins large, en
extrayant lentement de sa poche un paquet de
cigarettes, en en tirant une, en l'allumant. La
flamme s'est reflétée dans la fenêtre, et dans
la glace qui lui sert à se raser, dorant un instant
sa main, l'isolant et la glorifiant dans cette
caverne tranquille ; et puis bientôt un seul
point rouge est lumineux, envahissant l'épaisseur de l'air des invisibles cheminements de
son odeur. Pourquoi penser encore à tous ces
visages ? Faut-il que l'image des cours de son
lycée le poursuive jusque dans son terrier où il
cherchait un peu de répit comme un lièvre ?
Ces enfants dont il ignore tout malgré ses
efforts, ceux qui l'évitent, qui venaient autrefois et dont il sait qu'ils le méprisent, ou qu'ils
lui en veulent, et les autres qui viennent encore,
et se découvrent, illuminant les mornes cause-
ries contradictoires qu'il organise envers et contre ses échecs, brillants de questions, de passions
et d'intelligence mais qui bientôt ne viendraient
plus.

Le passage du métro sous la rue fait trembler
le verre à dents sur la tablette.

Il sentit que la cendre de sa cigarette était
tombée sur le lit. Se rassemblant, il fit la
lumière, répara le dommage, se lava la figure et

les mains, prit sa serviette, et passa dans son bureau pour travailler à son courrier.

Tout le linge de la maison Mogne est dans une immense armoire noire qui laisse juste assez de place pour le grand lit et les deux chaises cannées où les époux déposent leurs habits en se couchant.

Frédéric ouvre les vantaux. Il ne sait jamais où sont ses affaires. Les piles de draps sont couronnées chacune par un petit sachet de lavande. Rafraîchissante odeur, rafraîchissante blancheur, rafraîchissante propreté. Il s'agit de trouver un vieux carton de cordonnier qui est toujours à la même place, mais ça ne suffit pas pour que l'on s'en souvienne quand on rentre de son travail.

Voilà ce qu'on cherchait : un petit œuf mou de tissu noir. Il le déplie, et le divise en deux bandes qui s'ouvrent sous ses doigts, et qu'il enfile à ses pieds, l'une après l'autre, consciencieusement. Il tire ses pantoufles, s'installe dedans, éteint.

Parvenus tout en haut de l'escalier étroit qu'un reste de lumière lessivait de cendre et de chlore, Vincent et Gérard Mogne aperçurent le jeune Lécuyer qui fermait sa porte, et fourrait sa clé dans sa poche.

« Salut, Lécuyer.

— Bonjour.

— Alors, » dit Gérard, « c'est pour aller chez les curés que tu t'es mis en dimanche comme ça?

— Te fâche pas, Lécuyer », dit Vincent, « te

fâche pas. On va s'y mettre aussi ; tu sais : le bal des Vertigues. »

Ils fouillèrent tous les deux dans la poche droite de leur pantalon.

Les chambres du sixième sont desservies par un long couloir à deux coudes, éclairé de jour par trois trous carrés qui traversent l'épaisseur du toit au milieu de chaque tronçon, de telle sorte qu'aux coins l'obscurité est quasi totale, même à midi, et, de nuit, par trois faibles lampes, fixées au plafond à côté des trois orifices, et reliées à la minuterie mineure de l'immeuble — domestiques —, pour laquelle on a pensé qu'un seul interrupteur au sixième serait suffisant, sur le palier, ce qui oblige le plus souvent les habitants des chambres à se passer du secours de leurs yeux jusqu'aux marches.

Les portes des deux frères se font face, la fenêtre de Vincent, l'aîné, donnant sur la rue, celle de Gérard au-dessus de la coupole du grand escalier.

Louis Lécuyer passa entre eux deux.

« A tout à l'heure, on se retrouvera chez Angèle, » leur lança-t-il en se retournant.

« Sacré Lécuyer », dit Vincent en entrant chez lui. Il alluma. « T'as vu s'il était fier, mon p'tit voisin ? Dépêche un peu, Gérard, papa va encore nous engueuler.

— Ça va, ça va, Henri vient dîner ce soir. Il est probable qu'il n'arrivera pas trop tôt.

— N'empêche. Allez. »

Les deux portes se referment.

Frédéric Mogne s'est assis au salon près de la petite table où son fils Félix a coutume de

faire ses devoirs. Il est là. Quand la porte s'est
ouverte, il s'est empressé de cacher quelque
chose sur ses genoux. Il lève un regard un peu
inquiet, s'attendant à être découvert, et craignant les questions épineuses. Mais les yeux
fatigués se tournent à peine vers lui, et la voix
morne, machinale, qui débite le rituel :

« Alors, Félix, tu as bien travaillé aujourd'hui ? »

n'attendait pas d'autre réponse que ces yeux
en dessous, ce :

« Oui, P'pa, »

résigné qui coupe court.

Propre du temps :

« Tu sais que si tu n'as pas fini tes devoirs,
je t'interdis de monter danser.

— Mais oui, je sais, P'pa. »

Sur la cheminée la grande pendule sonne la
demie de sept heures. La loupe de cuivre du
balancier passe et repasse derrière son trou. De
chaque côté, deux lions de faïence blanche et
bleue, dressés face à face comme les deux moitiés d'un serre-livres, brandissent leurs bobèches
vides. Objets des sarcasmes un peu usés de Vincent. La petite aiguille des secondes a fait un
tour.

Frédéric prend sur le coin droit un pot vert
tesson, cadeau de ses enfants à l'occasion de
quelque fête, l'installe sur ses genoux, tire sa
pipe, soulève le couvercle, et s'aperçoit que sa
réserve est épuisée. Félix, après avoir furtive-
ment terminé son chapitre, crimes, enquêtes,
et cryptogrammes, a calé son front entre ses
poings fermés, et commencé à marmonner sa
lecture scolaire, physique, changements d'états,

de façon à bien faire comprendre à son père qu'il est maintenant tellement absorbé dans son travail que la présence de quelqu'un dans la pièce lui est devenue imperceptible.

Comédien, se dit Frédéric, levé, qui repose le pot vide à sa place, va fermer les volets en s'appliquant à ne pas déranger son fils, puisque, pour l'instant du moins, il étudie, puis commence à errer dans l'appartement à la recherche du journal, et comme il sait que ses filles sont à la cuisine, et qu'il n'a nulle envie de déranger inutilement sa belle-mère, c'est chez son père qu'il va frapper.

Paul Mogne est un petit vieux chauve et rougeâtre, assis dans son grand fauteuil, les pieds couverts d'un plaid mité. Frédéric entre sans avoir rien entendu ; l'âge rend les plus vifs durs d'oreille. Rituel mezzo-voce :

« Bonsoir, Frédéric, alors tu as bien travaillé aujourd'hui ?

— Oui, oui. » Changeant vite de ton : « tu n'aurais pas vu le journal, par hasard ? » Il s'aperçoit que son père le tient dans une main, tandis qu'il balance de l'autre le lorgnon qu'il vient d'enlever, et la voix un peu hésitante reprend, comme s'adressant à elle-même :

« J'étais justement en train de lire cette enquête sur les mines. Il y a des choses bien curieuses ; je suis sûr que ça t'intéssera.

— Si tu n'as pas fini, termine-le.

— Prends-le, j'ai tout le temps ; je n'aime pas lire quand on me presse.

— Mais non, papa, je t'en prie ; je n'avais pas le moins du monde l'intention de te presser, je te demandais seulement. D'ailleurs nous allons bientôt dîner.

— J'aurais peut-être le temps de finir mon article juste avant de me mettre à table ; il ne me reste que quelques lignes ; comme ça tu l'auras pour toute ta soirée. Henri n'est donc pas encore arrivé ?

— Henri ? Quel Henri ?

— Mais voyons, le mari de Jeanne ; je croyais qu'ils venaient ce soir.

— Ah, première nouvelle... Mais oui, naturellement, je n'y pensais plus... Tu es sorti aujourd'hui ?

— Non, je me sentais les jambes tellement faibles après le déjeuner.

— Tu as raison, ne te fatigue pas.

— Je sortirai de moins en moins, Frédéric, je ne sortirai presque plus.

— Mais quelle idée ? L'été va venir, tu te sentiras beaucoup mieux... »

Il n'insiste pas. Il ouvre la fenêtre, aspire l'air du dehors, tire les volets, ferme doucement, sort discrètement, promène son désœuvrement.

Chez les Ralon, madame Tenant était maîtresse à la cuisine, comme les abbés dans leurs cabinets de travail. Certes, elle n'élevait jamais la voix, mais c'était par respect pour son invitée, non pour sa supérieure. Dans n'importe quelle autre pièce elle était la docilité même, ici la courtoisie. On la sentait chez elle, fière de son domaine tenu fort propre, et d'autant plus sien qu'elle avait su y apporter des améliorations toutes personnelles. Ainsi elle avait pris la peine

d'écrire au ripolin au-dessus de chacun des
clous le nom de l'ustensile qui devait s'y attacher. Non par souci de commodité ; on pense
bien que chacun des objets du ménage lui était
individuellement connu, et qu'elle n'avait nul
besoin d'aide-mémoire pour replacer le plus
humble d'entre eux à la place qu'elle lui avait
assignée. Dans l'obscurité même elle aurait su
trouver le piton de la râpe, le grand faitout des
jours de pot au feu, la turbotière là-haut sur
sa planche, enveloppée de vieux journaux, car
on ne s'en servait que deux ou trois fois l'année,
manœuvrant au milieu de cet assortiment avec
des réflexes aussi sûrs qu'un bon pilote de sous-
marin dans sa cabine. Mais c'est d'Allemagne
qu'elle était venue toute enfant, et son imagination aimait à s'alimenter de surnoms et d'emblèmes ; une armoire de bois blanc ne lui semblait complète qu'une fois historiée, et, durant
toute sa vie française, lasse de ces meubles in-
suffisants, elle avait caressé le désir, maintenant
réalisé, de reconstituer autour d'elle, pour ses
vieux jours, un peu de la Bavière de son enfance.

Ce n'est qu'après, la mort du maître aven-
turier, auquel elle avait été si sensible, elle
aussi, une fois l'appartement changé, le déménagement, la vieille vie quittée, qu'elle avait
osé décider de changer ces murs nus, dont la
blancheur de laboratoire, couleur qu'elle approu-
vait pourtant pour sa propreté, pour la façon
dont elle réfléchissait la lumière, et la finesse
nouvelle qu'elle conférait aux objets qui se
détachaient sur son fond, mais dont elle n'ad-
mettait pas qu'elle s'imposât partout, l'avait

gênée dès les premiers moments. Sur cette paroi inhumaine, il fallait faire que tout fleurît ; elle avait attendu le soir que tout le monde se fût couché ; elle n'avait pas bronché lorsque madame était venue lui dire bonsoir, tout à fait comme si elle allait monter, si régulière, mais elle était restée ; prudente — elle aurait détesté qu'on la dérangeât, et elle avait eu l'occasion de constater à quel point Virginie Ralon était curieuse —, elle avait feuilleté sans grande attention son missel, le seul livre qu'elle possédât avec un vieux traité du cuisine illustré de gravures au trait, car elle était un peu nerveuse, ce soir-là, pour se mettre sérieusement à sa broderie ou même dire son chapelet, tandis que la lecture au moins, pensait-elle, était une occupation que l'on pouvait bâcler sans gravité, et l'exemple de Jean Ralon toujours aux prises avec d'énormes livres dont parfois même l'écriture était inintelligible ne changeait rien à l'affaire, puisque c'était comme cela qu'il gagnait sa vie, de même qu'il y a bien des gens dont le métier est de chanter ou de danser, ce qui pour tous les autres n'est qu'une distraction, et qui ont besoin de travailler durement pour arriver à bien chanter ou à bien danser.

Puis elle avait entendu sonner onze heures. La fenêtre était restée ouverte, et dans sa préoccupation elle ne s'en était pas aperçue ; presque un mauvais présage, n'est-ce pas ? Elle s'était levée toute émue pour la fermer. La lune, ce soir-là, frappait les carreaux de tout son éclat, sans persiennes comme ceux des quatre autres cuisines de la maison, empilées sur celles-ci. Puis elle avait sorti de son tiroir personnel,

celui où elle rangeait son ouvrage et son portefeuille, une série de petits pots cylindriques
et de pinceaux minces.

Et le lendemain, quand la chère patronne
(ainsi qu'elle avait coutume de la nommer dans
ses longues conversations de palier avec madame
Phyllis ou la petite Gertrude), était venue lui
dire bonjour avant le petit déjeuner, elle avait
commencé par ne rien voir, puis, remarquant
l'émotion de sa dame de cuisine, elle avait regardé discrètement autour d'elle afin d'en découvrir la cause, et vivement :

« Oh, quelles sont donc ces fleurs que l'on
a voulu peindre, là, sur l'armoire, ce grand
bouquet de lys rouges, de narcisses, de di-
gitales ? Mais c'est ravissant. »

Plus tard, au fur et à mesure que l'ouvrage
avançait, elle avait su l'admirer, un peu jalouse.

« Vous ne voyez donc pas d'inconvénient à
ce que...

— Mais comment, ma très bonne ? Vous savez
bien que vous êtes ici chez vous. »

Tous disaient qu'elles s'adoraient ; on les citait
en exemple, ou en exception, et il est vrai
qu'elles n'envisageaient même pas la possibilité
de vivre loin l'une de l'autre ; tant de choses
liaient leurs deux vies. Veuve depuis bien des
années déjà, Charlotte Tenant avait été folle-
ment touchée par la démarche hasardeuse, le
regard trouble d'Augustin, la lenteur de sa
voix ; après avoir erré de place en place, il
avait fallu ce vagabond pour la fixer. Elle
l'avait séduit avec patience ; il s'était si déli-
cieusement laissé faire, qu'elle avait cru quelquefois l'avoir presque tout à elle, et elle se

souvenait si précisément du secret sentiment
qui l'emplissait alors, tandis qu'elle rivalisait
dans la cuisine de politesse avec la dame de la
maison, de triomphe et non d'ironie, car elle
n'avait jamais jugé ridicule sa rivale un instant
écrasée, sentant trop bien ses victoires sans
lendemain. Mort maintenant, mort lui aussi, le
volage, le fidèle, et toute l'envie qui avait
envahi si amère le cœur de Charlotte s'était
apaisée comme la défiance de Virginie. Elles
rivalisaient toujours, prudentes comme autrefois,
secrètes comme autrefois, s'épiant sous leurs
bonnes manières, et leur très sincère estime
mutuelle, mais c'était à qui conserverait le
mieux la mémoire de la figure vénérée, chacune
étant à l'autre ce qui la rattachait le mieux à
ses plus heureux souvenirs. Louanges et regrets
accompagnaient les travaux ménagers, sur deux
registres différents se répondant comme les deux
claviers d'un orgue. Elles avaient souffert en
même temps de ses fugues, à tour de rôle de
son inconstance, et quand Virginie, dans le
récitatif de l'épouse, se laissait aller à lancer
le regard perdu contre la vitre, et à trahir par
ses gestes nerveux de douloureux reproches con-
tenus, Charlotte, faisant transparaître à la per-
fection le chant d'une amante sous la basse
précise et discrète de la domestique d'ancien
style, sous couleur de compatir et de calmer la
plainte prête à naître, s'arrangeait pour que, la
lamentation commencée, on en prolongeât les
délices.

Les mêmes rides les avaient marquées insé-
parables.

« Il ne faut plus nous faire d'illusions, ma

très bonne », disait ce soir la sœur propriétaire, en versant l'huile sur la salade, « les hommes ne se retourneraient plus vers nous, comme cela nous arrivait il n'y a pas si longtemps. »

Et la sœur servante, rieuse, s'essuyant les mains avec une vigueur à peine déclinante :

« Ce n'est que trop vrai, madame, ce n'est que trop vrai. »

Encore un peu de soir vert dans le carreau.

« N'oublions pas que mon neveu Louis nous rend visite ; n'avez-vous pas quelques citrons ? »

Pour répondre, elle s'accroupit sous la fenêtre ; ses articulations craquent un peu dans sa robe noire qui s'étale ; elle ouvre le garde-manger.

« Vous connaissez ses goûts », poursuit madame, « vous surveillez à table tous ses désirs, et quand vous apportez un plat, s'il est là, vous quêtez ses moindres sourires. »

Une vieille main passe un citron, une autre l'accepte ; on dirait qu'elles sont à la même personne. Fine, railleuse :

« Ce mince jeune homme semble vous intéresser beaucoup. »

Des cheveux qui ont été blond roux. La basse porte qui tape.

« Merci. »

Le couteau qui fend le citron sur la table en deux petites roues.

« Mais vous ne présentez pas grand danger pour lui. »

Le petit sein jaune que l'on presse pour en traire l'acide lait qui fait ouvrir les yeux.

« Si quelques années de moins vous séparaient, qui sait ? Je me suis laissé dire que vous aviez fait des conquêtes jadis. Vous avez tou-

jours fort bien su choisir la salade. Quand je
pense aux mains que vous aviez quand vous
vous êtes présentée...

— Attention, pas trop de vinaigre ; monsieur
l'abbé Jean a fait hier au soir une belle grimace.

— Oui, mais Alexis aime ce qui est un peu
relevé, quant à mon Louis... »

Le jaune, le vert, le blanc qui deviennent
luisants.

« Vous savez, si j'ai tant de tendresse pour
lui, c'est que vous n'avez pas idée comme il
me rappelle mon frère. Je me demande si vous
en aurez conservé souvenir ; il ne venait que
si rarement nous voir depuis son mariage ; vous
lui aurez prêté une attention distraite. Au fait
il nous faudra fleurir sa tombe ces jours-ci,
toute proche qu'elle est de ceux qui ont soulagement à l'honorer ; Louis tout seul n'y pense-
rait pas. Il réussit très bien dans ses études,
mais pour ce qui est des anniversaires... Que
voulez-vous ? Toujours la même histoire : beaucoup de cervelle, mais pas de tête. Voilà pour
la salade.

— Et sa mère ? Quelles nouvelles en avez-
vous ? Je crois bien ne plus l'avoir vue depuis
la mort de monsieur Lécuyer, quand elle était
restée quelques jours avec nous...

— En effet. Mon Dieu, que cette femme
pouvait être insupportable... »

J'en parle toujours au passé, comme si elle
n'était plus.

« ...Elle avait une façon de plisser la bouche
comme ça, dès qu'elle voyait monsieur Augustin, ou qu'on parlait de monsieur Augustin, elle
m'aurait rendue folle. Non, je n'ai jamais réussi

à comprendre comment ce bon, ce brave garçon
de Julien, et Dieu sait qu'il était loin d'être
bête, a pu s'amouracher d'une pareille pimbêche.
Et le plus fort, c'est qu'elle passait son temps
à me glisser des phrases venimeuses sur ses
« frasques ». Car elle disait « frasques », sou-
venez-vous-en, Charlotte.

— Eh, mais oui, elle allait jusque-là, elle
qui, par parenthèse, ne faisait que tourner autour des jeunes gens. La salade est finie ? Il
ne reste plus que les fruits, qu'il vaudrait
mieux laver : des cerises, des abricots.

— Rare harmonie. Voyez-vous, Charlotte, ce
qui me chagrinait le plus, lorsque je la voyais
en arriver à me parler de frasques, avec un
petit air connaisseur, c'était l'idée des inima-
ginables excès de langage auxquels elle devait
se laisser emporter en mon absence, de tout ce
qu'elle a pu raconter sur lui, sur moi, même sur
vous, sur nous tous... Inutile de ressasser tous
ces mauvais souvenirs ; elle a sûrement ses bons
côtés, et malgré tout ce que nous avons sur le
cœur, il faudra beaucoup pardonner à celle qui
est la mère de Louis. Dites-moi, Charlotte, vous
qui avez avec les autres étages de la maison
des communications que le grand escalier ne
permet que difficilement, n'avez-vous pas l'impression qu'il y ait quelque chose en cours ?

— Je ne vous suis pas bien.

— Ah, ne faites pas l'innocente ; je suis sûre
que vous savez mieux que moi de qui, de quoi
je veux parler.

— Je ne vois rien, je vous assure ; pourtant
il est à l'âge...

— Et ne vous a-t-il pas semblé un peu pâle ?

— Eh oui, mauvaise mine, il aurait besoin de vacances.

— Voyons, Charlotte, à vous entendre on croirait toujours que nous laissons ce garçon mourir de faim, alors qu'il faut le supplier pour l'avoir à dîner une pauvre fois par semaine.

— Il n'en est pas moins vrai...

— Je vous connais, cœur trop sensible. A propos, que dit-on de cette jeune personne ?

— L'aimable ? Celle qui sait saluer ? Qu'elle est fière sans être hautaine, qu'elle reconnaît avec grâce les domestiques d'autrui...

— En effet, je l'ai toujours vue déférente. Vous n'aurez jamais su mentir.

— Ses parents l'ont terriblement gâtée, paraît-il.

— Croyez-vous donc que cela soit fini ? On les excuse : unique, agréable à voir, une bonne nature ; et il n'y est pas insensible.

— Reconnaissez que l'on se déclare fort peu.

— C'est une mode ces temps-ci : les grands sentiments sont désuets ; les plus passionnés s'en méfient, les couvent, les cachent. Et la crudité du langage n'a jamais caché...

— Je ne l'ai jamais entendu...

— Bien sûr, il nous respecte tant. Allons, croyez-vous qu'il se prive, une fois qu'il nous a quittées, de faire le monsieur, le renseigné, l'habile ? Il se gardera bien de faire l'amoureux. De notre temps l'on était plus expansif ; était-ce un mal ? Cela n'empêchait pas de savoir fort bien se cacher... »

Je ne suis pas si sûre qu'elle le comprenne.

Carrés d'indigo perdant leur profondeur sous les reflets.

« Il aime beaucoup les fruits, et il aime beaucoup voir les fruits. Vous les avez arrangés de façon délicieuse.

— Ce soir, vous aurez toutes les occasions de les observer, vous m'en rapporterez des nouvelles toutes fraîches, mais demain ; je ne voudrais pour rien au monde retarder encore votre coucher, ma pauvre bonne. Non, vous me trouveriez endormie.

— J'ai grand'peur de ne pas quitter la cuisine...

— Charlotte, vous me connaissez trop bien pour juger que je sois indiscrète, n'est-ce pas ? Mais vous savez comme je suis prompte à m'inquiéter. Je l'ai presque adopté pour mon fils ; il ne faut pas trop le lui dire, ni le lui montrer, sa mère nous en voudrait tant, et nous savons qu'il lui est attaché... Vous vouliez dire ?

— Le soufflé seulement ; cela vous va-t-il ? »
Couleur pain dans son four.

« Parfait, parfait ; nous n'avons plus qu'à l'attendre.

— Il vaudrait mieux ne pas tarder. Lui, si ponctuel d'ordinaire...

— Il s'habille ; il en est au choix de la cravate.

— Il s'applique, il est en général si mal fringué...

— Cela n'a pas tant d'importance. Alexis a souvent des soutanes...

— C'est un prêtre, c'est différent.

— Et les rares efforts de Louis... Il n'a eu personne pour lui apprendre, aussi ; que voulez-vous : les chapeaux avec lesquels elle se pavanait pour venir faire trois courses à Paris, et

minauder en déjeunant. Certains jours je me
demandais s'il n'aurait pas mieux valu, charita-
blement... Mais ce sont des services si difficiles
à rendre.

— Nous l'avions surnommé mistigri le soir
où il a débarqué chez nous dans l'autre maison;
il avait l'air d'un petit chat mouillé. Reconnaissez qu'il a fallu quelque courage à sa mère
pour l'envoyer...

— Vous appelez ça du courage... A propos
de cravates, vous savez que j'ai conservé les
siennes, non pas toutes, naturellement, mais
les plus belles, et celles qui sont liées à quelque
grande occasion. Il s'en choisissait rarement lui-
même ; sur ce point j'arrivais à le satisfaire ;
je ne sais si vous les avez jamais visitées. Ce
sera pour un soir où vous serez libre, et puis
je les lèguerai à Louis ; c'est bien ce qu'il
aurait voulu, car ni Jean, ni Alexis ne pourraient
s'en servir. L'ennui c'est que peut-être ça ne
se mettra plus. La mode change si vite, même
pour les hommes. Il faudra que je les lui
explique.

— Ne tardez pas trop.

— Hein, que nous saurons bien lui faire
comprendre à toutes deux, comment un homme
peut s'habiller et plaire. Je bavarde, je bavarde, et l'heure tourne, et il devrait être là.
Où est la chaise, que je m'asseye un peu ? Com-
prenez-moi, Charlotte, il faudra bien un triste
jour que ses yeux s'ouvrent et quand il verra
ce qu'elle est... Mais j'aurais honte devant mes
fils... Auriez-vous tenté de l'en séparer ?

— Je ne suis qu'une cuisinière étrangère.

— Il nous en voudrait tant, Charlotte. Il se

mariera, lui ; il aura des enfants qui seront
presque nos petits-fils ; car vous savez bien que
pour Jean c'était naturel, si loin de moi déjà
dans ses livres, perdu parmi toutes ces choses
bizarres qui l'occupent et le rendent pensif,
sans que nous puissions deviner ses soucis ni
l'aider, mais, pour Alexis, comme je fus surprise quand il me fit part de sa décision ; sans
doute j'en suis fière aussi, et si même on le
demandait, quel avis, reconnaissez-le, voudriez-
vous donner ? N'y pensons plus, Charlotte, nous
finirions par dire des bêtises. »

Sonnerie.

« Je cours lui ouvrir.

— Restez, j'y vais, je vous en prie. Il doit
être affamé comme toujours les jeunes gens, sauf
les malades ou amoureux, et encore, amoureux,
quel appétit nous possédions ; et puis l'émotion,
cette soirée... »

Faux départ.

« J'oubliais : montez dès que vous aurez des-
servi ; ne vous inquiétez pas de la vaisselle ; je
m'en voudrais tant si vous étiez en retard, et
que madame Vertigues vous fît des réflexions
désagréables ; ils ont l'air si riches. »

Sonnerie.

« Je suis impardonnable. »

Incorrigible aussi, il n'est plus temps de me
changer.

Se reprenant :

« La soupe. »

Ramène la porte sur elle sans la fermer tout
à fait. Ses pas pressés.

Charlotte éteint le gaz, plonge le bras dans
l'armoire ouverte, et sort une soupière chinoise

à couvercle. On entend distinctement le bruit
de la porte d'entrée qui s'ouvre. Dans cette
maison, les deux escaliers sont côte à côte,
séparés seulement par des fenêtres de verre
dépoli.

Rentre dans la maison Samuel Léonard, l'im-
posant monsieur du troisième, célibataire, collec-
tionneur, retour d'orient...
Commérages :
« Deux domestiques pour lui seul.
— Vous oubliez sa nièce.
— N'importe, comment des gens peuvent-ils
se payer ça de nos jours ?
— Elle est si effacée.
— Surtout qu'il a bien l'air de vivre sur ses
rentes.
— Mène grand train.
— Apprécie les voluptés occidentales.
— Il s'y connaît ?
— Ce n'est pas moi qui puis vous renseigner.
— Assez bien camouflé, n'est-ce pas.
— Ils sont habiles.
— Ce n'est pas que je sois le moins du monde
antisémite... »

Gérard Mogne, devant sa porte entr'ouverte
au sixième, une jambe dans la lumière, tam-
bourine chez son frère Vincent.
« Oui... Qu'est-ce que tu veux encore ? »
Ouverture violente, croisement de raies claires sur le sol du couloir.
« Tu as une lame de rasoir ?
— Ecoute, mon vieux, tu es assommant ; tu
ne peux jamais avoir tes affaires. Demande à ta

mère de t'en acheter ; j'en ai plein le dos de
te servir d'intendant.

— Râle pas ; je dirai à ma tendre mère de
m'en acheter une demain à la première heure.
mais je ne vois pas comment je pourrai en découvrir une dans le quartier à cette heure-ci.

— Il suffirait que tu te décarcasses. Tiens,
tu vas encore t'écorcher avec ça. »

Deux serrures qui claquent.

Quand madame Ralon fut arrivée dans son
entrée, elle vit la longue tache noire d'Alexis
auprès du rectangle clair de la porte ouverte, où
apparaissait le costume bleu marine de Louis.
La minuterie s'éteignit derrière lui, et il entra
dans la lumière douce de l'antichambre, entre
les pèlerines et les miroirs, heureux de se retrouver dans une famille, quelque étrange que
fût celle-ci : carré de vieilles dames et d'ecclé-
siastiques, où chacun avait ses privilèges. Tout
l'y intimidait, mais il n'avait pas à choisir, et
l'on était si attentif à le mettre à l'aise qu'il
se sentait toujours réchauffé dès le seuil franchi.
La distance entre ce premier étage accueillant
dans sa solennité et sa froide chambre au sixième lui paraissait si immense qu'il ne se résolvait à la franchir que rarement, et avec de
grandes précautions d'étiquette. Jamais il ne se
serait avisé d'entrer chez sa tante par la porte
de la cuisine, ce qui lui aurait évité de descendre et de remonter un étage. Non, il ne
pouvait entrer dans la demeure de ces personnages spéciaux, ses parents, que par le même chemin que les vrais invités, ceux qui habitaient
dans d'autres immeubles, loin de celui-ci, car

il tenait à réserver autant d'indépendance qu'il était possible dans sa position délicate de parent pauvre et de bénéficiaire. Au grenier, comme disaient les frères abbés, où il aurait dû rencontrer souvent Charlotte, c'était comme s'il ne la connaissait plus. Elle n'insistait pas. Alors qu'ils étaient grands amis à la cuisine, où il venait lui demander à chaque visite des nouvelles de sa santé, et s'extasier sur les dernières enjolivures, ils se croisaient dans le couloir des chambres presque sans se voir, comme s'ils avaient brusquement surpris l'un et l'autre un côté de leur vie qu'il aurait mieux valu garder secret.

Son veston croisé, relativement propre, plissé aux boutons, ballonné aux poches, était légèrement taché par l'eau qui dégouttait de ses cheveux si récalcitrants que deux petites mèches malgré cette douche pointaient encore à l'arrière de sa tête.

« Alors, Louis, c'est pour aller chez les Vertigues que tu t'es mis sur ton trente et un ? Evidemment, tu as plus d'allure comme ça qu'avec mon vieux complet gris. Maman, admire ton neveu.

— Bonjour, ma tante. »

Elle s'était approchée tout doucement dans l'ombre de son fils.

« Je suis sûre que tu vas faire des conquêtes. Allons, viens tout de même ici que je t'arrange un peu ce nœud. Tu as des nouvelles de ta mère ?

— Excellentes, merci, ma tante. Elle vous transmet ses meilleures amitiés.

— Nous avons toutes deux si peu le temps

de nous écrire ; heureusement que tu nous sers
de messager. Elle est à Château-Thierry, n'est-
ce pas ? Chez ton oncle.

— Oui.

— Ne bouge pas, tiens la tête un peu haute ;
parfait ; voilà, tu es propre maintenant. »

Avec son mouchoir roulé en pointe, se haus-
sant sur la pointe des pieds, elle avait effacé une
mince trace de savon à l'endroit qu'aurait atteint l'angle de la moustache, du temps où elle
avait rencontré son mari.

Toujours la même comédie :

« Nous allons dîner dans un instant ; ne vous
impatientez pas ; je vais voir si c'est prêt. »

Elle se retira, discrète, pour aller dire à Charlotte d'attendre un peu pour servir, ce qui ne
l'étonna nullement, et à quoi elle répondit par
un haussement d'épaules machinal, en songeant
que le soufflé encore une fois allait être trop
cuit. Quant à la soupe, elle s'était bien gardée
de la verser dans la soupière.

La lumière était restée allumée dans le bureau d'Alexis. On a besoin d'une lampe, on va
dans un grand magasin, on achète la première
venue : réflecteur métallique, tige flexible, ça
ira. Elle illuminait de plein fouet un rectangle
de papier blanc, sur la table noire où traînaient
des enveloppes déchirées, et d'autres prêtes à
partir. A peu près aux deux tiers du grand
côté, mordant sur le bord dans l'angle opposé à
celui de la lampe, le cendrier de terre vernissée
noire traçait un cercle de reflets interrompu
par le tuyau d'une pipe retournée parmi quelques cendres.

« Tu permets », dit Alexis penché, tirant son

stylo d'entre les boutons de sa soutane, « je signe ça ; assieds-toi », désignant vaguement un fauteuil club en cuir usé, à clous de cuivre ternis, dépareillés. C'est le geste du médecin, de l'avocat, comme s'il allait dire : que puis-je faire pour vous ?

Il plie la feuille, l'introduit, lèche les bords du triangle, colle, écrit l'adresse, range son stylo qu'il ne laisserait jamais sur sa table, par crainte de se retrouver sans lui, avec la terreur de l'avoir perdu, cherche dans sa poche de cuir bistre, en tire un timbre, le lèche, l'applique, et donne un fort coup de poing sur l'ensemble. L'écriture n'était pas sèche, et Louis peut lire imprimé à l'envers sur la main de son cousin : Alex... Et sur l'enveloppe : monsieur l'abbé Alexandre.

Alexis riant :

« C'est une lettre de condoléances. »

Il devrait se laver la main.

Il s'installe comme pour se mettre à écrire. Louis commence à avoir faim. Il regarde cet homme à figure de juge, qui de sa main marquée Alex ouvre un tiroir, prend un paquet neuf de cigarettes bleues et le lui lance. Une boîte d'allumettes tombe à côté du fauteuil. Les coudes sur la table, il serre ses narines avec ses mains jointes en masquant sa bouche. Ses yeux, fixés sur une photographie de nuages, disent : temps révolu, tout ce qu'on a manqué ; on a choisi autrement ; pourquoi le regretter ? Mauvaises pensées, c'est la fatigue. Et puis c'est ma main qui les attire, puis la flamme, puis la fumée, puis le menu bâton noirci qui se tord dans le cendrier...

« Tu ne fumes pas ? »

Sans répondre, Alexis se laisse envahir de mouvement lent : le coude gauche restant fixe, et transmettant au bras entier son inertie jusqu'à l'index toujours collé à sa narine, l'ensemble de son buste noir pivote, entraînant le visage comme malgré lui, et la main droite se détache — Alex, monsieur l'abbé, c'est une lettre de condoléances — pour sortir une cigarette et l'enfiler entre ses lèvres. A ce moment toute la position change ; le corps se relâche.

Le métro passant dans la rue fait trembler la lampe sur la table.

Inévitablement Frédéric Mogne est arrivé à la cuisine. Son épouse Julie, et ses deux filles cadettes, Martine et Viola, y sont les trois grâces d'un ballet mécanique plein de tourbillons de vapeur.

« Oui, mon chéri, tu as faim, nous allons dîner, mais il vaut peut-être mieux attendre l'arrivée de Jeanne et d'Henri.

— Attendons.

— Ils vont arriver d'une minute à l'autre. Tu veux manger un biscuit ? Il doit y en avoir dans la grande boîte bleue. Martine, attrape-moi la grande boîte bleue.

— Mais non, je ne suis pas à cinq minutes près.

— Comme tu voudras, mon chéri ; c'est qu'ils seront peut-être en retard...

— Ça ne changera pas ; et de toute façon maintenant ils sont en retard...

— Je crois qu'ils arrivent de province, je

ne sais plus exactement ; tu sais, avec Henri,
pour lui tirer trois mots. Ne t'inquiète pas, tout
est prêt...

— Le couvert est mis ?

— Viola, Viola, combien de fois t'ai-je dit...
Tu vois, ton père s'énerve.

— Mais non, chérie, je suis tout à fait
calme, je t'assure ; je ne m'énerve pas, je cons-
tate.

— Allez, Viola, allez. Tu renifleras le gâteau
une autre fois. Elle est empotée, celle-là, elle
est empotée ; je ne sais comment je l'ai faite.
Si tu ne réussis pas à te dégourdir un peu, tu
es immariable. »

Elle n'en croit rien, elle se faufile. Elle a de
beaux cheveux, se dit Frédéric en les caressant
au passage. On entend une clé qui tourne.
C'est Gérard qui ouvre la porte. La courbe de
la rampe noire apparaît un instant sur son
fond couleur de cordes.

« Tu es à peu près propre ? Tourne-toi ; ça
peut aller. C'est à croire que tu deviens coquet.
Naturellement, il y a toujours quelque chose
qui cloche. Mais tu t'es lacéré, mon pauvre
enfant. Tu as encore une goutte de sang qui
coule. Comment fais-tu pour t'abîmer comme
ça en te rasant ? Et tu n'as pas d'autre cravate
que cette ficelle ? Allons, demande à ton père
de t'en passer une pour cette fois ; tu ne peux
pas sortir comme ça ce soir, c'est impossible ;
chez les Vertigues qui sont si distingués, lui
toujours si bien habillé. Tu ne pouvais pas me
le dire que tu en avais besoin, d'une cravate ?
On t'en achètera une pour ta fête, mais pour
ce soir c'est un peu tard pour y penser. Nous

en avons donné une à Vincent il n'y a pas trop
longtemps ; quand à Félix, ça a moins d'importance... Il faut absolument que je fasse tout
dans cette maison. Si chacun y mettait un peu
du sien, je vous assure que ça n'en irait que
mieux. Et Vincent, où est-il ? Il n'est pas rentré avec toi ?

— Il descend, maman, il descend. »

Martine, pendant tout ce temps, un tablier
à carreaux bleus sur sa robe de laine rose, tour-
nait silencieusement le presse-purée.

Samuel Léonard s'était mis à table dès son
retour. La cuisinière, madame Phyllis, passe
les plats.

Les yeux sur son assiette, sans paraître attacher d'importance à la question :

« Que fait Ahmed ?

— Il n'est pas encore descendu ; il était allé
changer de costume ; il sait bien que monsieur
reçoit ce soir ; il ne va pas tarder.

— Que cela ne vous empêche pas d'apporter
le fromage. Encore un peu de salade, chérie ? »

La nièce, assise à l'autre bout, toute droite,
mince, un peu sombre, avec de superbes cheveux noirs nattés en couronne, et un collier de
perles dans le décolleté de sa robe de soie
blanche.

Samuel redoute pour son domestique les mauvaises fréquentations.

Frédéric Mogne :

« Celle-ci, rougeâtre, ira bien avec ton costume bleu. Allons, viens par ici que je t'affu-
ble. Il faut que je fasse l'habilleuse. Heureuse-

ment que ta mère s'occupera de tes sœurs... »

Il tire sur le nœud.

« Superbe. Pourvu que tu saches un peu parler... »

Il tire sur les pointes du col.

« La chemise n'est pas fameuse, mais en valsant très vite... »

Tapote les revers.

« Un sourire... »

Va chercher la brosse à habits, met la dernière main, se recule, juge de l'effet.

« Un vrai gentleman ; j'étais fait pour être tailleur. »

Et il lui donne une grande tape dans le dos comme s'il avait été de son âge.

Gérard se regarde dans la grande glace qui couvre l'intérieur d'un des vantaux de l'armoire à linge, se voit guindé, cherche une contenance.

Son père, plus bas, avec une nuance de complicité :

« Est-ce que ça t'ennuirait de descendre me chercher un paquet de tabac, et puis des cigarettes pour Henri ; tu sais comme il est fumeur ; j'ai complètement oublié d'en prendre. »

Il lui met dans la main deux cents francs. L'autre file. Il gardera la monnaie.

Vincent Mogne a rencontré le boy égyptien de Samuel Léonard, au troisième sur le palier de la cuisine. Ahmed, entendant l'autre descendre, l'avait attendu.

La carrure de monsieur Vertigues arrête l'élan de Gérard Mogne, la main encore sur le départ de la rampe. Les yeux ont soudain buté sur le

gros manteau de lainage à l'américaine, couleur
de soupe à l'oignon trempée de lait, large
ceinture.

« Eh bien, Gérard — c'est bien Gérard ? Il
est si difficile de s'y retrouver dans votre innom-
brable famille —, on vous voit ce soir. »

Le ton chantant de la condescendance. Celui
qui n'est pas riche depuis longtemps, et cherche
un accent élégant ; brave homme, prêt à toutes
les gentillesses.

Acquiescement sans mots.

« Nous aurons grand plaisir à vous voir, ma
femme et moi ; nous ferons un peu connaissance.
Surtout n'arrivez pas trop tard, huit heures et
demie ; Angèle vous attendra avec impatience.

— Entendu. »

Les formules polies, on n'en a pas bien l'habitude ; ce n'est jamais la bonne qui sort dans
ces cas-là.

Séparation ; comme deux boules qui se sont
frôlées, puis continuent leur chemin dans une
direction légèrement modifiée : l'un vers l'ascenseur, l'autre vers la nuit dehors.

Grand, la santé, la réussite, une fille ravissante, chez lui son seul, son délicieux souci,
surtout ce soir de ses vingt ans...

Il appuie sur le bouton quatrième.

Le regard de Frédéric Mogne effleure une
pervenche, sur le papier peint du salon défraî-
chi, puis de grands pétales violets, caresse un
petit cadre de bois noir, examine la vitre sans
la traverser, sa poussière, ses défauts, un petit
œil dans le verre, s'y attarde, se laisse prendre
à son piège, et s'y enfonce.

A droite la maison, à gauche la charrette
dans la grange, dans le fond l'âne et le paysage
de vignes ; la petite ligne qu'on devine, c'est
le clocher de l'église où il fut baptisé. Au lieu
de se perdre dans ces régions incertaines, il
vaut mieux s'attacher à cette petite porte noire,
ouverte sur le départ d'un escalier, qui menait
chez un très vieux Mogne, dont on n'a même
pas le portrait. Cette image est tout ce qui
nous reste de ce passé.

Félix, les mains croisées cachant les pages de
son livre, assiste à cet envoûtement. Tel le fer
doux que la proximité de l'aimant rend aimant,
l'enchanté, cet homme terne, ce père qu'on
évite, tout d'un coup devient fascinant. Quelles
sont ces voix auxquelles il tente en vain de se
refuser, et qui le retiennent, le paralysent et
l'isolent. Félix a l'impression d'être dans un
théâtre spécial, où les spectateurs seraient sur
la scène, et où les acteurs les côtoieraient sans
se soucier d'eux.

Sonnerie.

Frédéric sursaute, et voyant Félix qui ra-
masse ses affaires, et se lève pour aller ouvrir, il
lui sourit, comme s'il venait d'être pris en
flagrant délit de vol, mendiant un silence in-
dulgent. Il est pourtant mon père, se dit le
garçon.

Gérard, essoufflé, rentre sans dire un mot, sort
de sa poche un paquet de tabac, en arrache l'enveloppe, et le dépose, petit cube se dépenaillant,
au fond du pot resté ouvert. Il a presque une
tête de plus que son frère.

« Martin, voudrais-tu tenir Miette », dit Lucie

de Vere, « pendant ce temps, je vais coucher
les deux garçons. »

Trois petits fauteuils restent vides, auprès de
la table basse où des restes de purée voisinent
avec des épluchures d'orange. Au fond un tableau qui ressemble à une fenêtre allongée ;
partout l'odeur de l'huile de lin. Derrière le
vitrage, au travers du bleu sombre commence
à se deviner le rose bouché spécial aux nuages
nocturnes des villes.

A la cuisine, maman Mogne :
« Encore un qui vient voir, tu es affamé,
mon chéri ; nous servirons dès qu'Henri sera
là. »

Voilà pour Gérard. Apercevant Félix qui se
gardait de faire du bruit, sachant bien qu'il
serait rembarré :
« Tu ne sauras donc jamais te servir d'un
stylo ? Va te laver les mains, tout de suite, et
à la pierre ponce... dans mon cabinet de toilette.
Tu ne voudrais tout de même pas te présenter
chez madame Vertigues avec des mains pareilles.
Et maintenant je ne veux plus vous voir ; dis-
paraissez ; vous n'avez rien à faire ici. »

S'éclipsent.

Autrefois Louis tutoyait Alexis, comme cela
se pratique entre cousins germains, mais depuis
qu'ils étaient dans le même lycée, lui étudiant,
l'autre aumônier, il s'efforçait d'éviter la deuxième personne. L'intimité dans laquelle ils
avaient grandis, et qu'il aurait désiré voir se
poursuivre et s'approfondir, s'était trouvée soudain brisée par cette relation nouvelle. Quant à

Jean, il avait toujours été si lointain, si spécialiste...

Alexis secouait souvent sa cendre, mais Louis, enfoncé dans le fauteuil, laissait la sienne s'amonceler dangereusement. Il se leva pour la déposer dans le cendrier noir, ce qui la fit immédiatement dégringoler sur une vieille natte à chevrons sales, qui avait toujours été là, il le savait, mais qu'il remarquait pour la première fois. Les autres tapis étaient fort beaux chez tante Virginie, tous ramenés par Jean, sauf celui d'Augustin, bleu profond avec des oiseaux et des fleurs, et même lui dans son grenier, où rien ne lui appartenait, foulait de doux losanges africains. Il eut soudain l'impression que c'était Alexis qui était traité comme un parent pauvre, et que lui, le petit Lécuyer, l'orphelin, jouissait de privilèges immérités, dont son cousin payait les frais. On avait meublé avec soin la chambre d'en haut ; la tante avait le sens de l'hospitalité ; mais ici les meubles avaient atterri par naufrage, et on avait laissé l'abbé en tirer parti à sa guise, sans plus s'en inquiéter...

Les seules choses qu'il eût ajoutées, c'étaient la lampe, les cendriers, quelques livres, et les quatre photographies qu'il avait punaisées sur les murs ; ça ne suffisait pas à rendre la pièce habitable... Mieux vaut ne pas laisser paraître la pitié.

Tout d'un coup, il s'aperçut qu'il y avait en plus un poste de radio.

« Tiens ?

— Tu ne le connais pas encore ? Mon Dieu, où avais-je la tête ? Maman me l'a offert, il y a quelques huit jours, non, attends, cela fait

exactement treize jours ; allons donc, tu es bien
venu depuis...

— En effet... Mais tu n'étais pas là. »

Et Louis se souvient avec un peu de honte
qu'il était assez heureux qu'Alexis soit absent,
qu'il n'a pas demandé de ses nouvelles, et remarqué que personne ne s'est cru obligé de lui
en donner.

« Magnifique ; Alexis, tu me permettras bien
de venir écouter quelquefois de la musique ?

— Combien de fois faudra-t-il te dire que
tu es chez toi ?

— Fais-la marcher ; n'importe quoi.

— Tout à l'heure ; le coup de maman à la
porte est déjà en retard sur son horaire ; après
dîner nous aurons tout le temps.

— Mais non, tu sais bien que je monte,
comptons sur la minute de sursis.

— Le temps que ça chauffe...

— Alors dépêche-toi de l'allumer. »

Debout, souriants, libérés, reconnaissants l'un
à l'autre de s'être donné le moyen de rompre
le silence auquel ils se sentaient condamnés.

Louis écrasa le mégot de sa cigarette.

Une lampe s'allume, un petit cercle noir
commence à s'éclaircir en vert.

« Tiens, j'ai un canard dans la poche de ma
soutane. »

Il le tire.

Comme ils profitent de ce terrain d'entente
inopiné, comme ils sont redevenus camarades.
Un sifflement, un grondement ; rapide, rajeuni,
Alexis les fait disparaître.

« Tu n'as pas encore trouvé ? Donne-moi ça.
Les arts... Les sports... Nous y voilà... »

Louis reprend une cigarette, regarde par-dessus l'épaule de son cousin.

« N'importe quoi, n'importe quoi... »

A quelques degrés à peine, voici le carillon de Westminster, crachouillis en sirène.

« ...Dichtern, die nache Goethe siche an den Stoff... »

« Tu comprends ça ?

— Plus maintenant. »

« ...Classique, et pour commencer... »

Et bientôt c'est de la musique. Alexis, penché sur le haut-parleur met au point.

Mais pourquoi le seul poste de la famille est-il ici, et non à la salle à manger où tout le monde pourrait en jouir ? Car il n'y a pas de salon. Louis n'y avait jusqu'à présent jamais accordé d'importance, mais il lui suffit maintenant d'y penser pour s'apercevoir que ces quatre personnes si sages et si simples, semble-t-il, qui vivent en si bonne entente, semble-t-il, et l'accueillent si tendrement, sont quatre solitaires qui se rendent parfois visite, et se retrouvent aux repas. S'il est là le dîner se prolonge un peu, et l'on va traditionnellement dans l'un des bureaux prendre un verre, fumer un peu, mais très vite l'abbé qui n'est pas chez lui s'excuse, prétexte son travail, et la tante aussi se retire, quelquefois l'emmenant dans sa chambre avec elle pour lui dévoiler quelque curieux trésor...

Alexis baisse le son.

« Qu'en penses-tu ?

— Je t'envie.

— N'est-ce pas que la sonorité est belle ?

— Dis-moi, Alexis... Est-ce que Jean aime
la musique ?

— Les gens intelligents aiment tous la musique, or Jean est très intelligent...

— Ne te moque pas de moi.

— A vrai dire je ne sais pas trop ; je n'ai
jamais eu l'occasion de lui poser la question ;
pourquoi ? Tout le monde aime la musique.
Pourquoi me demandes-tu cela ? »

Il regarde avec attention les derniers points
rouges de sa cigarette encore longue qu'il écrase
minutieusement, et Alexis rouvre les vannes du
piano qui envahit toute la pièce. Les voici tous
les deux, sans plus trop savoir où ils en sont,
mêlant les attitudes, marchant sans s'en douter,
qui se laissent aller à se balancer doucement, à
s'éloigner par mouvements minimes, se rappro-
cher par chance ou par accord, jusqu'à se retrouver assis l'un près de l'autre, les yeux au
plafond, le pied mobile, et la main grattant les
cheveux.

On frappe. L'abbé Alexis se redresse, les plis
de sa soutane redeviennent pesants. Avec un
demi sourire il ferme la radio, comme s'il avait
enfreint quelque défense en l'écoutant à cette
heure-ci. Madame Ralon entre, toute souriante,
manifestement recoiffée.

« Vous écoutiez de la musique, j'en suis sûre.
Je savais bien que tu serais enchanté, mon
Louis, par le nouveau jouet d'Alexis. Je ne
voulais pas vous déranger, mais Charlotte doit
monter là-haut chez Vertigues, et puis pour toi
aussi, mon Louis...

— Mais oui, maman, nous te suivons. »

C'est un dédommagement, se dit Louis. Elle

a bien fait les choses : elle m'a donné de quoi envier Alexis, le moins aimé, le malheureux, l'incomplet. Cette idée de se faire prêtre aussi ; Jean, lui, n'a pas l'air d'en souffrir, mais Jean...

Et ils la suivent.

Gérard Mogne, sans frapper, entre dans la chambre de son grand-père, qui somnolait, et relève la tête quand il entend le bruit de la poignée, les yeux clignotants, les mains sur le ventre.

Le petit-fils s'empare du journal étalé sur la petite table.

Avec effort :

« Le dîner est servi ?

— Non, pas encore, il faut attendre Henri et Jeanne. »

Gérard souffle une bouffée de fumée, disparaît en claquant la porte, et le vieux regarde ses mains, balance doucement la tête.

Sonnerie.

II

Au fur et à mesure que la nuit s'accentue, les murs extérieurs s'épaississent.

La porte d'entrée s'ouvre devant Jeanne et Henri, celle du salon devant papa Mogne, celle du corridor devant maman qui essuie ses mains à son tablier, l'enlève, arrange rapidement ses cheveux.

« Bonjour, chérie, comment vas-tu ? »

L'embrasse.

Le beau-père et le gendre s'approchent l'un de l'autre, protégés, surveillés par leurs femmes. Simagrées, simulacres :

« Bonjour, cher Henri, comment allez-vous ? »

« Entrez dans la salle à manger », dit la maîtresse de maison. « La soupe, dépêche-toi, Viola. »

Elle se retourne :

« Que je t'aide à te débarrasser de ton manteau ; voilà ; pas trop fatiguée ? »

Le ventre s'arrondit sous une ample robe qui joue mal son rôle.

« Et ce voyage, bien passé ? Vous avez bonne mine, Henri. Ce n'est pas comme votre femme; vous devriez la ménager. Je m'excuse de vous bousculer, mais tous les enfants doivent sortir.

— Le cinéma ?

— Oh non, une soirée dansante, chez la dame du quatrième. Il va falloir habiller tes sœurs ; quand ces demoiselles font des élégances... Nous allions être seuls, c'est fort gentil de votre part, Henri... »

Quel besoin de leur parler ainsi dans l'entrée, se dit Frédéric ; les femmes ont la manie du pas de porte ; toujours ces interminables conversations d'adieu ou de bienvenue sur le seuil...

« ...Avec son père si charmant, si loufoque... Mais passez, passez, ne restez pas ici. Je vais éteindre. »

Le sourire de Jeanne s'étale. Henri, courbettant sa figure de blaireau, avec ses yeux de faïence et sa bouche informe, supplie son beau-père de le précéder. Chacun cherche à s'asseoir provisoirement sur un des fauteuils qui se côtoient près de la fenêtre. Les bords des verres, presque tous différents — on dépend des marchands de moutarde —, luisent sous le lustre à abat-jour de papier jaune. On est serré. Les angles de la table envahissent l'espace à tel point qu'on a presque toujours peine à voir le visage entier d'un de ses interlocuteurs. Le front d'Henri, blanchâtre, avec ses lunettes d'écaille, s'inscrit sur un fond de velours vieux bleu sombre, au-dessous du dragon bondissant d'une vieille gravure dont les crocs démesurés semblent se précipiter sur son oreille. Il met un genou sur l'autre, croise les mains dessus, et détourne la tête comme si son cou le gênait.

Viola apparaît, avec la soupière couleur de coton brut.

« Vous ne voulez pas vous laver les mains ? »
dit Frédéric.

Henri décroise les genoux. Jeanne se regarde
dans la glace qui surmonte la cheminée chargée
de vases, de flambeaux, et de vieilles lettres.
Julie sort précipitamment, ouvre la porte de la
chambre de sa mère.

« Nous t'attendons. »

La vieille dame travaillait à des mitaines au
crochet, sa spécialité. Ses cheveux argentés brillaient comme une perle au milieu de la coquille
de meubles Louis-Philippe. Il est visible qu'elle
a été grande comme sa fille, mais maintenant
sa peau flotte sur ses doigts.

« Chérie, as-tu des nouvelles de Jeanne et
d'Henri ?

— Ah, justement, tu vas les voir.

— Mais je n'en savais rien, ma fille ; tu ne
me mets jamais au courant. Je suis là, aussi
loin de vous que si j'étais dans quelque ville
de province, ou, comme ton frère, dans je ne
sais quel désert d'Afrique. Souvent, quand je lis
ses lettres si fidèles, il me semble en être moins
séparé que de toi, qui ne m'accordes que bien
rarement une minute de ta journée. »

Ses lèvres molles s'agitent encore, mais elle
est bien la seule à pouvoir entendre le mar-
monnement qu'elles émettent. Elle se hâte en
s'aidant des fauteuils et du lit.

« Je sais bien que tu as de l'ouvrage, mais
tu ne veux même pas que je t'aide, et quand
je viens à la cuisine, tu me rabroues comme si
je n'étais pas ta mère, mais une vieille bonne
que l'on garde par charité. »

Elle éteint.

« Je sais bien que l'âge rend parfois injuste, et que tu as la vie bien difficile pour prendre garde à mes ennuis... »

Il avait une situation convenable, mais c'était le fils d'un ouvrier ; elle a été bien courageuse, vraie Mérédat, vivante, si vivante, qui lutte des années avant de se laisser abattre, et bonne, au fond, mais elle n'a pas le temps ; elle croit que je suis là, qu'il n'y a pas besoin de se troubler pour moi, justement parce que je suis sa mère. Ah, mais elle pourrait aussi m'écouter parfois ; de mon temps, nous avions un autre respect...

Dans le couloir Félix la double, et passe prestement dans la lumière. Henri, Jeanne et Viola y sont seuls.

« Bonjour, mon vieux, ma vieille ; quoi de neuf ? Rien ? Ça va ?

— Ça va. »

Viola ôte le couvercle de la soupière, et commence à verser le liquide jaune dans les assiettes. Quelques brins de poireau pendent à la louche comme des algues. Derrière la silhouette rapetissée de grand'mère, qui multiplie ses petits pas, et dodeline de la tête, ne regardant qu'à demi devant elle, apparaît le visage hilare de Martine, qui salue de tous ses doigts écartés son beau-frère et sa sœur aînée, tandis que sa tignasse couleur cannelle se secoue d'impatience amusée, puis de sarcasme.

Perdue dans son réquisitoire intime, la vieille atteint sa place habituelle à table, s'appuie des deux mains sur le dossier de sa chaise pour se reposer, soupire un peu, et, cérémonieuse comme une châtelaine dans sa grande salle à manger

dressée, composant son sourire, s'apprête à saluer chacun.

« Henri, quelle joie de vous voir ce soir ;
votre voyage s'est-il bien passé ? »

Répondre à des questions ainsi posées té-
moigne de grossièreté. Henri ne manque pas
de ronchonner :

« Très bien. »

et néglige de s'informer de sa santé.

Décidement, ce jeune polytechnicien est un
mufle. Comment ce brave Frédéric aurait-il pu
choisir ? Il a de la délicatesse, mais on ne
change pas le milieu d'où l'on sort. On n'a pas
écouté mes conseils...

Viola :

« Félix, prends cette assiette, veux-tu, et
mets-la à la place de grand-père. »

Maman dans la porte :

« Asseyez-vous, mes enfants, papa arrive tout
de suite. Gérard, éteins le salon, je te prie, et
viens ; tu liras le journal plus tard. »

Elle aide sa mère à s'asseoir, et celle-ci se
désole de ne pouvoir lui exprimer, de peur du
ridicule, l'immense reconnaissance dont elle est
soudain envahie, parce que, du moins, elle existe,
elle est sa fille. Frédéric était allé chercher son
père, l'installe, s'installe. Gérard se glisse. Viola
passe la dernière assiette à Martine pour une
place encore vide. On peut commencer.

« Où est Vincent ? » demande, en se redres-
sant, Frédéric.

Sentiments divers dans l'assistance ; bruits de
cuillers ; clins d'yeux.

« On est monté ensemble ; il a dû s'attarder
à choisir une chemise. »

Fausse détente :

« Un peu de sel, grand'mère ? Un peu de sel, Henri ? »

On cherche un départ de conversation, tandis que les assiettes se vident.

« J'espère que Félix a terminé son travail. Il ne sortira pas avant, Julie ; c'est bien compris ! »

Elle, câline :

« Tu as bien fini tes devoirs, Félix, tu as bien appris tes leçons, toutes tes leçons ? »

Viola pouffe. Sa grand'mère la regarde scandalisée. Le grand-père baisse les yeux, bien convaincu qu'il n'a à se mêler de rien, que son avis ne compte en rien.

« Mais oui, papa, naturellement. »

Frédéric sait que chacun voit qu'il est un lâche qui laisse son plus jeune fils lui mentir effrontément, mais à quoi bon ?

« Tant mieux, tant mieux. Viola, voudrais-tu desservir, au lieu de rire comme une idiote quand ta mère te parle. Elle est de plus en plus sotte avec ses grands airs, celle-là. »

Furieuse, elle se dresse comme un ressort, empile les assiettes avec beaucoup de bruit. Martine agite sa toison, se lève aussi, et se heurte dans l'embrasure de la porte à Vincent qui se précipitait.

« Dépêche-toi, voyons.

— T'occupe...

— Alors, Vincent, tu sais l'heure qu'il est ?

— Huit heures dix, papa.

— Ecoute, mon petit, je n'aime pas beaucoup que tu me répondes sur ce ton. Tu gênes tout le

monde ; tu retardes tes sœurs qui ont à s'habiller... »

La vague s'épuise d'elle-même, par lassitude
et inutilité. Vincent l'a reçue, comme un galet
la marée, sans trop s'en soucier, sans l'écouter.
La tête penchée contre la table, il s'efforce de
rattraper son retard, avant le retour de Martine,
majestueuse, un énorme plat sur chaque main.

Et maintenant, tandis que se servant comme
centre de symétrie de l'unique carafe à vin,
ayant planté chacun dans l'épaisseur de la purée
une cuiller en métal anglais qui reste debout,
d'un côté Julie Mogne, née Mérédat, en propose
à son beau-père Paul Mogne, assis à sa droite,
et de l'autre côté Frédéric Mogne à sa belle-
mère Marie Mérédat, née de Villac, exami-
nons ces onze personnages enfin rassemblés,
« les Mogne » qui se serrent en bon ordre autour
de la table comme pour un jeu de massacre.

La salle est pour l'instant la seule partie de
l'étage qui soit vivante. Toutes les autres pièces
sont obscures, sauf le palier de service éclairé
comme tout l'escalier, car Gaston Mourre, le
sous-locataire des peintres du cinquième, y passe
pour aller dîner.

Mettez-vous à la porte, vous aurez la fenêtre
fermée devant vous, avec ses rideaux qui l'encadrent, et, tranchant sur les reflets des vitres,
les cheveux noirs de Félix qui ne sait quelle
sœur regarder. Son veston est un peu étriqué.
Il n'a pas de cadet à qui le passer, il faut qu'il
l'use jusqu'à ce qu'il ne soit plus bon qu'à
donner aux religieuses pour leurs pauvres. Les
pointes du col font de fines ondulations ; quelques fils s'en détachent. Il ne se rase que deux

fois par semaine, et s'il oublie, bien malin qui
s'en aperçoit. Son verre devant lui est encore
vide, posé sur la toile cirée jaunâtre qu'ornent
quelques plages roussies demi masquées par le
pot d'eau, dont l'anse vue d'ici divise son assiette en deux.

La main d'Henri près du couteau de son
beau-frère, fine et blanche, inhabile et soignée,
son nez trop mince, maladif, se dessinant in-
solemment sur le rideau, ses lunettes qu'on voit
à peine, sa gluante chevelure gominée, immonde,
impardonnable, sur laquelle se détache le noble
profil monastique de Julie Mogne, avec trois
rides et un teint de cire, des lèvres qui n'ont
plus de couleur, le menton légèrement en avant,
au-dessus des arabesques de feuilles grises comme celles de l'eucalyptus, qui parent un corsage
lavé d'un si fort vin de mûres qu'il conserve
sous la lumière des lampes ce doux éclat téné-
breux qui fait chanter de vie les doigts rougis,
aux ongles ras, demeurés le long du plat en
terre, d'où le vieux maladroit, Paul Mogne
essaie d'extraire une nourriture qui ne le tente
pas. Vous ne voyez pas son visage, seulement
ses épaules qui se tournent dans le veston ma-
telassé, dont les croisillons laissent par quelques
fissures filer des bouts de leur kapok, ce qui
lui reste de cheveux disposé en fer à cheval
autour d'un dôme de peau tendue, et ses bras
courts, tremblant un peu, comme les pattes
d'un insecte retourné.

Tout près de vous, Gérard, dont la chaise ne
tient que sur deux pieds, dont la tête se penche
en arrière, et dont les bras tendus font mine
de repousser le bord de la table, alors qu'il le

serre entre ses doigts pour ne pas tomber. Vincent qui lui fait face, un peu moins grand, le cou cendré, car il se rase tous les jours trop vite, sourcils épais, et le regard très noir comme toujours préoccupé, puis le collier rond de perles de verre, autour de la tige de Jeanne aux grands iris, qui accentue l'aspect gris de son père examinant avec ennui la part que s'adjuge la pauvre Marie Mérédat, menue dans son coin mais très droite, et pour finir, à portée de nos mains, la nuque de Viola, que découvrent ses boucles soyeuses, et le buisson de Martine semblable à l'enfance de l'automne, tombant en masse comme un casque.

Ce sont les mêmes murs qui se prolongent, et continuent encore chez Léonard et chez Vertigues, même fenêtre, mêmes portes aux mêmes places, même cheminée, même miroir, mais au premier chez les curés, le carré de la table est en pointe dans le cube de la salle qui paraît grand. Le cône de la lumière ne révèle que le buste des personnages autour de la brillante argenterie sur la nappe blanche. Le visage de Charlotte Tenant ne se laisse que deviner, mais ses mains sont merveilleusement présentes, toutes prêtes, attentives, habiles à vous servir le lièvre, ou les navets transformés par ses soins en fondants îlots sous une écume couleur de bas de soie. Autour, les murs sont comme mis en congé, lointains, sourds comme de grands gongs, chargés d'emblèmes qu'on ne peut qu'entrevoir, longs rideaux charmés de cavaliers, miroirs, et tableaux dont les vitres se laissent argenter par la lumière, mais non traverser. A peine un

point de la poignée de cuivre tinte au travers
de ces lentes cascades moites, et le plafond s'est
effacé sans cesser de vous protéger.

Louis, les poings dans la lumière de la table,
regarde sa tante poser avec soin une patte sur
son assiette blanche et bleue, puis, répandant
la sauce avec lenteur, mêler aux ombres véritables une autre doucement mobile. Et c'est
à lui de choisir dans le plat proposé, fêté de
prévenances, envahi de confort, alors que le
repas quotidien pour lui c'est le restaurant
d'étudiants, ou bien le soir, souvent, dans sa
chambre, le quignon qui durcit, le pâté dans
sa boîte, et le viandox sur le réchaud. Une
feuille de laurier se noie dans l'odeur du vin
cuit ; l'ombre des doigts de Jean, absents, comme s'ils discouraient autour de la paume. Le métro passant sous la rue fait trembler les quatre
images de la lampe dans les verres rouges, et
les quelques fleurs au milieu, bleuets, œillets,
et populages. Alexis aurait pourtant dû se laver.
La conversation continuait :

« ... Une grande troupe d'oiseaux, rarement
j'en avait vu d'aussi serrée, qui poussaient de
grands cris comme s'ils voulaient avertir au
cours d'un passage, et qu'ils continuassent beaucoup plus loin vers le nord. Vieille supersti-
tieuse, quand ton oncle vivait, une telle nuée
m'avertissait souvent de son retour, ou d'un de
ces départs précipités auxquels son métier l'o-
bligeait. Sans qu'ils soient plus pour moi signes
d'aucune attente que je sache, troublée jusqu'au
battement de mon cœur par tant de souvenirs
qu'ils remuaient, amers et doux comme ces
fruits que Jean me ramenait du Caire, j'ai dû

m'arrêter sur le pont pour que mon malaise finisse, tandis qu'ils tournoyaient et s'attardaient comme s'ils s'irritaient qu'on ne les comprît point avant de disparaître derrière les toits, et mon fils si savant ne saura pas, ne voudra pas m'interpréter leurs cris, ce qui m'a forcé malgré moi à les écouter ; il aurait bien trop peur que j'ajoutasse foi à ces sornettes millénaires... »

Le peuple cruel des oiseaux, le coucou, l'ibis, la mouette grise, avec des yeux ronds impénétrables, au travers desquels des prêtres vêtus autrement voulait voir de quoi demain serait fait.

Et quelle lettre de condoléances ? Le deuil d'autrui ne nous concerne pas.

« ...Pour aller voir une vieille amie, que vous appeliez la tante Emma, et que vous adoriez, car elle avait la fâcheuse habitude de vous gâter autant qu'elle a gâté les siens, en vous achetant toujours de ces confiseries malpropres qui vous faisaient si grande envie à l'éventaire des kiosques... »

Je n'ai pas eu pareille enfance.

« ...Il y a bien longtemps que j'aurais dû la voir. Elle qui était plus riche que moi, la voici seule, sans domestique, à se faire la cuisine, et à repriser ses bas noirs, guettant tout le jour le facteur qui ne vient que bien rarement ; ça l'avait toute rajeunie que nous ressassions vos bêtises... »

Ses mains, à peine gênées par les instruments qu'elles tenaient, mimaient les rapides changements de ton de son récit.

Au-dessus des Ralon : les Mogne ; au-dessus des Mogne : Samuel Léonard.

« Amédée est rentré », lui avait dit madame Phyllis.

« Vous lui exprimerez mon mécontentement, et vous le ferez dîner rapidement, je vous prie ; je voudrais qu'il soit prêt pour le premier invité. Vous nous apporterez du café français, deux tasses. Passons au salon, ma rose. »

Madame Phyllis est un peu grasse, avec des replis très blancs dans le cou, des mains potelées et des cheveux gris, un chandail noir sur une jupe noire, et un tablier bleu qui se noue par derrière. Pas très décorative — s'en désole, mais l'admet —, très bonne cuisinière par contre, et elle sait bien que c'est pour ça qu'elle est ici.

Croyez bien qu'il ne lui fallut pas longtemps pour se faire une idée fort précise des rapports qu'entretiennent son patron et son boy, car s'il a tout fait pour les dissimuler, particulièrement à sa nièce, comment aurait-il pu se passer de son consentement tacite à elle, qui par la force des choses leur sert si souvent d'intermédiaire ? Dès son arrivée elle a été émue par le petit égyptien aux yeux troubles et doux qui la regardaient avec un étonnement tranquille quand elle le servait à la cuisine. Il savait à peine quelques mots de français alors ; il parle maintenant avec facilité. Bien sûr, elle est scandalisée, et puis c'est si gênant d'avoir un secret à garder, mais elle en a vu d'autres, vous pouvez l'en croire, et alors quoi ? Les espionner, à quoi bon ? Que ferait-il, à vrai dire, ce beau jeune homme gauche, que serait-il sans la protection

de son maître ? Au fond ça ne gênait personne,
et tout cela ne la regardait pas.

Il savait si bien lui sourire, son prince en
robe blanche, ou bien, les jours de cérémonie
comme aujourd'hui, en pantalon très large et
en veste brodée. Il savait si bien arriver, magnifique, sans se presser, aux premiers coups
de la sonnette qu'Henriette n'agitait jamais
avant un signal de son oncle.

Bizarre petite, le teint un peu bis, les yeux
grands, noblement gracieuse, timide, l'air perdu.
C'était peut-être le sang youpin qui faisait ça.
Le patron l'avait recueillie ; c'était bien naturel,
si, d'après les bruits qui couraient, son père et
sa mère étaient morts tandis qu'elle était toute
enfant ; mais les allusions qu'il faisait à leur
parenté étaient si vagues... Non, elle n'imaginait rien, elle trouvait ça bizarre, voilà tout.
Questionner Amédée, vous pensez si elle avait
essayé — ce n'est pas qu'elle fût curieuse, mais
on aime avoir des renseignements sur les gens
avec qui l'on vit. Bah, autant taper sur un mur :
il glissait comme une couleuvre, avec, sur ses
lèvres larges et bien dessinées, presque de la
même couleur que sa peau, un bon sourire d'où
l'on ne pouvait plus rien tirer.

Des dessins de tulipes apparaissent entre les
épluchures et les pépins qu'elle fait tomber
d'une assiette dans l'autre.

Quant à lui poser la question à elle, pauvre
petite, non, elle n'était pas de ces femmes... Sa
mère avait peut-être fait comme une mésal-
liance aux yeux de monsieur Léonard — il avait
des goûts si luxueux parfois ; les femmes font
de telles folies, et dans les meilleures familles :

on s'amourache d'un soldat, ou d'un artiste...
Et puis des mois ou des années plus tard... Il est
bien temps. Alors pensez aux pauvres gosses
qui en sortent. Et elle, si elle avait voulu, cui-
sinerait pour son mari ; un coup de pouce...
Mais oui : on sait comment les choses se passent. Bien sûr, l'amour ; mais s'il y avait une
illusion qu'elle avait bien perdue... On se dépense, on se dépense, et quand il est passé...
Elle avait peut-être gaffé en restant fille, du
moins elle n'avait pas causé d'histoires.

Orpheline, depuis toujours ou presque, en
tête-à-tête avec cet oncle pince-sans-rire, mais,
si souvent, si triste entre ses statues.

Le chiffon passait, repassait ; elle recueillait
les fines miettes sur sa paume, et les essuyait
sur sa hanche.

Il m'attend, je rêvasse, et le café m'attend
aussi, et je rêvasse ici telle une bohémienne,
comme si je n'avais rien d'autre à faire qu'as-
tiquer.

Les chandeliers étincellent tout seuls sur la
table. Les deux fauteuils ont pris leurs places
de repos. Elle empoigne les anses du grand
plateau laqué où elle a rassemblé les preuves
du repas, et les emporte à la cuisine devant
Ahmed assis qui la regarde rallumer son fourneau sans bouger un trait de son visage.

« Je te sers tout de suite, mon petit, mais il
faut que je leur apporte le café. Ta soupe
réchauffe. »

Elle prend la cafetière, et verse le jus noir
dans un pot d'argent.

Au-dessus des Mogne : Samuel Léonard ; au-dessus de Samuel Léonard : les Vertigues.

Les disques sont là, au moins quelques-uns, les fleurs disposées ; c'est assez bien, se dit Angèle. On avait mis sept heures et demie ; il est huit heures vingt à la montre que son père lui a donnée le matin même. Ils devraient bientôt arriver. Ces glaïeuls, près de la colline de meringues, blanc sur blanc, est-ce assez raffiné ? Parfait. Pourvu que la vieille Charlotte du premier ne tarde pas. On aura besoin de Gertrude pour ouvrir la porte, et elle ne pourra pas tout faire à la fois, surtout nouillasse comme elle est. Tant qu'il n'y aura que quelques convives, il est vrai, maman et moi...

Cabinet de toilette : un coup d'œil à la glace. Très bonne idée, cette branche de rose à la pointe de l'échancrure.

La main, la caressant, arrange une feuille qui s'échappait.

Vite fanée ? N'importe : il faut soigner la première impression. Et les cheveux, à droite, à gauche ? Lisser le méplat sur l'oreille. La brosse, mais pas trop. Ce miroir est un peu cracra ; un peu d'eau sur une serviette. Le lavabo ? Vraiment, je suis honteuse ; on ne pense jamais à tout : ces vieilles boîtes, ces flacons vides, ces tubes aplatis... J'aurais bien pu les faire disparaître, mais il n'est plus temps. Espérons que personne n'aura l'idée de vouloir vraiment se laver les mains. Je ne vais pas me salir à transporter, quant à Gertrude... Dans ce coin, là, sur la planchette. Et puis elles pourront bien faire les dégoûtées, je sais que chez elles c'est pareil. Un jour, chez Marie-Claire, il y avait toutes sortes de cheveux et d'épingles à la place du savon. Tout de même...

Vingt-cinq ; il n'y a plus qu'à aller s'asseoir dans un des fauteuils du salon, et se tenir prête à bondir. Ceux de l'immeuble attendront pour monter qu'il y ait du remue-ménage ; qui sera le premier ? Bernard peut-être, si ponctuel, ou Bénédicte avec son cher Gustave ?

L'indéfrisable de maman est réussie. Elle porte un plat de petits éclairs.

« Chérie, tu devrais profiter du répit pour croquer deux ou trois babioles ; sinon tu vas mourir de faim.

— En effet », dit Léon Vertigues, qui depuis qu'il est rentré s'efforce de dîner en goûtant de tout, et il engouffre de plus belle.

« Exquis, exquis. »

Quelques poils de gruyère lui sortent de la bouche ; il applaudit :

« Nous danserons, Lydie, nous danserons. »

Martine et Viola Mogne éclatent de rire, car grand-père vient de laisser tomber un peu de purée dans son verre. Félix prend le plat des mains de Marie Mérédat et le passe à Henri. Maman allait en faire autant, elle se sert. Les deux cercles retraversent parallèlement le rectangle pour aboutir l'un à Frédéric, l'autre à Jeanne, qui le passe rapidement à Vincent, d'où il arrive jusqu'à Viola, brûlant la station « Martine », puisque celle-ci opère en ce moment une substitution de verres au profit du vieux maladroit. Frédéric hésite, voit l'assiette vide de Félix, le fait se servir. Grand'mère ayant déjà fini, il lui en propose à nouveau ; tentée

d'accepter, elle refuse. Et l'autre boule de ce
billard cogne ainsi les bandes aux points Gérard,
puis Martine, qui la dépose sur la desserte.

Le père s'aperçoit que personne ne boit et
que c'est de sa faute. Il transforme un à un
les verres en taches violettes, soit dans les mains,
soit sur la toile cirée, tandis que la mère fait
repasser le premier plat du spot Marie au spot
Vincent, qui le racle et l'élimine à son tour.

Inquiet :

« Ma chérie, c'est tout ce qu'il y a pour le
dîner ?

— Je pensais que le jambon serait meilleur
avec la salade. Va le chercher, Viola.

— Mais non, cette purée est très mangeable,
au fond.

— Viola, est-ce que tu es vissée sur ta chaise ?

— Mais puisque papa...

— Fais ce que je te dis, veux-tu.

— Obéis à ta mère, et ne nous casse pas la
tête avec tes récriminations... Tu en profiteras
pour remplir la carafe à vin ; Henri en voudra
sûrement avec le fromage. »

Chacun sait qu'il n'en mange pas ; Gérard
et Vincent se donnent des coups de pied sous
la table.

Quel appétit elle a encore, se dit Félix offrant
de l'eau à sa grand'mère.

Viola, déposant les plats nouveaux, triomphe,
car l'assiette de son père est vide, et il mangera
son jambon avec la salade comme tout le monde,
ce qui montre bien que ce n'était pas la peine
de faire tant d'histoires.

Au début les trajectoires reproduisent les pré-
cédentes, mais les esprits attentifs auront déjà

remarqué que le changement des conditions
va amener une complication remarquable. En
effet : les deux plats, interchangeables tout à
l'heure, sont nettement différenciés, et doivent
obligatoirement passer par chacun des dîneurs.
On trouve aisément le principe de la solution
dans une rotation décalée, mais sa mise en pratique se heurte à trois difficultés qui devraient
obliger les dîneurs à le compliquer grandement ;
premièrement : tous les membres de la famille
ne se servent pas à la même vitesse, deuxiè-
mement : afin d'augmenter la rapidité on fait
partir les deux plats au même moment, et
enfin : un certain nombre de règles de préséances continuent à être observées, ce qui donne
le schéma suivant : pour le jambon : grand'mère,
Henri, grand-père, maman, papa, Félix, Jeanne,
Vincent, Martine, Viola, Gérard, et pour la
salade : grand-père, grand'mère, Henri, maman,
et la suite... Cette simplication se produit du
fait que grand-père mettant à peu près deux
fois plus de temps que tout autre, il ne passe
à maman le jambon qu'après qu'elle ait reçu
d'Henri la salade.

Marie Mérédat, élevée dans l'art des repas à
conversations, déplore la pauvreté en discours
de ceux auxquels elle est maintenant condam-
née. C'est qu'un repas en famille nombreuse est
une cérémonie si compliquée que l'on n'a guère
le temps de penser à autre chose qu'aux multi-
ples problèmes qu'il y faut résoudre à la minute.
Disons-le tout de suite : les étrangers s'y perdent. Une longue accoutumance est nécessaire.
C'est le gendre-beau-frère qui joue ce soir le
rôle périlleux de l'invité ; croyez bien qu'il

est observé, il fait tant d'erreurs grossières ; c'est la vingtième fois qu'il vient, il nage encore ; perpétuellement il faut le rappeler à l'ordre, lui indiquer discrètement la marche à suivre, qu'il n'est pas capable comme les autres de déduire immédiatement des données. C'est maman qui se charge en général de ces fonctions de contrôle et d'initiation ; il y faut sa patience : ce qu'on excuse aisément chez un nouveau venu, ne laisse pas de vous agacer chez un habitué.

Qui s'oublierait à parler d'abondance risquerait fort d'être obligé de rattraper très vite les autres convives narquois et impatients, situation toujours humiliante, mais d'autant plus lorsque, comme ce soir, étant pressé, on n'est pas disposé à vous attendre, et qu'on ne manque pas de vous le faire sentir. Seule Marie l'obstinée, l'habile, forte des rares avantages que la politesse occidentale accorde encore à la vieillesse, et de sa verdeur conservée, s'arrange pour glisser, au répit du changer des assiettes, une question d'intérêt général sur le tapis.

« Excusez-nous d'aller si vite, Henri, nous devons donner une impression de voracité fort amusante, c'est que les enfants doivent sortir. les demoiselles ont à se préparer ; voyez, nous sommes encore en tablier comme des chiffonnières. Imaginez que c'est dans cette maison même : les gens du quatrième, les Vertigues font un grand tralala en l'honneur des vingt ans de leur fille ; comment s'appelle-t-elle déjà, Julie ?

— Je n'en sais rien, ma foi ; il faudrait demander aux enfants. »

Martine pose le fromage, Viola s'affaire ; Fé-

lix, se sentant visé, d'un ton morne, la bouche
pleine, un lambeau de salade s'agitant encore
sur sa lèvre :

« Angèle.

— C'est cela ; très bien élevée, d'ailleurs ;
mais dites-moi, comment l'avez-vous connue ?
C'est une de tes amies, Viola ? »

Les vannes sont ouvertes, se dit Frédéric,
quand tout cela va-t-il finir ? Qu'elle les ait,
ses fameux vingt ans, cette pécore, et qu'enfin
on n'en parle plus. Comme si on avait alerté le
ban et l'arrière-ban des fréquentations de Jeanne
ou de Martine, et si Viola se mettait dans la
tête...

Il essaie d'endiguer le flot par d'hypocrites
diversions :

« Mère, un peu de vin avec le brie ?

— Oui, un fond, ça suffit. Une de tes camarades de classe, sans doute ?

— Vous n'avez plus de pain, mère, servez-
vous.

— Et ce sont vos frères qui vous servent de
cavaliers ; pour une fois qu'on les voit à peu
près propres, il faut bien qu'il y ait une raison.

— Un peu de raisin ?

— Un instant. Et toi, mon pauvre Félix, tu
ne vas pas rester tout seul quand les deux grands
vont s'amuser ? »

Apartés :

Frédéric : l'idiote.

Félix : la vieille vache.

Jeanne, Viola, Martine : la curieuse, l'incorrigible.

Vincent, Gérard : de quoi je me mêle.

Paul Mogne : fatigante et cruelle comme toujours.

Et Julie coupe :

« Mais non, il est invité lui aussi, naturellement. »

C'est là ce qu'elle voulait savoir.

« Ah, ils auront fait les choses à la grande, sûrement ; des gens qui ne se privent de rien, elle, toujours avec des fourrures... »

Cailloux dans mon jardin, mâche Frédéric, les yeux absents.

« Encore un peu de raisin, mère ?

— Non, merci.

— Eh bien nous pourrons passer au salon, Henri, si vous voulez bien.

— Un instant, Frédéric, grand-père n'a pas fini son raisin. »

Il se hâte, s'étrangle, tousse.

« Ça y est ? »

Il hoche la tête, abandonne avec regret quelques grains sur leur petit arbre, s'essuie la bouche rapidement, et dans sa précipitation se lève le premier. Tout le monde l'imite.

C'est le salon de Samuel Léonard qu'il aurait fallu aux Vertigues pour leur danserie, car les deux pièces qui chez eux communiquent par une double porte, n'en font ici qu'une seule immense, meublée d'armoires à livres, et de deux vitrines emplies de tissus coptes et de papyrus, au-dessus desquelles deux grands paysages sombres d'un peintre alsacien du dix-septième siècle, avec des traces de villes et d'incendies dans le lointain, encadrent en place d'honneur, seul devant son miroir devant la seconde fenêtre, un

admirable faux de granit, où, par un de ces
miracles qui risquent fort de passer inaperçus,
le paysan de Louqsor avait su retrouver, malgré
sa technique grossière, l'esprit des portraits
royaux du début de la dix-huitième dynastie,
le tout sur la base bleue d'un tapis d'Iran dans
toute la longueur, laissant se deviner successive-
ment les fleurs et les oiseaux de son dessin,
comme s'il changeait, sous les fauteuils choisis
pour leur qualité de confort, dans l'éclairage
des petites lampes dispersées.

« Le jeune Lécuyer vient te prendre, n'est-
ce pas ?

— Oh, pas avant neuf heures, je lui ai bien
spécifié ; rien n'est plus assommant que d'arriver avant que l'ambiance y soit.

— Oui, quand elle y sera, je crains que nous
n'ayons du mal à nous entendre. »

Il attend qu'Henriette ait déposé sa tasse.
Il sonne.

Au rez-de-chaussée, les concierges, fin prêts,
rangent les numéros de cuivre sur le molleton
vert usé.

Heureusement, ça ne se produit pas souvent.
Il y a bien un an qu'on n'a pas sorti ce maudit
matériel. Ce n'est pas les Mogne qui recevraient,
ni le rasta — c'est-à-dire qu'il reçoit, mais il
se passe de nos services ; il s'est même arrangé,
le vieux youpin, pour inviter des amis ce soir
même, et profiter du vestiaire d'autrui ; quant
aux curés, n'en parlons pas, les peintres sont
dans la purée, et jusqu'à présent la petite Vertigues était un peu jeune. Dans le temps, avant
cet accident d'avion — il valait mieux qu'ils

s'en aillent ensemble, vous savez —, c'était cinq
ou six fois l'hiver qu'il fallait redéménager. Ils
vous feraient mourir pour leur plaisir, tous
ces gens-là. Ils payaient, mais est-ce qu'on vend
sa force et ce qui reste de loisir dans ce métier
si dérangeant ? Allons, il avait un bien grand
cœur, monsieur Mourivet ; tout compte fait, il
a laissé dans la maison un excellent souvenir.

Plus grande que lui, elle penche la tête pour
ajuster son bouton de col.

« Il faudrait demander au gérant de t'acheter
un autre costume ; à la fin tu ne présenterais
plus. »

Quand il réfléchit, il brosse la seconde pha-
lange de son index avec sa moustache.

« Tu n'oses pas, Godefroi ? Je lui en parlerai
moi-même, la prochaine fois qu'il viendra. »

Et lui, soumis, mais sûr de son dire :

« Tu sais bien ce qu'il répondra : si ce veston
ne vous plaît pas, rien ne vous empêche de le
faire arranger.

— Des défilades. Le tailleur essaiera de nous
embobiner, et si nous insistons pour qu'il re-
fasse ce vieux-là, il rechignera, et nous fera
payer presque aussi cher que pour un neuf.

— Tu vois ; si nous étions au temps des Mourivet, d'accord, il fallait bien leur faire honneur,
car ils savaient donner des fêtes, mais tout ce
qui demeure de leur passage, c'est la vieille
Élisabeth là-haut, qui n'a pas quitté son grenier,
et qui bientôt elle aussi ne sera plus rien. »

Le petit homme parle d'un ton sérieux et
doux comme un clergyman.

A ce moment la porte s'ouvre : c'est un jeune
homme avec un long manteau. En dédoigtant

ses gants, il essuie d'un regard ennuyé les rayons vides.

« Vous aurez le numéro un », lui dit Eléonore Poulet avec un grand sourire, comme pour le consoler.

« Mange, mon petit, mange ; tu sais bien que le patron ne sera pas content si tu es en retard pour ouvrir à ses messieurs. Ils ont fini leur café là-bas. Il faut que je sorte mes allumettes du four. »

La vapeur s'échappe. Les rectangles feuilletés craquent bien sous son doigt. Elle en glisse un sur l'assiette d'où Ahmed vient d'enlever les dernières traces de confiture d'orange avec une croûte de pain.

« Enfourne ça. Elle était bien furieuse, madame Vertigues, quand je lui ai dit que je ne pourrai pas venir les aider, parce qu'ici aussi il y avait réception avec amuse-bouches... »

Madame Phyllis se lèche les doigts. Samuel sonne de nouveau.

« J'y vais, j'y vais. »

Ahmed regarde l'angle humide où se trouvent les trois sonnettes : celle de la porte d'entrée, en bois, avec un timbre en forme de sein qui fait un bruit de grésillement, celle de l'intérieur, cube de métal noir dont la cloche d'acier tinte clair, et celle du service dont le grelot donne l'impression que l'on racle deux limes l'une contre l'autre. Il pose ses mains brunes sur la toile cirée, et se perd dans les lacs, les déserts et les reliefs légers que les vapeurs des préparations culinaires ont lentement gravés au plafond.

« ... De ses yeux qui semblaient déjà faits pour le nord, et comme elle était cruelle et brutale sous sa gentillesse et ses manières de petite fille, comme elle nous dominait tous, nous donnant des ordres de sa voix perçante, courait dans les allées et nous criait de la rejoindre, et son frère se soumettait, et nous nous soumettions aussi, mais nous ne savions pas courir comme eux. »

murmure la voix de Jean Ralon, qui semble sortir de l'espace plutôt que son visage à peine dégagé de l'ombre.

« Et un soir presque à l'heure où l'on ferme les grilles, je revois Alexis, c'était le plus petit, tout d'un coup effaré, fatigué, ne reconnaissant plus ces arbres ni ces bancs désertés, dans l'obscurcissement qui s'accélérait à cause d'une vague de nuages bas, — il s'arrête, il me crie de venir le chercher, mais moi je suis à la poursuite d'Albéric qui prend de plus en plus d'avance sur moi, et tourne dans un chemin du jardin anglais où nous n'étions jamais allés jusqu'alors, et je ne le retrouve plus ; et je m'aperçois que je suis tout seul moi aussi avec le poids des nuages qui s'accentue et les tourbillons de poussière que le vent commence à soulever. Sur le point de pleurer je retourne vers Alexis, avec l'impression qu'ils avaient rejoints tante Emma, et que tous les trois s'en étaient allés, nous abandonnant. »

Le monologue qui s'estompe, s'accompagne du bruissement des couteaux. On voit la grande tache blanche de la serviette envahir la soutane, et se prolonger vers les lèvres, comme un chif-

fon efface les derniers mots d'un tableau noir.
Et la voix du mince Alexis plus coupante :

« Je voyais Jean qui revenait, si tard, si longtemps après mon appel, ce devait être pour avoir
rencontré quelque obstacle, et non pour m'avoir
entendu. Il vint me prendre par la main, me dit
de marcher vite, et de crier avec lui : tante
Emma. La pluie s'était mise à tomber ; c'est
elle qui avait nos manteaux, et nous commen-
cions à avoir froid. La grille de la rue de Fleu-
rus était fermée. Terrorisés à l'idée d'être en
cage, nous nous mîmes à courir jusqu'à l'escalier qui luisait et glissait, en appelant de toutes
nos forces. Je ne sais comment elle nous a retrouvés, mais je me souviens très bien qu'Albéric et Solange étaient avec elle, et que nous
nous sommes regardés, Jean et moi, certains
qu'ils avaient voulu se jouer de nous. Aussitôt
nous rêvâmes de nous venger ; je ne crois pas
que nous y ayons réussi.

— Nous avons dû déménager peu après, toutes
deux, moi la première. Nous nous sommes re-
vues de loin en loin, de moins en moins, jusqu'à nous perdre complètement de vue, et il a
fallu ce mariage... »

La main habile de Charlotte, en changeant les
assiettes blanches et bleues, balaie les miettes
du récit.

« Imagine-toi, mon Louis, que quand ton
père était jeune homme, elle lui avait fait une
grande impression ; naturellement c'était impossible à cause de la différence d'âge ; et puis
elle s'est mariée très vite avec cet architecte,
mais on avait choisi ton père comme garçon
d'honneur. Certains ont pensé que c'était plutôt

une gaffe ; non, elle savait très bien ce qu'elle faisait et lui aussi. Ils ont continué à se voir quelques années, très bons amis, puis la vie les a séparés. Elle avait bien reçu le faire-part de ta naissance, c'est tout ce qu'elle savait de toi. Elle aimerait faire ta connaissance. Elle pourrait te parler de ton père tout autrement que moi — ils ont fait ensemble des voyages, il est allé passer des vacances chez eux... —, enfin, si cela t'intéresse un jour de vider les tiroirs de cette vieille dame, elle te recevra à bras ouverts, enchantée d'avoir quelqu'un devant qui déballer ses photos. — tu dois savoir... Je lui ai dit : mais chère amie, si vos enfants ne peuvent pas venir vous voir, pourquoi n'allez-vous pas vivre près de l'un d'eux ? Ah, le déménagement serait trop compliqué, et puis quitter Paris, sa maison, ses amies... Elle me faisait pitié, mais comme elle est restée charmante. Après dîner, je te passerai son adresse. »

Le métro passant sous la rue fait trembler les fruits dans leur coupe.

Le long soupir de l'ascenseur. Premier étage, comme le son d'un doigt qui frappe à la fenêtre. A sa droite un petit miroir ; les constructeurs de ce temps-là pensaient à tout. Dans la lumière faible, le premier invité y jette un regard qui le satisfait.

J'en reverrai peut-être quelques-uns ; c'est que l'on change tant de camarades tant qu'on est encore au lycée. Bernadette, par exemple, nous avons fait connaissance de la même façon — c'est cela : l'hôtel des Oiseaux —, la même année. Je sais qu'elles ont continué à se voir. Deux.

Tiens la minuterie s'éteint ; les concierges auraient dû faire attention ; rallumé ; s'il faut
qu'ils se dérangent à chaque fois... Trois. Dans
le nord du Finistère, relations de plage, et leurs
parents avaient tout de suite sympathisé ; déjà
leurs noms leur disaient quelque chose, et puis
il s'était trouvé qu'un de ses copains à Sciences
Po, Henri Tonet, avait pour amie de cœur...
Quatre. La porte, le palier ; les marches, les
barreaux qui descendent. Quelle lenteur. Angèle
n'était pas idiote, loin de là, pas intellectuelle
pour un sou, c'est autre chose... La secousse de
l'arrivée.

Philippe se dégage des portières, laisse descendre la cabine, resserre le nœud de sa cravate, et sonne après un brin d'hésitation.

Au dessus de Samuel Léonard : les Vertigues.
Au-dessus des Vertigues : les de Vere.

« Ne te dérange pas, chérie », dit Martin à
sa femme, en entendant le cri du timbre.

Ils en sont au fromage. Quelques tableaux,
quelques chaises de paille grossières, mais choi-
sies avec des montants cylindriques, autour d'une
table de bridge, couverte d'une nappe de nylon.
L'ampoule au plafond s'est cassée, voilà plusieurs jours déjà ; on n'a pas trouvé le temps
de la remplacer. Une chance qu'il y ait encore
eu du pétrole, sinon il aurait fallu dîner dans
l'atelier. La lumière de la lampe sur haut pied
empire, extirpée des placards qui dans la chambre des enfants font office de grenier, tombe
brutalement sur l'assiette blanche, où la main
de Martin coupe avec un couteau à manche

noir une pointe de gruyère, à côté de la bouteille de vin rouge à demi-pleine.

Il ne se presse pas, achève de se servir, disant:

« Ce doit être Galet, il arrive toujours à des
heures imprévues. Nous lui ferons partager notre
dessert.

— Mais il y a juste une petite tarte. Pour
trois ce ne serait vraiment pas assez.

— Eh bien, il nous regardera manger. C'est
de sa faute aussi ; quand on lui dit neuf heures
moins le quart-neuf heures, il n'a pas besoin
d'être là à huit heures et demie. Il attendra
les autres pour avoir des petits gâteaux. Et puis
je suis tranquille, telle que tu es, tu t'arrangeras
bien pour lui en offrir une part. J'y vais ; il doit
s'impatienter. »

Il pose sa serviette en se levant. On voit son
épais chandail gris à col roulé, tout reprisé. Au
moment où il quitte la pièce, la lumière signale
juste un instant la trace blanche de ses chevilles
nues, entre les espadrilles bleues marine et le
pantalon de flanelle, puis il ouvre la porte avec
un large sourire qui se fige devant le jeune
homme inattendu.

« Pardon », dit celui-ci, déjà certain de son
erreur, « madame Vertigues, s'il vous plaît ? »

Le sourire de Martin revit :

« Ah, c'est au quatrième.

— Excusez-moi.

— Je vous en prie. »

« C'est un des invités du tohu-bohu d'en
dessous qui s'est trompé d'étage », dit-il en se
réinstallant en face de sa femme. « Il doit être
dans les premiers, puisqu'on n'entend rien. »

Julie Mogne ouvre la porte de son salon, et invite son gendre à entrer dans le noir.

« Va allumer, Gérard, voyons. »

Viola et Martine entassent les assiettes. Lumière. Henri s'installe dans un fauteuil. Frédéric :

« Cigarette ? Du feu ? »

Puis va chercher dans l'armoire deux bouteilles : Hennessy, Anisette.

Grand-père, grand'mère ; Jeanne emboîte le pas lourdement ; le compte y est.

« Félix, va me chercher les petits verres. »
Julie :

« Mes filles, allez vous habiller, je viens vous aider tout de suite. Gérard, Vincent, si vous aviez la gentillesse de porter toute cette vaisselle à la cuisine ; ne mettez pas trop de désordre. Félix, débarrasse-moi de cette corbeille à pain.

— Mais, maman, papa m'a dit de...

— C'est bon, dépêche-toi, après tu viendras aider tes frères. »

Le métro passant sous la rue fait trembler le lustre dont manque une boule de verre sur quatre.

« Henri, un peu de cognac, bien sûr ?

— Pas trop, mon vieux, merci.

— Jeanne, Marie-Brizard ?

— Un doigt.

— Et toi, grand'mère ?

— Oh, tu m'en donnes trop. »

Mesure comble d'alcool pour grand-père, dont le visage un peu rond s'éclaire pour la première fois de la soirée.

Tête de maman par l'entrebâillement :

« Jeanne, ma chérie, ah, tu bois, finis, ma

chérie, mais après si tu pouvais donner un coup de main pour l'habillage. »

Moue dépitée d'Henri ; bruits de couverts dans la pièce à côté. Félix se verse en douce du cognac sous l'œil compréhensif de grand-père, et subtilise la bouteille afin que les frères en profitent.

Henri reprend une cigarette. Frédéric, son pot à tabac ouvert sur ses genoux, subit un laïus de Marie Mérédat, qui n'insiste pas longtemps, prend un sourire désabusé, s'excuse de son âge et de son ouvrage, et, estimant avoir suffisamment rempli ses devoirs d'hôtesse doyenne, se retire avec dignité.

« Je vais vous imiter, mon amie », dit le vieux Paul. Frédéric suit le dos de son père, si humblement désolé, et refouille les traits de son gendre qui semble regarder si les aiguilles de la pendule tournent.

Ah, il ne l'aurait pas choisi, et pourtant en un sens c'était une aubaine : bonne famille, bien pensant, des espérances, et la maffia des X. Il faut des arguments pour s'opposer à un mariage, et le fait qu'il ne voyait pas comment on pouvait tomber amoureux du prétendant... Il fallait bien le supporter, ce congre, pour avoir Jeanne de temps en temps, la tête droite comme un officier prussien, ayant l'air d'étudier ses poses pour une réunion mondaine, et en réalité mou comme une chiffe, un écolier à peine sorti de ses leçons apprises par cœur, de ses petits chahuts, de ses fausses excuses, sale petit bon élève pour toute sa vie, et puis le chéri de sa mère, le fils unique, tous ses caprices exaucés, si seulement il avait voulu quelque chose...

Il est vrai qu'il pouvait parler, lui.

Il éclate doucement de rire. Henri le regarde surpris. Félix ouvre la porte de la salle à manger, et gentiment leur dit qu'elle est libre ; s'ils voulaient écouter la radio...

Philippe Sermaize, sûr maintenant qu'il est au bon étage, voudrait attendre.

Cette impression d'arriver trop tôt, d'interrompre ses hôtes dans leurs préparatifs. Il cherche l'heure sur son bras. Neuf heures moins le quart ; il est vrai que je dois avancer. Et les invitations portaient sept heures et demie ; on voit bien qu'ils n'ont pas l'habitude. Ces braves Vertigues, avec leur air de jeter l'argent par les fenêtres, tout ce qu'il y a de pot au feu. Ils n'auront pas voulu que leur petite fille se couche trop tard. Encore des gens qui ne savent pas vivre. Les naïfs, je veux bien être pendu si j'arrive à repasser cette porte avant deux heures du matin, malgré tous mes efforts, et il me faudra rentrer à Saint-Sulpice à pied, à moins qu'il y ait une bonne âme motorisée dans la bande. L'avantage, c'est que nous sommes supposés n'avoir pas dîné, et ils s'y entendent en cuisine.

Marmonnant, s'appuyant d'un pied sur l'autre sur le paillasson.

Mais comme, après tout, il n'accélère pas le passage des minutes, et comme il sait que, de l'autre côté des planches jointes qu'il contemple, il trouvera au moins de quoi s'asseoir et de quoi boire, en attendant que les autres arrivent, il sonne longuement en appuyant fort le pouce.

« Je suis sûre que c'est Bernard », s'écrie Angèle, sautant de son fauteuil en arrangeant de ses deux mains à plat les plis de sa robe blanche ; « je vais ouvrir ?

— Mais non, mon enfant, il vaut beaucoup mieux que ce soit Gertrude. »

Lydie Vertigues pose un nouveau plat de petits éclairs au café sur le dernier coin libre de la grande table. Celui qu'elle a dans l'autre main ne tiendra pas ; il va falloir le rapporter à la cuisine.

« Gertrude, Gertrude, on a sonné. »

Et elle s'engouffre dans le couloir pour la houspiller.

En entendant ce cri Philippe s'amuse : l'affolement des dernières minutes avant le lever du rideau.

Léon, tout absorbé dans la comparaison des diverses douceurs au programme, s'éveille brusquement, avale d'un coup le chou qu'il tenait à la main, sort son mouchoir pour effacer une touche de crème au chocolat, et disparaît dans le bureau afin de préparer une entrée naturelle.

Le pas lourd et pressé de la nommée Gertrude, pense Philippe, sans doute une nouvelle recrue à peine débarquée de sa cambrousse ; on dirait vraiment qu'elle a des sabots ; elle marche sur les parquets cirés des Vertigues comme sur la terre battue d'une étable.

Ouverture.

L'ascenseur passe.

Les yeux affolés, les joues couvertes de taches

de rousseur, les cheveux en auréole embrouillée,
l'effort pour sourire au-dessus de tablier blanc
déjà semé de miettes.

Philippe vient à son aide :

« Mademoiselle Angèle Vertigues, s'il vous
plaît ? »

Il l'aperçoit, debout, attentive, dans le salon.

« Mais oui, monsieur, entrez, monsieur. »

Pourquoi madame ne lui a-t-elle pas dit quoi
dire ? Comment pourrait-elle savoir ? Il a dû
la prendre pour une véritable campagnarde...

Angèle s'avance, gracieuse ; le jeune cuisinière
s'enfuit, soulagée.

« Philippe... »

Elle a su s'arranger ; les parents doivent savoir ce que ça leur a coûté ; et puis des fleurs,
des fleurs, il faut impressionner les prétendants.

« Vous avez une robe ravissante.

— Vous êtes gentil. »

Toute blanche, comme une robe de première
communion, ou de mariage. Le genre de réflexions sprituelles qu'il faut savoir garder pour
soi. D'ailleurs elle n'est pas tout à fait blanche.

« Je vois que j'ai la chance d'ouvrir la fête.
Tous mes vœux. »

Elle s'efforce de rire aussi ; les sons se perdent sur le plancher nu.

« Ne vous inquiétez pas, les autres vont vite
arriver. »

Un temps.

« Voulez-vous boire quelque chose ?

— Mais..., très volontiers. »

La voix de la conscience polie murmure :
n'ayons pas l'air trop pressé.

Léon Vertigues juge opportun d'apparaître :

« Bonjour, Philippe ; ça va ? Les études, content ? Et vos parents ?

— Merci beaucoup ; ils m'ont chargé de vous transmettre toutes leurs amitiés. Je me permets de vous féliciter pour les vingt ans de mademoiselle votre fille. »

Qu'est-ce qui lui prend de parler comme ça ?

On se regarde, puis on regarde un peu à côté.

C'est bien mon tour d'entrer sur le plateau, se dit Lydie.

« Bonjour, Philippe.

— Chère madame...

— Voyons, quelque chose d'un peu fort, je pense. Angèle, si tu servais à ton ami un peu de ce cocktail que nous avons préparé, oh, rien que de très ordinaire, vous savez, ne vous attendez pas... Mais cela vous réchauffera. »

Quatre sourires autour d'un plateau, où quatre verres se remplissent d'un alcool brique, au milieu du salon inondé de l'odeur des fleurs blanches. Le bras nu jusqu'à l'épaule, dont la main tenait la carafe, se détend pour la replacer sur la nappe. Philippe remarque alors le mince bracelet-montre qui l'orne.

« Servez-vous », lui dit madame.

« Je vous en prie », répond-il.

Elle s'exécute.

Trois verres.

« Servez-vous », lui dit monsieur.

« Après vous », rétorque-t-il.

Il accepte.

« A vous, maintenant », dit Angèle.

Alors il prend le plateau.

« Laissez, je sais très bien faire le garçon. »

Elle rougit et prend son verre, Philippe le

sien, et il laisse le rectangle d'argent vide re-
fléter la lumière du lustre.

« Je bois à votre bonne année. »

Puis après trois mercis, quatre verres à pieds
de cristal, marqués d'une petite tache rougeâtre, interrompent l'effet miroir.

Sonnerie. Tous les regards se tournent en
même temps vers la porte, et Gertrude se précipite.

Léon Vertigues a noté sur sa fiche mentale :
bien physiquement, assez grand pour faire un
beau couple, bien élevé, pas bête, juste assez
prétentieux, parfait question belle-famille, aisance, à retenir.

« Oh, c'est vous, Gérard », dit Lucie. « Je
suis désolée de vous avoir fait attendre si longtemps.

— J'avais peur de m'être trompé de jour.

— Non, c'est bien ce soir.

— Je suis un peu en avance, je crois. Vous
n'aviez pas fini de dîner ?

— Si, si, ne vous inquiétez pas, je terminais
seulement quelques rangements à la cuisine.

— Jacques et Maurice, toujours terribles, et
Miette prospère ?

— Ils sont couchés, naturellement ; j'espère
qu'ils ne nous ennuieront pas.

— J'aurais tant voulu leur dire bonsoir.

— Voulez-vous vous asseoir dans l'atelier ?
Mon mari vient tout de suite. Excusez-moi.

— Je vous en prie, je serai en conversation
avec les tableaux. »

Au-dessus des Vertigues : les de Vere ; au-dessus des de Vere : Elisabeth Mercadier, toute seule à l'étage des chambres, puisque l'employé du métro et la vendeuse sont partis faire une petite bringue au restaurant. Elle a mangé avec les fantômes de ses anciens maîtres, qu'elle identifie dans son souvenir avec Saint Joseph et la Sainte Vierge. Comme tous les soirs elle espérait qu'ils allaient lui dire : demain l'enfant Jésus viendra partager votre repas, mais non, c'est toujours le même air désolé : il aimerait venir, bien sûr, mais il a tant de travail en ce moment. Comment ne le comprendrait-elle pas ? Aussi, comme tous les soirs, elle avait mis trois couverts seulement ; et quand elle les lave dans sa cuvette, le sien est à peine plus sale que les deux autres.

Sous le regard bienveillant des concierges, Henri Delétang enlève à Clara son écharpe de soie blanche, et son manteau court de faux astrakan. Superbes épaules ; visage étriqué dans son auréole blonde artificielle à la star ; mains rapides, mais imprécises. Elle le contemple ouvrir son pardessus comme un grand coquillage bivalve.

Tout de même, quelle trouvaille burlesque du hasard : se faire emmener par lui, à une soirée donnée par je ne sais quelle pimbêche à dot, précisément dans la maison... A moins qu'il ait su... Non, il était fort, mais pas à ce point. Ce qui pourrait être vraiment drôle, ce serait qu'il découvre. Brouille évidemment des deux côtés, mais avec un éclat de rire d'envergure.

« Je mets tout ensemble, n'est-ce pas ? Numéro cinq.

— C'est au...

— Quatrième, oui, monsieur ; vous pouvez prendre l'ascenseur.

— Mais bien sûr. Passez, princesse.

— Imbécile. »

Montée. Vite il l'embrasse sur l'épaule ; elle se débat.

Monsieur Poulet, les yeux immenses :

« Tu as vu.

— Et ça t'étonne ? Ils sont peut-être fiancés... S'il vous plaît ? »

C'est une homme d'une quarantaine d'années avec des lunettes très fortes.

« Bonsoir, Martin. Bien dîné ?

— A ma faim. A part ça ?

— Tu as des allumettes ?

— Je vais t'en chercher. »

Maurice Gérard contemple le tableau qui lui fait face, mal éclairé par la lampe — car Martin, dès que le soir commence à laver les carreaux, abandonne sa palette, et s'installe pour lire ou dessiner — comme toujours remarquable par l'équilibre de ses surfaces. Tel qu'il est, si on le compare aux œuvres d'il y a quatre ou cinq ans, il pourrait sembler terminé, mais toute l'œuvre récente de Martin affirme que d'autres figures viendront habiter cette maison, comme l'invention mélodique se superpose au rythme nu.

« Attrape », dit le peintre. « Toujours aussi maladroit. Les gens qui se mêlent de critique d'art n'ont jamais rien su faire de leurs mains. »

Maurice, le regardant du coin de l'œil, et fai-

sant sortir de sa bouche les premiers appels de
fumée :

« Attrape. »

Et lance.

« C'est malin. Maintenant il faut la retrouver, cette boîte. »

A quatre pattes, la pipe au bec, il renifle
dans les recoins.

« Hop. »

Deux petits écheveaux de soie déchiquetées se
rejoignent à mi-hauteur, lentement agités en
spirales, pour se dissoudre dans la toison des
régions obscures.

Henri Delétang pénètre au salon Vertigues
avec sa compagne, au moment même où Léon
papa allait mettre en marche le premier disque.
Apercevant les nouveaux venus, il retire le bras
du pick-up, et va chuchoter à sa femme :

« Tu connais cette jeune personne ?

— Ce doit être sa nouvelle conquête. J'aimais
mieux la petite Brigadier.

— Mais j'y pense, est-ce qu'elle ne doit pas
être là ce soir ?

— Henriette ? Eh bien, quoi, à leur âge...

— C'est un jeune vaurien, pourri de littérature idiote, et pas très intelligent, j'ai l'impression, mais la coqueluche des demoiselles.

— Mon chéri, c'est toi qui as insisté pour qu'il
vienne...

— Nous ne pouvions tout de même pas inviter uniquement les partis possibles. Delétang
aurait été très froissé...

— Allons savoir le nom de la nouvelle perle...
Henri, que c'est gentil à vous... »

— Permettez-moi, chère madame, de vous présenter mademoiselle Clara Grumeaux...

— Tout à fait enchantée. Voyons, Henri, vous connaissez Gisèle Petitpaté. »

Un bonjour bouché.

« Et puis voici Denis Petitpaté, mademoiselle...

— Grumeaux.

— J'ai si peu la mémoire des noms. Angèle, Henri t'a amené une de ses nouvelles camarades.

— Clara, Angèle.

— Que diriez-vous d'un petit verre de quelque chose ? »

Angèle, Henri, Clara, devant le buffet. Léon pousse le bras du pick-up : tango très sentimental. Angèle glisse sur le parquet pour apporter une assiette de sanwiches aux quatre garçons désœuvrés autour de la grosse Gisèle, heureuse d'être entourée. Lydie maman se hâte vers la cuisine, ennuyée que Charlotte ne soit pas encore arrivée. Les curés mériteraient-ils leur réputation de gourmands ? Sonnerie ; Gertrude, toute à son devoir, heurte sa patronne dans le corridor. Philippe prend l'assiette des mains d'Angèle, la dépose en riant sur les genoux de Gisèle qui se lève pour en offrir à la ronde, ouvre le bal. Alors Léon se précipite à la recherche de sa femme, l'enlace par derrière, l'embrasse en chuchotant :

« Lydie, viens voir, cela commence. »

Grésillement métallique. Ainsi perpétuellement ce soir dans les cuisines superposées sonnent les timbres, et leurs notes se suivent comme s'ils faisaient partie d'un même instrument, mais nul de la maison ne peut entendre l'air dans son entier.

Ahmed se lève, tranquille ; il sait bien ce qu'il a à faire. Mouvements dans l'appartement : madame Phyllis à sa vaisselle, les mains dans l'eau, l'oreille au guet, Henriette fait mine de sortir du salon, Samuel la retient, tandis que l'exilé de dix-huit ans glisse, dans son beau costume, lentement le long du couloir.

Illumination de l'entrée : scène à deux plans : le domestique ouvrant la porte, et au fond, dans les rougeoiments de sa caverne aux trésors, Samuel, très grand, défiant la perspective, se détachant sur la robe de sa « nièce » un peu en retrait. Méditerranéen dans sa politesse, il tend les bras au nouvel arrivant :

« Je te sais gré de ta ponctualité.

— Personne encore ?

— J'avais dit : neuf heures ; tu es presque en avance. »

Il le fait passer au salon. Ahmed ferme la porte d'entrée, éteint, s'en va.

« Tu connais ma nièce ? »

Triangle de grands sourires.

« Comment allez-vous ?... Mais... Toute parée. Peut-on savoir en quel honneur ?

— Une soirée, au-dessus, où elle doit aller.

— Ah, c'est donc ça. Tombant sur tes concierges en atours, la bouche en cœur devant leurs rayonnages, j'imaginais duchesses, petits verres, j'étais furieux.

— Nous aurons un tam-tam de tous les diables ; j'aurais dû le savoir. Ne médis pas des petits verres, je pense que j'ai encore du whisky. Si tu préfères le porto... Tu n'en veux pas, Hen-

riette ? Tu as raison ; tu auras bien assez d'alcool
à refuser là-haut. A ta santé. Nous serons neuf
en tout ; nous allons tâcher d'entrer en matière. »

On voit, juste au-dessus du carré du fauteuil,
la tête à demi chauve de Léon Wlucky sirotant.
Sa langue rattrape à la course une goutte.
Henriette lui prend son verre vide.

« Laisse tout dehors, ma chérie, nous n'en
aurons que trop besoin. »

Au revoir, dos timide.

La voix du présentateur s'efforce de transparaître au travers du crachouillis. Henri sort
de sa poche un étui, prend une lucky, referme.
Frédéric enregistre sans surprise, et, faisant
l'affairé autour des boutons sans parvenir à
obtenir un son plus clair, examine son gendre
qui fouille une à une toutes ses poches, pour
s'apercevoir enfin qu'il n'a pas d'allumettes.

Avec le plus beau-père des sourires :

« Je crois que vous les avez laissées au salon ;
ne vous dérangez pas, en voici. »

Gérard a remis la main sur le journal, et vé-
rifie si « animal fabuleux », c'est bien « basilic ».

Vincent à Félix à sa table :

« Finis ces devoirs ?

— Fiche-moi la paix. »

Julie ouvrant la porte :

« On vient se faire admirer. »

Elle entre et s'écarte pour laisser voir la procession des trois sœurs. Frédéric arrête la radio
sans y penser. Gérard lève le nez. Ses deux frères apparaissent à l'autre porte.

Martine d'abord : fourreau d'épaisse toile grise
à raies noires, décolleté en pointe, manches à

mi-bras. Deux grosses broches de cuivre doré, imitées de bijoux barbares, accentuent son aspect seigneurial et rustique.

Viola, en évasement de fine toile blanche, avec dessins noirs imprimés rappelant de fantasques dentelles, décrit une courbe balancée, qui lui fait doubler sa sœur hiératique.

Jeanne, lente, large, reste dans le seuil.

« La dernière mode. »

Frédéric, pipe au bec, applaudit. Henri se retourne, esquissant la moue de l'admiration forcée. Sifflements moqueurs, mais impressionnés, du chœur des garçons. Salut des artistes. Sortie. Les trois frères rejoignent la troupe dans les coulisses.

La grille des mots croisés reste à demi remplie. Frédéric rallume le poste encore chaud qui se met à cracher presque immédiatement. Ce sont les deux derniers trois coups ; bruit de chaises ; le spectacle va commencer.

Samuel a traversé l'entrée sombre jusqu'à la chambre de sa « nièce », a frappé, entrouvre. Elle est assise à sa coiffeuse, et ses yeux sévères se contemplent dans la glace. Deux petits chandeliers électriques de part et d'autre. Leur lumière se perd dans la moire bleue des rideaux, autour des colonnes du lit baroque.

« Est-ce que tu ne te rappelles pas où nous avons rangé les photographies du musée de Berlin ? »

Elle se retourne en partie, pas assez pour le regarder. La joue fait une tache sombre. Quelques souples hiéroglyphes de lueurs dans ses cheveux, et le dessin du nez souligné devant le

miroir. Un peu renversée en arrière, yeux mi-
clos :

« Tu as dû les laisser dans un des tiroirs du
bureau. »

Il s'approche pour la caresser, sans qu'elle y
prête attention.

Chuchoté :

« Cela fera plaisir à tout le monde de te voir,
mais quand le petit Lécuyer montera te chercher, vous n'aurez qu'à partir ensemble sans
faire de bruit ; je ne veux pas l'ennuyer avec
d'autres présentations. »

Les deux têtes l'une contre l'autre se regardent dans leurs images.

« Ne rentre pas trop tard. Je t'attendrai, je
passerai te dire bonsoir dans ton lit. »

Il se redresse. Henriette l'entend s'en aller.

Je ne sais pas ce qu'il a contre lui. Il ne peut
tout de même pas lui reprocher de me faire la
cour, et quand bien même... Une fille sans
parents. Evidemment il fait souvent un peu
miteux, mais ce n'est pas lui qui dira que c'est
l'essentiel pour un homme, et puis cela peut
s'arranger. Cousin de curés, et alors ? Est-ce
qu'il ne m'a pas fait donner une éducation religieuse ? Il rêve de partis plus hauts.

Elle se lève ; elle regarde un cadre ovale.

Ma mère qui est morte, mais mon père on
n'en parle jamais. Oncle a tiré un vieil album
et il m'a dit : voilà, en uniforme d'officier.

Elle ouvre le tiroir de sa table de nuit, examine le rectangle jauni qu'elle a subtilisé, et
qu'elle garde là.

Si mauvaise, prise dans l'ombre...

Elle referme le tiroir.

Les visages d'El Amarna, je ne vois pas ce
que cela vient faire. J'aurais aimé que Louis
soit en avance. C'est commencé.

La salle à manger des Ralon, leur repas fini,
les grâces dites.

« Nous pourrions aller chez Alexis ce soir. Je
ne pense pas que ça batte encore son plein là-
haut ; tu as bien quelques bonnes minutes, mon
Louis. »

Charlotte replie grossièrement la nappe blanche pour aller en secouer les miettes. La lumière
fait briller le pointillé des boutons de soutane.
Dans les tuyaux le bruit d'un évier supérieur
qui se vide. Préséances. Jean cherche dans sa
chambre une boîte de petits cigares, et rejoint
les autres dans le bureau de son frère, où madame Ralon se murmure à elle-même :

C'est le clocher des sœurs. Je n'aurais pas
cru qu'on l'entendait si bien de cette pièce.

III

Au quatrième palier, la musique suinte de la porte. C'est une valse de Strauss.

A l'intérieur trois couples tournent : Henri Delétang et Angèle — un peu d'affectation chez lui, un peu d'effarement chez elle, mais rythme sûr —, Philippe Sermaize et Gisèle — de la bonne volonté, mais un manque de dispositions marqué chez la jeune fille —, un corse avec Clara Grumeaux — bel assemblage : tous deux un peu sauvages se serrent avec violence (décidément quelle chienne, se dit Henri qui n'en est pas si mécontent, décidément quelle créature, se disent les époux Vertigues qui triomphent), ne savent que faire de leurs bras étendus qu'ils crispent, se débattant contre une musique qui ne leur convient pas, et se fatiguent.

Conversation polie, distraite, entre Denis Petitpaté et un nommé Ducric : politique vague, cigarette au bec. Henri Tonet, très grand, cheveux en houle, doigts très fins, aide madame Vertigues à faire les honneurs du buffet à Bernadette.

« Une meringue ? Et tes parents ? »

Le disque s'arrête au moment où le timbre
sonne. Tout se dénoue, tous se regardent.

Angèle s'échappe vers la porte.

« Bernard », s'écrie-t-elle.

Léon qui surveillait les dernières hésitations
de l'aiguille sur la cire, se redresse, et enregistre cette précipitation. Clin d'œil à Lydie, qui,
elle, a vu entrer Suzanne Levallois avec son
père, et va sauver la situation.

« Cher ami, quelle gentillesse de vous être
dérangé ; vous n'auriez pas dû. »

Grands dieux, mais que va-t-on en faire ?
L'invitation était pourtant bien clairement adres-
sée à sa fille.

« Je ne fais que passer. Vous connaissez Samuel Léonard ? »

Faisant effort pour fouiller dans sa mémoire :

« Samuel Léonard ? »

— Enfin, chère Lydie, il habite au-dessous
de chez vous.

— Ah, je n'y étais pas du tout. Je l'ai rencontré deux ou trois fois dans l'escalier.

— Je dois retrouver chez lui quelques bons-
hommes dans mon genre...

— Oh, mais quelle heureuse coïncidence, et
qui nous vaut le plaisir de vous voir ; vous vous
montrez si rarement. Léon ! »

Elle crie, soulagée,

« Quand pourrions-nous recevoir Jean et sa
fille ? »

Il s'est approché, interloqué :

« Je suis libre presque tous les soirs. Alors,
Jean, c'est gentil d'être venu vous joindre à
nous...

— Jean ne reste qu'un instant, il est juste

venu accompagner sa fille. Allons, je sais bien
que vous êtes pressé, mais vous ne pouvez pas
partir avant d'avoir goûté aux chefs-d'œuvre de
notre gâte-sauce. »

Elle apporte un plat de puits d'amour. Les
hommes se servent distraitement.

« Eh bien, lundi, voulez-vous, tous les trois ? »

Angèle qui vient de réussir par des passes
magiques de sourire à extraire Suzanne de l'ou-
bliette où elle avait sombré, entend sa mère :

« Nous aurons les Levallois à dîner lundi.

— Oh, monsieur Levallois, mais quel plaisir,
comme c'est gentil à vous d'avoir... »

Sa mère la coupe :

« Jean n'est là que pour un instant...

— Oui, je m'excuse. Délicieux. Tous mes
vœux de bonheur, Angèle. »

Et du ton le plus « dégagé », le plus « jeune »,
le plus « grand camarade » :

« A tout à l'heure, tous. »

Lydie est venue lui fermer la porte. Le son
des instruments s'étouffe avec le bruit de la
serrure. Au détour de la rampe, il voit une
jeune fille monter, pudique, rustique, châtelaine.
Elle tient à deux mains les plis pesants de sa
robe qui se balancent à chaque marche. Et derrière, en procession silencieuse, une autre blanche, plus légère, avec des lèvres très rouges
presque vernies, qui brillent à la mauvaise lumière des lampes de palier, et des yeux de velours violet, absorbés, passionnés, avides et rieurs,
puis trois garçons par rangs de taille, et d'âge
manifestement, la tête du plus jeune à la hauteur de la cuisse de l'aîné, tandis qu'ils tournent
à l'angle.

Il s'écarte, passe en frôlant le mur, comme intimidé. Il reconnaît Gérard, et il aurait envie de lui dire bonjour, de lui serrer la main, mais il s'efface. L'année dernière il avait ce visage parmi tant d'autres en face de lui, dans la salle encrassée où il officiait, les mains toutes sèches de craie. Que pensait alors de ce qu'il racontait celui qui presse le pas comme pour l'éviter ? Tant de presque semblables avaient garni ces rayons tachés d'encre, se découpant sur les armoires vertes qui tapissaient le fond. Ecoutait-il seulement ? Ne cachait-il pas un livre derrière ses mains et le dos du camarade complaisant qui se prélassait dans la rangée précédente ? Et s'il faisait mine de prendre note, n'était-ce pas pour rédiger d'absurdes lettres à quelque fille rencontrée, parodies puériles de l'amour, ou encore de ces poèmes dont il rougirait déjà s'il les avait conservés ?

Il s'arrête et détourne la tête. Le groupe disparaît au palier. Il écoute, on chuchote :

« Vincent, tu as vu ? C'était le vieux Levallois... »

Puis c'est comme un sifflement de vapeur, ni haine tout à fait, ni dégoût, le rejet même de la rancune.

« Allons, c'était un bien brave homme. »

N'était-ce pas le sort commun de tous ses collègues, parler huit, neuf mois devant un assortiment de visages que l'on identifiait à peine, mais qui eux vous examinaient, et qui passaient, et qui se souvenaient de vous avec admiration parfois, s'ils s'étaient laissés prendre à vos prestiges, avec moquerie souvent, incompréhension et injustice. Ils l'avaient évité, com-

me s'ils avaient eu honte de se retrouver devant
lui, au souvenir de leurs écarts scolaires, mais
surtout comme s'ils avaient préféré l'épargner.
Echecs, comme il était heureux que l'on n'y
pensât point, et que l'on reprît son travail, d'un
an sur l'autre, tranquillement comme un autre
travail.

Il tâte du pied la dernière marche, et glissant
sa paume sur le mur, débarque au palier.

La soutane de l'abbé Jean remplit le grand
fauteuil. Large visage un peu mongol. Ses ongles carrés sur l'angle des bras. La lampe sur
la table éclaire les mains croisées d'Alexis. Il
y a quatre autres lueurs : la fenêtre allongée
du poste de radio, ornée du nom des émetteurs,
et les trois minces anneaux rouges qui séparent
les feuilles de tabac de leurs cendres. Au fond,
sur les deux sièges de cuir cloutés de cuivre,
Virginie Ralon, à peine visible, et son neveu
Louis. Dans l'ensemble, les couleurs de leurs
vêtements se confondent, mais les plis du satin
ancien accrochent d'autres nuances que les aplats
du drap marine. Dentelles et cheveux blancs
détachent le front de la dame ; la fumée du
cigare presque achevé masque les regards du
garçon.

Piano toujours. Sur le bord de la table, trois
petits verres vides entourent le cendrier encombré. Le mariage des parties, leurs enlace-
ments, leurs écarts, le passage à un autre ton,
le martèlement de la main gauche qui revient.
La bouche ouverte de l'abbé Jean respire profondément, les yeux fixés sur le serpent bleuâ-
tre auquel ses doigts donnent naissance, et qui

s'élève en gonflant la tête, et se balance indifférent au rythme qui tient les humains dans son pouvoir. Comme il se love là-haut, s'échappant de la zone claire pour s'étaler complaisamment, et se perdre sur le plafond obscur, calligraphie qui se défait dans l'eau avant que l'on ait pu la déchiffrer.

Point d'orgue. Virginie est prête à parler. Les autres attendent la reprise. Des mots viennent les détromper. Fini pour l'instant ; autant interrompre ; pourquoi laisser le bavardage d'étrangers envahir cette pièce où l'on vient d'être, apparemment au moins, si recueilli.

La voix aiguë, charmeuse, inopportune :

« Ne pourrait-on allumer le plafonnier, Alexis ? Avec cette fumée on ne parvient plus à se voir. »

Il se penche sur son bureau pour atteindre le commutateur à côté de la porte. Alors la pièce apparaît dans toute sa laideur. A un demi-mètre au-dessous de l'ampoule, les strates de laine grise continuent leurs mouvements qui les carderont en brouillard froid et âcre. Les murs sont jaunis et salis, et les livres sur les rayons n'ont plus que des lambeaux de couvertures. Louis, les mains vides sur les genoux regarde les deux frères silencieux, et la porte, entre eux deux, où sont collés un plan du métro de Paris, un emploi du temps en damier, et un calendrier des postes. Sonnerie.

Seul Jean fume encore, un mégot défait, pestilentiel.

« Tu veux savoir ce dont tu aurais besoin, Alexis ? De fleurs pour égayer sa chambre. Voyons, quand tu reçois des parents, des élèves... Tu n'es pas obligé de leur apparaître comme un janséniste. Je chercherai un vase convenable dans mes affaires, et Charlotte le garnira. Tel que je te connais, tu n'oserais pas entrer chez une fleuriste. Et ceux qui sont dans les églises, comment font-ils quand ils ont à décorer leurs autels ? Tu ne me feras jamais croire qu'ils en laissent le soin à de dévouées paroissiennes... »

On frappe.

« Oui... »

Charlotte, glissant un pied :

« C'est un monsieur Vimaud, il n'a pas dit pour quel abbé. »

« J'y vais », dit Jean.

Louis se lève aussi.

« Je dois passer prendre la petite Léonard, non, Ledu, veux-je dire ; son oncle serait très mécontent...

— Bien sûr, mon Louis, je ne te retiens pas. Quand te revoyons-nous ? Dimanche ? Tu ne t'en vas pas, n'est-ce pas ? C'est très bien d'aller voir ta maman, mais les examens approchent. Arrive ici dès que tu seras sorti de la messe, ce sera assez tard, ne proteste pas ; à ton âge on a besoin de dormir, et tu auras à récupérer sur cette nuit. Tu prendras ton petit déjeuner, tu t'installeras ici avec la radio, n'est-ce pas, Alexis ? Et nous mangerons tous ensemble à midi. »

Charmante vieille salope, pense Louis. Elle doit pourtant bien se douter que je n'y vais pas, à sa messe. Ce n'est pas parce que j'ai deux cousins en soutane. Eux, du moins, me laissent en paix.

« Je suis désolé, ma tante, je ne puis m'en-

gager. Entendons-nous pour jeudi, voulez-vous?
— A ton gré, mon petit. Si tu es là dimanche,
on mettra ton couvert dès qu'on t'aura vu. »

Louis sait très bien qu'il ne bougera pas,
qu'il sera trop heureux de venir déjeuner après-
demain, mais la façon dont madame Ralon joue
la tentatrice, comme pour lui faire choisir entre
elle et sa mère, l'écœure ; elle, si noble, si fine,
si pleine de tact, pourquoi faut-il qu'elle ait
cette animosité mesquine? Un trop plein de sentiment maternel ? Tant mieux, autant en profiter, mais quel besoin de chercher toutes les
occasions d'insinuer...

Charlotte reparaît :
« Je vais monter, maintenant ?
— Vous devriez avoir laissé tout ça depuis
longtemps. »

S'éclipse.

« Et moi aussi je vais partir faire la vaisselle.
Charlotte aura bien assez de tracas là-haut. Nous
allons laisser Alexis à sa musique, à son courrier,
à ses cours d'instruction religieuse. »

Poignée de main.

« Danse bien, va, ne fais pas languir la petite
Ledu. »

Alex imprimé sur son poing comme s'il était
un condamné. Il aurait dû se nettoyer.

« Passez, ma tante. »

Le métro passant sous la rue fait trembler
l'ascenseur dans sa cage.

Louis Lécuyer montant les marches.
Ils s'imaginent tous que je suis amoureux
d'elle, c'est trop drôle. Son oncle fait le grand

seigneur, il veut m'impressionner et il y réussit. Il ne prend pas la peine de m'apercevoir. Lécuyer ? Ah oui, ce petit gringalet, le cousin des curés..., ça ne l'empêche pas d'avoir un beau visage un peu las, débauché sérieux comme un pape. Il la couve ; je suis admis par faveur spéciale, probablement parce qu'il s'imagine que des relations qui ont commencé par le voisinage ne sauraient mener bien loin, et dans la mesure où je puis lui servir de valet de pied. Il a pourtant son égyptien, qui vient m'ouvrir avec un bon sourire, et passe dans le couloir du sixième comme un voleur que tout intimide. Il doit bien aller voir de temps en temps quelque spectacle, mais sans doute ce serait un accompagnateur insuffisant, et quand ils sortent ensemble, c'est plutôt elle qui le conduit ; peut-être même le fait-il chaperonner par sa cuisinière. Elle pour le garçon, moi pour la fille, tant que cela n'engage à rien, il est tranquille, et rêve dans ses collections. Elle prétend qu'elles sont très belles, mais naturellement je n'ai pas encore été jugé digne de les entrevoir, et puis, il doit lui apparaître dans un halo de générosité et de secrets qu'il doit s'efforcer d'accentuer pour la dominer davantage. Tentative de séduction comme chez tante Virginie. A tous les deux, ils font une jolie paire. Allons trouver ma symétrique. En serait-il amoureux sous ses airs paternels ? Ainsi je sers de paravent. Je déraisonne.

Il avait sonné. La porte s'ouvre.

La belle peau du visage, foncée ; le beau sourire sur les lèvres épaisses et les marais dans les pupilles. Tiens, il a mis son beau costume ;

je ne l'avais jamais vu comme ça : broderies blanche, turban.

« Pourrais-je voir mademoiselle Henriette ? »

Resourire. Avant qu'il desserre les lèvres, cet Aladin... Il connaît peut-être à peine le français. Cérémonies. Il frappe à la porte du bureau d'Henriette. Oh, on l'a stylé. Et voici la jeune personne qui m'ouvre.

« Bonsoir. Je suis un peu en retard ? J'ai été retenu à dîner chez des amis ; et je n'avais pas l'heure sur moi ; ma montre est chez l'horloger. Vous êtes prête ? Eh bien, je vais saluer monsieur Léonard, et nous montons. »

Elle passe un instant dans sa chambre, et revient avec un mouchoir.

« Voudriez-vous le mettre dans une de vos poches ?

— Et votre rouge à lèvres, et votre poudrier ?

— Vous croyez que j'en aurai besoin ?

— Est-ce à moi qu'il faut demander ça ? »

Son trouble s'atténue, elle le regarde avec ses grands yeux brillants, voulant lui exprimer comme elle lui est reconnaissante d'être venu, l'assurer du droit qu'il possède sur tous les objets qui sont là. Le peu qu'il en sait lire le flatte.

Bruits de voix, éclats de rire même.

« Mais, dites-moi, il y a réception chez vous aussi ? C'est pour ça que j'ai vu votre portier en tenue de gala. »

Le martèlement du plafond indique une reprise de danse.

« Oui, mon oncle a réuni quelques amis. J'espère que le bruit ne les gênera pas trop.

— Hm, ça commence bien. Je crois que nous arriverons au bon moment.

— Il n'avait qu'à mieux faire attention à son jour ; il y a des semaines qu'on parle des vingt ans d'Angèle Vertigues, et je le lui avais bien dit. Il oublie tout.

— Ne parlez pas si fort, il pourrait vous entendre.

— Avec tout ce tapage », crie-t-elle, « ils doivent avoir bien du mal à s'entendre eux-mêmes. Vous voulez absolument saluer mon oncle ? »

Elle tend la main vers la poignée de la porte.

« Je m'en voudrais de déranger une conversation qui m'a l'air si vivement engagée. Il me pardonnera bien cette impolitesse.

— Mais oui, je lui expliquerai.

— Transmettez-lui ce qu'on transmet dans ces cas-là. Il doit être très fort, votre oncle, sur les formules de fins de lettres, etc.

— Il aurait été ravi de vous voir, mais je suis sûre qu'il comprendra ; et puis, ce sera pour une autre fois. »

Son rire va presque jusqu'à l'éclat.

« Ce ne sont pas les occasions qui nous manqueront...

— Allez-y, j'éteins. »

Montant les marches avec Henriette.

C'est la première fois que je danserai avec elle. Ce doit être la personne en ivoire massif, taillée dans une grande défense d'éléphant, avec la cambrure, et patinée.

Elle relevant sa robe de soie blanche, lui se retenant de mettre ses mains dans ses poches, ils se laissent peu à peu envahir par une sorte

d'appréhension, car ils n'ont ni l'un ni l'autre
l'habitude de ce genre de soirée, et ils ne savent
ni l'un ni l'autre bien danser. Elle a peur de
paraître méprisable dans sa gaucherie, d'être
jugée, classée dès ses premiers efforts. Lui se
souvient d'un soir, au Quartier Latin ; il avait
reçu une grande tape sur l'épaule ; c'était l'aîné
des Mogne ; et ils étaient allés dans une cave où
ils avaient commandé des citronnades, et Vincent avait invité une jeune fille, avec laquelle il
s'était enroulé dans l'atmosphère de piscine ; et
lui, tirant sur sa paille, tout étourdi, regardait
médusé cet orage de gestes qui se renouvelaient
sans cesse, en s'accordant précisément aux articulations du tonnerre orchestral. J'ai chaud, lui
avait dit Vincent en revenant s'asseoir, et il
avait payé.

« A quoi pensez-vous ? » dit Henriette ; et elle
agite sa main devant ses yeux. La serrure tourne.
Un bruit de forge leur souffle au visage, tandis
que s'ouvre la porte du four où cuisent déjà les
intrigues, où lèvent les champs magnétiques.
Au travers des renversements d'épaules et de
cheveux, entre un arc de robe s'élevant comme
une roue de paon et les virages de mains croisées, transparaissent trois carafes, rouge, blanche, et fauve, moirées de glaçons, légèrement
tremblantes.

L'instant de répit, la respiration, l'oscillation
de l'aiguille à côté du centre du disque.

« Je suis très surprise de ne pas voir Bénédicte », dit Angèle à sa mère qui apporte une
pile de sandwiches triangulaires à la salade.

« Elle s'est peut-être trompée d'heure, comme Bernard. »

La contrebasse attaque par quatre mesures en
solo, tempo moyen.

« Ah, la cuisinière de madame Ralon est enfin
arrivée, nous allons préparer les assiettes anglaises. »

Sur un break de batterie, introduction du
piano ; souples arabesques de la main droite, la
main gauche, se fiant aux autres instruments,
plaque seulement quelques accords par paire.

« Voudriez-vous ? »

Lydie s'enfonce dans le corridor hanté d'o-
deurs froides.

Maxime danse sur un de ses disques ; c'est
quand il écoute qu'il manque le temps. D'autres
couples sont entrés dans le mouvement, l'air
qui les entoure est peuplé de visages qui passent.

Après trois montées de cuivre de plus en plus
abruptes, stoppées comme par un obstacle, une
sorte de processionnal triomphant dans l'aigu,
redescendant en longues vagues de plus en plus
sombres.

Virante, Angèle n'écoute que d'une oreille
distraite un murmure qui parle d'étangs et de
vacances de Pâques, couvert par le bruit des
talons et des timbres. Elle a laissé les phrases
s'accumuler, se reprendre après des pauses
qui demandaient réponse, et ce n'est qu'une
fois la dernière cymbale sonnée qu'elle se décide :

« Nous ne sommes restés que quelques jours,
c'était chez Bénédicte Janin, vous la connaissez. »

Elle l'entraîne vers quelques flûtes de cham-
pagne que Gertrude derrière le bar s'efforce

d'écouler au plus vite. Ce bal, ces robes longues, ce brouhaha, qu'elle a attendus avec impatience et qui l'émerveillent, comme un monde
sacré auquel elle ne pourra jamais appartenir,
lointain, inintelligible et éclatant, l'effraie et la
fatigue. Elle a besoin de retourner dans la cuisine, cuver la bouffée qu'elle absorbe si passion-
nément, en participant de plus loin à la fête
par les objets inaccoutumés et précieux qu'elle
manie, verrerie et argenterie ressorties pour la
circonstance, par les nourritures pour elle si
nouvelles que l'on a stockées, la conversation
de Charlotte, et les apparitions agitées de madame.

« Je suis très étonnée de ne pas la voir.
— Bénédicte ? »

Le bras qui portait à la bouche le cône de
minces reflets, se détend pour poser la circon-
férence transparente sur le plateau d'argent.
Les bulles, que le clair vin engendre encore
dans l'œsophage, irritant les fosses nasales, préparant des éternuements. La bonne éducation
les atténue.

« Mais elle est là...
— Comment, Maxime ? »

Ils se retournent tous les deux, examinent les
silhouettes au repos. On grignote, on palabre,
on fume. On passe des assiettes, on allume des
petites flammes.

Qu'est-ce qui lui prend ? Il aura confondu
avec une autre. Elle est pourtant reconnaissable
avec sa taille, son grand nez, sa voix de major-
dome. Très hommasse, au fond. C'est tordant
de la voir avec son doux et tendre, si obéissante
devant ce petit bout, avec un filet de voix. Très

intelligent, dit-elle ; dit-elle... Ce n'est pas moi
qui l'aurais choisi.

« C'est curieux qu'elle ne vous ait pas dit
bonjour en arrivant. »

Il avait pourtant l'air en parfaite santé ; est-
qu'il aurait la fièvre ?

Potato head blues.

Louis Lécuyer vient lui proposer la danse.

« La prochaine, si vous voulez. »

Elle recommence à danser avec Maxime dont
les yeux continuent à chercher.

Il faut briser cette lubie. Elle lui sourit, veut
l'entraîner, bute.

« Enfin, expliquez-moi. J'ai vu, là-bas, Bénédicte Janin, en compagnie de ce garçon qui est
toujours avec elle, vous savez bien. Ils ont retiré
leurs manteaux au moment où j'entrais dans
l'ascenseur. Je le leur ai renvoyé, et je les ai
entendu pénétrer dedans, le bruit des portes se
refermant sur le rire de Bénédicte, et vous savez
s'il est reconnaissable. Je leur avais dit bonjour.
Où voulez-vous qu'ils soient passés ? »

Tandis qu'il parle, Angèle a frayé un chemin,
le long du mur, jusqu'à deux fauteuils vides à
l'entrée du bureau. Si jamais Bénédicte avait
connu quelqu'un d'autre dans la maison, elle
le saurait. Ce n'était pas la fille à faire des
mystères.

« Ils sont peut-être à un autre étage. »

Nous y voilà, elle me prend pour un fou.

« En ce cas, nous les verrons d'un instant à
l'autre.

— Restez assis, le disque est pour ainsi dire
fini. Vous n'avez pas soif ? »

Louis, traînant dans ses bras la grosse Gisèle,

passe auprès d'eux. Il les voit en conversation.
Décidément cette fille le traitait comme un
chien ; pouvait-on mentir de façon plus maladroite ? D'abord les Mogne, maintenant celui-
ci, la semaine prochaine une autre trouvaille.

« Vous me faites mal », gémit une petite
voix vulgaire. Il était en train, raidissant sa
main de tordre complètement celle de sa cavalière. Confus, il desserre son étau, et recommence à la traîner en rond.

« Papa, tu n'aurais pas une cigarette à offrir
à Maxime ?

— Attendez ; vous aimez les cigares. Un di-
plomate ? Alors, déjà fatigué de danser ?

— Ne vous dérangez pas, j'ai du feu.

— Une pause avant de réattaquer, je connais
ça. Vous m'excusez, j'ai à m'occuper du phono.

— Restez assis, faites-moi ce plaisir. Je vais
vous chercher, voyons, un peu de gin dans du
citron, cela vous va ? »

Maxime, le plus raisonnable des êtres...

Les froissements de moires qui glissent le
long des murs jusqu'à moi, dans cet asile que
je voudrais ne pas quitter de tout ce soir. C'est
une auto qui freine dans la rue, et le tuyau d'un
lavabo qui suce goulûment ses eaux sales. Si le
brouhaha de toutes ces mouches qui se flairent
pouvait ne pas franchir ce seuil, j'entendrais
mieux ces pas au-dessus. Et même elle, si elle
me laissait seule, je n'ai nul besoin de ses airs
d'infirmière. O beaux verres sur le plateau, carafe de citron, bouteille décorée d'une tête de
loup, et de feuilles de genévrier, comme elle a
su vous arranger pour son malade.

Bruit de Maracas.

« Vous m'arrêterez. »

Rumba.

Elle goûte et apprécie.

Marie-Claire adore la musique sud-améri-
caine ; elle sait choisir.

Elle se dépêche d'avaler.

Vincent Mogne apparaît à la porte ; visible-
ment il était à sa recherche.

Elle pose son verre vide, à côté de l'autre à
demi-plein. Fumée. Et sans faire plus de façons,
il la prend dans la danse, les mains bien à plat,
les pouces croisés.

« Excuse-moi, Maxime. »

Je ne savais pas qu'ils se connaissaient.

Ma main se rafraîchit au verre. Je n'aurais
pas pu les confondre. Il l'enroule dans un espace
où il la laisse presque immobile, dessinant autour d'elle des enceintes et des oiseaux, et s'y
enferme avec elle, tel l'évocateur médiéval dans
le cercle de protection, au point que les objets
et les personnes extérieures s'éloignent pour lui
à une distance vague, non métrique. Je voudrais
que le mur soit transparent, et suivre, autrement que par bribes, cette cérémonie si savante,
qu'on dirait liée à des croyances primitives, très
fondamentales et très oubliées, si déplacée ici
qu'elle gêne les assistants comme s'ils y déce-
laient une menace. Et vrai, comment peut-il
oser la questionner ainsi ? Des caresses et
des baisers permettraient plus d'échappatoires...
Grave sorcier les yeux tendus comme s'il disait :
miroir, quand me renverras-tu une image de
moi transformé, tel un cobra qui transirait un
lièvre afin de lui communiquer son propre pou-

voir et d'être lui-même envoûté, toujours de
nouvelles vagues de gestes la ravivant...

Stop. Déliement. Les grains de limaille re-
prennent leur désordre, et l'attraction principale
est de nouveau le buffet.

La grande Bénédicte avec son cher Gustave
était au-dessus chez de Vere. On sonnait. Lucie
introduisait un grand frileux.

« Gilbert, vous ferez les présentations.

— Arlet, que je connais depuis des années. Je
lui promettais toujours de l'emmener dans l'an-
tre du monstre ici présent, mais l'occasion ne
s'était jamais présentée. Aussi, quelle fut ma
surprise, tout à l'heure, en bas dans l'entrée,
de le trouver avec mademoiselle...

— Janin.

— Il faut vous dire que je viens de faire sa
connaissance. Bon. Je pensais naturellement
qu'ils venaient ici... »

Bavard, tel une bouteille d'eau gazeuse décap-
sulée, qui déborde de bulles.

« Pendant que j'y suis, voici Pierre Grivieux,
payé pour griffonner des sons évocateurs.
Exemple : la radio : explorateurs perdus au milieu des serpents : quelques whaa whaa pour
les trombones, une cuillerée de sonnettes, un
tamtam lointain pour lier tout ça, la sauce est
cuite. N'est-ce pas scandaleux ? Au demeurant,
tout à fait supportable... »

Au plancher, des fumeroles de tapage filtrent
des rainures.

« Donc, je reviens à mon histoire, je m'apprête à lui asséner une dégelée d'injures. Il
faut me pardonner, mademoiselle, j'adore faire

retourner les gens dans la rue, et encore
plus dans les maisons. Apprivoisé par votre
présence, je me suis contenté de lui taper sur
l'épaule : alors, on vient respirer l'odeur de
l'huile ? Je crois que nous irons au cinéma ce
soir ; n'est-ce pas que Lucie est charmante ; etc...
Non, il ouvre des yeux semblables à des huîtres.
Imaginez qu'il se préparait à rejoindre ces couples dont la furie désordonnée imprime aux
montants de l'immeuble des oscillations si dé-
plaisantes. Ah oui, je fais, mon cher, pour une
fois que je vous tiens vous allez monter avec
moi. Il ne comprenait toujours pas ; il a fallu
que je lui explique ; il a bien essayé quelques
stupides objections...

— Oui », dit la grande Bénédicte un peu
gênée, « nous allons être obligés de descendre
bientôt...

— Ne vous excusez pas ; je suis très reconnaissant à Gilbert de vous avoir montré notre
chemin ; l'important c'est que vous reveniez
un jour où chacun sera plus tranquille. A quelle
heure au juste est notre séance ?

— Dix heures et demie.

— Parfait, nous avons tout le temps. Vous
arriverez à votre invitation peu après dix heures ; qui s'en formaliserait ? Encore un peu de
cognac. Mais dis-moi, Lucie, tu m'avais parlé
de gâteaux. Quant à votre question, monsieur
Arlet, il me faut remonter assez loin ; j'étais
arrivé à une impasse... »

On écoute. Le ton clair de sa voix se détache
sur le brouhaha qui sue des lames et des plin-
thes.

Il est charmant, pense la grande Bénédicte,

mais qu'il parte enfin pour son spectacle avec ses amis, et que nous puissions descendre chez Angèle. Gustave a l'air intéressé. Cet air qui transpire, ce doit être un des disques de Maxime, qui danse au-dessous, maintenant, puisque nous l'avons rencontré tout à l'heure. Il déballe ses vieux tableaux ; celui-ci, on dirait un tissu, ou une fourrure, cet autre, un granit rouge rongé de lichens...

« Les animaux fouisseurs sont armés de leurs pattes pour déterrer, l'homme a besoin de houes et de charrues. Ces carrés de terrains que j'avais si bien préparés dans leurs cadres ne produisaient que des brindilles et des poussières. Dieu sait quel soin je prenais alors du moindre fétu, mais c'était trop fragile, je les brisais en voulant les nettoyer. Je ne vous ennuie pas au moins ? »

C'est à elle qu'il vient de s'adresser, timide. Il faudrait protester.

« Quand je m'embarque dans mes souvenirs... »

Décidément je n'y ai rien compris ; Gustave a pourtant l'air de suivre.

Il s'est assis sous le tableau inachevé semblable à un emploi du temps, douze carrés sur fond gris, dont on distingue mal les couleurs, avec cet éclairage insuffisant. Chacun a son petit verre entre les doigts, sauf les femmes. Je diagnostique une rumba. On entend un bruit de serrure.

Lucie :

« Nous avons un sous-locataire d'une ponctualité sans exemple. Il me sert de pendule pour m'indiquer que je dois aller lever Miette — Miette, c'est notre fille, Marie-Léa. »

Elle prend le plateau, et se faufile, mince, derrière son mari.

« Pierre m'avait emmené à une conférence où l'on parlait de construction, de logique, et un jeune musicien donnait des exemples sur le piano. J'avoue, je suivais mieux sur les portées. Je me disais, ce sont des textes à regarder plutôt qu'à entendre. Vous connaissez, dans les salles égyptiennes du Louvre, ce petit tombeau dans lequel on entre, couvert de bas-reliefs illuminés derrière des vitres. Regardez — c'est un livre sur Saqqarah —, ces groupes d'oiseaux tournant la tête de différents côtés, les corps des marins dans des bateaux successifs, et les porteuses d'offrandes, telles de vivantes barres de mesure entre lesquelles se jouent des mélodies de canards, de fleurs, et de paniers. L'artiste de Béni-Hassan fait passer d'une danseuse ou d'un guerrier à l'autre par la continuation d'un même mouvement, mais dans les grandes frises des lutteurs, chaque fois un noir et un rouge, il a mêlé les instantanés successifs de divers combats, de telle sorte que les séries de figures s'enlacent dans un immense contrepoint. »

Au premier, Virginie Ralon s'apprête à laver la vaisselle.

Chère Charlotte, comme elle est prête à aider, comme elle se laisse commander. J'ai eu bien vite ma maison, et si j'en ai changé, s'il ne l'habitait pas toujours, je le recevais pourtant dans mon domaine. Augustin. Charlotte. Le temps nous a si bien unies que je suis dans le

sien maintenant. Je me souviens du temps où
elle était ma domestique.

Allemande, comme elle a su nous imposer ses
fleurs peintes, chaque objet comme en offrande
dans son petit sanctuaire ; comme elle a su se
les approprier, ces cuivres, ces outils, ces mé-
prisés.

Elle sait la valeur du lait ; elle pèse le sel d'un
coup d'œil ; tout est propre dans son entou-
rage ; et tout par elle est devenu lointain.

Il faut qu'elle soit là pour que je me retrouve
chez moi dans ma propre cuisine.

Crochets du mur ornés d'auréoles de feuilles,
portes de l'armoire, rendues par ses mains précieuses, accepterez-vous que je vous approche
en son absence, gardiens de ses secrets, jardins
de son enfance ? Chaque fleur est nommée ici
dans une langue que je ne connais pas. Comment pourrais-je lire dans leurs rapprochements
et leurs figures ce que l'acquiescement perpétuel
de Charlotte me cache, et son sourire ?

Martin de Vere désigne un panneau sur fond
très pâle, nacré, où des petits carrés semblables
à des notes grégoriennes s'organisent en quatre
lignes sinueuses, la seconde renversant l'ordre
longitudinal de la première, la troisième le vertical, et la quatrième les deux, tandis que les
couleurs se contrarient, noir pour le blanc, vert
pour le rouge, autour du pivot du gris, et in-
versent leur succession.

« Je voulais qu'un ciment de plus en plus
solide reliât tous ces éléments. Bientôt les lignes se croisèrent, je multipliai les formes de
base, j'inventai des lois de rencontre... »

Valse, se dit la grande Bénédicte, valse ou boston, non, valse, on ne danse plus le boston que dans les cours de danse.

« Jusqu'alors j'avais basé mes tableaux uniquement sur des rapports visuels ; j'eus l'idée d'introduire un ensemble de signes, une dimension toute nouvelle se découvrirait... »

Virginie :

La brave, la bonne, la tranquille ; c'est un verger qui a voulu que ses ombres et ses branchages habitassent une prairie bien variée. Quand elle ouvre les arrivées d'eau chaude ou froide, la faïence du mur redevient un rocher, les tuyaux raccourcissent leurs distances et communiquent avec les lacs ; le gaz qui brûle à ma droite se crée une caverne, comme dans un phare, pour y vibrer avec douceur. Elle tourne la clé des jets comme on entrouvre une fenêtre ; et moi je trouble ce bel ordre, quand son regard et sa voix de peuplier ne sont pas là pour m'empêcher d'être brutale.

Chauffe-eau.

La magicienne, comme elle avait su le tresser, tel un roseau, pour lui servir de bracelet, et il s'imaginait que j'ignorais tout cela.

Cette petite ville qui brûle au-dessus de mes yeux avec tous ses clochers, cette forêt de fantômes ardents dont le sang clair passe sur mes mains ; la blancheur des carreaux avec son filet de minces allées, les nuages qui passent dessus, belle rosée pour ce feuillage lisse, et la pluie brûlante s'acharne sur le vieux sable dur où l'on rencontre encore des coquillages. Les cascades sur les assiettes, et puis l'inondation qui monte,

trouble, avec de grands yeux de graisse, et les
morceaux de chair commencent à nager.

Les os sont beaucoup plus bas. Je leur ai fait
quitter ces places blanches. Je les ai perdus
d'ombre en compagnie des choses froissées, je
les ai fait tomber sans les regarder, et j'ai refermé le couvercle. Demain Charlotte les des-
cendra au ras de la rue, et ils seront emportés
à l'extérieur de la ville.

Je n'aime pas faire la vaisselle, mais elle n'a
pas à se plaindre, car elle continue sa promenade
au milieu du langage de ses fleurs, et je sais
bien quel nom se devine, mille fois reproduit
dans toutes ces arabesques; et ce nom, je ne par-
viens pas à le lire, ce nom qui devrait être mien.

« Quel plaisir j'éprouvais à dessiner ces ma-
juscules », poursuit Martin ; « je réapprenais
l'A, le B ; c'étaient comme des personnages qui
allaient habiter des maisons que je leur avais
préparées. Bientôt j'eus à ma disposition plusieurs races que je mariais. Mais les syllabes
qui se liaient sur les murs de cet atelier, cherchant un sens, s'attachaient à toutes les bribes
de langues anciennes ou modernes qui me res-
taient de mes études, pour brûler en pensers
bizarres. J'eus l'impression qu'en me servant de
lettres j'avais donné la parole à une sorte de
machine qui en savait plus long que moi. Ma
peinture, la plus raisonnable de toutes, devenait
hantée.

— Il fallait faire aboutir ces mots embryon-
naires, écrire...

— Mon cher, vous brûlez les étapes ; ayant
reconnu la puissance des signes, notre Martin

remonte de la lettre au hiéroglyphe, et introduit dans ses tableaux des groupes de représentations d'objets... »

Tango.

Fleurs d'Allemagne, pourquoi me cachez-vous mon bien ? La marguerite, la jacinthe, et le lys qu'elle a peint de toutes les couleurs, est-ce que je ne les connaissais pas, moi aussi ?

Son assiette ; elle n'a jamais voulu prendre les mêmes que nous. Fausse modeste. Oh, ce n'est pas qu'elle trouve les nôtres trop belles comme elle le prétend, finaude, rusée, enchanteresse... Elle veut ses couverts qu'il lui a choisis. Il en avait de beaux prétextes ; comme il savait partir à point ; comme il savait revenir ; et nous nous désespérions toutes les deux pour lui. Silencieuse, compatissante ; les mains dans les grands plis de son torchon, elle fait briller le miroir des cuillers ; elle ajoute aux cristaux leur dernier éclat ; que je suis maladroite auprès d'elle. Conversation, toujours conversations, derrière ses yeux, derrière ses gestes de rangeuse, derrière son pas de vieillissante, comme je voudrais les surprendre. Cette partie de lui qu'elle sut m'arracher, parmi tant d'autres que je ne connaissais pas. Il a dispersé ma patience aux quatre quais de tous ces ports dont il rêvait quand il était ici, et il ne m'a laissé de lui que deux fils en robe noire ; l'infidèle ; comme il nous paraissait beau à toutes deux, le coupable, quand il revenait sans repentir. Comment pourrais-je rassembler les morceaux de cet errant dont je ne possède que la tête, alors que même dans cette cuisine où toutes les fleurs, tous les repas qui se préparent sont des offrandes, ce qui le lui révèle me le cache. Et pourquoi Louis ne veut-il pas m'aider ? Crois-moi, c'est une étrangère. Que je suis folle de le laisser tant voir. Ah, il saurait réarticuler suffisamment de membres épars. Et puis voilà l'eau qui s'en va toute souillée, et cette bouche grillagée qui l'aspire avec gloutonnerie.

L'intérieur de l'armoire. C'est comme si j'ouvrais les tiroirs de sa chambre, tout y sentirait sa lavande, même ce que j'aurais donné. Dans ce bois blanc, quelque chose de bien cher m'est refusé. Et je n'aurai pas de petits enfants. Pourvu qu'elle ne se couche pas trop tard, la pauvre vieille. Et Louis, entre ses belles ; ils sont jeunes, ils peuvent profiter de la nuit. Ah, que je n'oublie pas le gaz. Allez, dormez, parterres d'Allemagne, troupeau d'objets dont elle est la bergère, gardiens qui ne vous laissez pas corrompre...

Au sixième étage, la vieille Elisabeth Mercadier s'était endormie, son chapelet entre ses doigts. Elle est un peu sourde ; seule de toute la maison, avec les trois enfants de Vere, elle ne sait pas qu'il y a une soirée chez Vertigues.

IV

Au fur et à mesure que la nuit se continue les cloisons deviennent plus poreuses aux sons qui circulent en même temps que l'eau dans les conduits, et naissent dans les poutres qui travaillent. Ce qu'il reste d'un blues, au travers du plâtre et du bois, devient plus lourd.

A droite, le grand chevalet en forme d'H, avec sa manivelle, et les douze rectangles de couleur, sur le fond travaillé de la toile semblable aux vieux murs écorchés. A gauche, les barres verticales du radiateur électrique braisent devant leurs miroirs.

Bénédicte est penchée sur la table, perpendiculairement au peintre qui lui commente les pages blanches qu'elle tourne. De l'autre côté, Gilbert échafaude comparaisons et pronostics. Deux bourdonnements de paroles qui s'effacent devant la nouvelle percée de tintamarre.

« Voici les cœurs », disait Martin.

Une porte a claqué dans la maison ; Lucie qui doit lever ses mioches. Ils dorment avec tout ce bruit ? Ils dorment bien dans les express ; on arrive le matin fourbus, mais eux étonnés seulement.

« ... Quelques projets d'arrangements. Cela

n'est pas encore tout à fait arrêté ; jusqu'au dernier moment il y a des détails... Vous voyez, ma maison n'a que douze salles, mais le jeu ordinaire comporte cinquante-deux cartes. La division n'est pas juste. Aussi, dans la rangée du milieu, je vais superposer cinq figures au lieu de quatre.

— Mais vous avez été obligé de représenter des rois, des dames, des valets.

— Naturellement. J'ai même travaillé d'après nature, pour la première fois depuis des années. Ce sont des personnages, n'est-ce pas ? Et il y a des espèces de scènes qui se déroulent entre eux. Voici une étude pour David.

— Mais il n'a pas de visage ?

— Non, tout est dans l'attitude générale. Tenez, je vais vous montrer mes projets pour les deux rectangles centraux. »

Il les désigne sur le tableau, comme un géographe deux provinces sur une carte.

« L'un sur fond presque blanc — on voit mal à la lumière électrique, mais en réalité c'est un jaune très clair —, et l'autre à gauche qui paraît noir est d'un indigo très sombre. Je ris parce que j'ai l'impression de parler comme Maurice, le type là, perdu dans son fauteuil avec sa pipe éteinte. Les couleurs n'y sont pas encore, le trait seulement. »

Il sort une grande feuille blanche.

« Celui de droite. »

Une autre.

« Et voici le sept de carreau. Oui, comme il y a une combinaison de cinq cartes, il y en a deux de la même couleur. Je les ai bloquées en disposant sept valets...

— Tu ferais bien de ne pas déballer de nouveaux trésors, si tu veux que tes amis voient quelque chose de leur film. »

C'est Lucie qui est revenue, mince, utile, et précise, telle une grande aiguille au chas de hautbois.

Bénédicte inquiète à Gustave ; elle se penche :

« Il doit être affreusement tard ; la petite Angèle va me faire une tête...

— Avec tout ce monde, c'est à peine si elle remarquera notre arrivée.

— Nous nous excusons, mademoiselle, d'avoir l'air de vous mettre à la porte comme cela...

— Vous savez, il est grand temps que nous fassions notre entrée au-dessous.

— Nous allons descendre tous ensemble ; un instant ; je vais chercher mon manteau. »

Maurice Gérard secoue la cendre de sa pipe sur la paume de sa main, puis la verse dans le cendrier, s'essuie. Tout le monde s'apprête.

Martin revient, passant une manche. Lucie le prend à part :

« Tout ira bien ; monsieur Mourre m'a promis de surveiller les enfants.

— Va lui faire tes dernières recommandations. »

Et il retourne à ses dessins.

« Oui, vous avez la dame de cœur, à gauche, et le valet de trèfle qui lui fait face, séparés par l'as de pique, et un des petits valets ; les six autres entourent la scène ; j'ai pensé un moment dessiner sur les vitres qu'ils tiennent à la main les reflets des grands personnages. »

Bénédicte s'efforce de lire l'autre feuille :

« Les deux derniers valets, séparés par le roi de carreau, qui les regarde dans sa vitre.

— Tout autour, ces dames, avec une sorte de lys dans la main : le sept de trèfle.

— Mais je n'en vois que six. Il devrait y en avoir encore une au milieu. »

Le visage de Martin s'assombrit, engoncé dans le gros manteau, et l'écharpe pendante. Il reprend le dessin dans ses mains, le considère encore une fois.

« J'aime ce roi central », dit-il, comme en se parlant à lui-même, « plus grand que les deux valets, ce contraste avec la scène voisine, où lui répond cet as que j'ai voulu semblable à un aigle en plein vol. Alors que faire de cette dame gênante ? On pourrait la mettre horizontale ? Le spectacle et la nuit me porteront conseil, et vous aussi peut-être, qu'en pensez-vous ? »

Elle élargit encore les narines de son grand nez, s'efforçant avec un sérieux enfantin de mimer la perplexité.

« Bien difficile à dire, monsieur de Vere. Pourquoi ne pas tout simplement la supprimer ? Vous riez ; vous voyez, ce n'était pas la peine de me poser la question.

— Lucie, ça y est ? Tout est réglé ? Il a juré qu'au moindre bruit, si l'on peut dire... Il leur faudra donner leur hurlement majeur... Mademoiselle, donnez-vous la peine, monsieur...

— J'ouvre la fenêtre ; il y a une telle fumée. Tu n'as même pas pensé à éteindre le radiateur. Voilà.

— Embrasse-moi, autoritaire. »

La chambre du grand-père, Paul Mogne, est
petite et triste ; tout y sent les précautions
contre les courants d'air : de grands rideaux,
deux fauteuils à oreilles, le lit massif avec son
édredon. Au-dessous de flous ancêtres endeuil-
lés, les décorations rutilent dans leur boîte de
verre, comme des insectes. Peu de lumière :
une seule lampe à globe, modernisée, auprès
du petit vieux coulé sur son dossier capitonné
de cuir. En face, terrible, le visage très travaillé de Marie Mérédat, les os de sa main
droite allongés sur la table, l'autre crispée sur
un pli de sa robe de moire. Ayant cru que
c'était son fils ou sa bru qui avait frappé, il
avait négligé de répondre, et c'était elle qui était
entrée, contrefaisant l'aimable, cette femme qui
dès les premiers jours de leur mariage — bien
plus beau que le sien, plus riche ; on n'avait pas
chanté, mais on avait fait des discours —, l'avait
regardé comme un vieux valet incapable que
l'on nourrit en souvenir d'anciens services.

Elle s'était assise sans qu'il lui ait rien dit.
Il avait toujours eu cette chambre pour se réfugier, et voilà qu'elle l'avait envahie. Mes
ongles sont cassés, épais, noirs de tabac, mais
vous avez eu beau polir les vôtres, leur couleur
maintenant est celle de l'ivoire sale, et si mes
mains de tâcheron ne peuvent même plus serrer
ni prendre bien, les fines vôtres se sont vidées.

Et cette voix si dure ne sait-elle plus que se
taire ? C'est auprès de ce peu de solidité qui
me reste au milieu de mes cendres que vous
voilà contrainte de chercher asile ? Reine dé-
chue, mesurez le chemin que quelques arro-

gances de vos petits-enfants vous ont fait descendre.

Et pourtant ce spectacle inspirait avant tout
à Paul de la déception et du désarroi. Il aurait
tant voulu que ce qu'il n'avait pas su faire :
vieillir, quelqu'un d'autre le réussît. Cruelle...
Mais admirable, si vivante, si agile, malgré
l'usure manifeste de ses nerfs et l'amincisse-
ment de ses muscles. La pitié que j'éprouve
pour moi-même, il vous faut donc la partager ?
Ne craignez en rien ma vengeance ; nos regards
se rencontreront dans le calme.

Des éclats de voix viennent du salon. La
lampe subit quelques tremblements.

« Avez-vous vu les robes des deux filles ?

— Oh, que non, madame, je suis rentré dans
mon terrier.

— J'aurais tant voulu les admirer, dansant,
toutes échauffées de la fête. Viola a tant de
charme n'est-ce pas, et Martine tant de tenue.

— Dites, comment cela se passe-t-il ?

— Ces soirées d'aujourd'hui, ces airs nouveaux ? J'ai pu si peu en grapiller. »

Ils parlent lentement, doucement. Comme ils
s'écoutent.

« Vincent doit bien danser.

— Gérard doit plaire.

— Quant à Félix...

— Il est trop jeune encore.

— Saurons-nous leur faire raconter ?

— Il faudra réunir ce qu'ils nous auront dit. »

Point mort. Ils sont tous deux fatigués de
s'aventurer dans une intimité qu'ils ne connaissaient pas. Ils parlent à tâtons, se surveillant.

« Je vous remercie d'être venue... »

Il faut attendre qu'il parle encore.

« J'irai vous voir dans votre chambre ? »

Ses vieux yeux timides, anxieux, myopes.

Elle se lève raffermie par l'air que le pauvre ouvrier dépaysé, malade a su lui faire respirer, si courtoisement.

O flambantes années.

Martin dans sa carapace de poil de chameau, avec une écharpe écossaise, un chapeau de feutre soigné, et des gants de motocycliste ; noire Lucie, son foulard juxtaposant au blanc des carreaux jaunes et bleus clair, le chapeau de paille teinte en arrière comme une petite auréole sombre, d'où se détachent des clématites d'organdi, et des gants couleur de pigeon, qui referment le sac de cuir poli.

La porte qui filtrait les sons devient sèche ; à peine une buée de bruits de pas ; la trace d'un rire.

« Eh bien, c'est le moment de l'au-revoir, cette fois. Si vous vouliez venir dîner un de ces soirs, mademoiselle ? Lucie est très habile ; avec trois fois rien, elle réussit des choses délicieuses. L'autre samedi, voulez-vous ? Vers les huit heures. Je marque... Bonne soirée. »

L'ennuyeuse lumière des escaliers. La main de Martin franche et pleine, la main chercheuse de Maurice, celle de Gilbert vive, brusque, Pierre jouant avec la vôtre, appréciant la qualité de votre bois, les doigts de Lucie restant séparés, se réservant.

Après avoir quitté Paul Mogne, Marie Mérédat, la vivace, a retrouvé l'entrée pleine de voix.

Elle s'approche, la petite louve, elle vient recevoir sa part des adieux de Jeanne et d'Henri.
Comme elle a peu profité d'eux; le pouvait-elle?
On attend sans doute qu'elle soit partie pour
commencer à raconter. Et elle rentre dans sa
chambre sombre, luisante de petits objets et
d'acajou.

L'index de la grande Bénédicte, seule avec son
cher Gustave, atteint le nombril de l'interrupteur. Et les voix tournent et descendent, se
hâtant. Des éclats, des bribes ; un mot parfois
parvient intact à travers la cage de l'ascenseur ;
de plus en plus faible. Tout est couvert par la
musique qui reprend.
     « ... Et puis nous n'allons pas nous lancer dans
des explications. »
     Ce septième valet tel un fauconnier, avec son
oiseau chasseur au-dessus de lui... La rupture
des vannes du son. Se frayant un chemin parmi les couples. Quelques figures assises, à la fois
spectateurs et figurants, s'amalgamant aux fauteuils pour mieux former décor. C'est une valse.
Heurtés par des coudes emportés, des poings
serrant des paumes. Un couple se dénoue, elle
les yeux perdus, déjà vu quelque part ? Il
l'invite à s'asseoir à côté d'une robe froissée.
Une main aux ongles bien vernis apporte à des
lèvres bien peintes une cigarette marquée de
pétales. Ceux qu'on s'attendait à voir sont dé-
robés par le nombre et le mouvement des autres. Là-bas c'est pourtant la porte qui mène
à la cuisine. Oh, et ces adorables, minuscules
tartines. Madame apparaît, Monsieur sort d'un
portant vers la gauche, comme s'il l'avait guet-

tée ; un grand pan de nappe blanche les sépare,
et nul ne les remarque à part nous, les nouveaux
arrivants, qui ne pouvons les entendre, mais
que le mouvement de leurs lèvres introduit
dans la confidence. Timidement, comme s'excu-
sant de se mêler aux trajectoires des couples
jeunes, il l'emmène avec une douce ampleur
de gestes, restreignant ses élans pour éviter
remarque et collision, mais retrouvant à travers
leur raidissement les vestiges d'une ancienne
ferveur. Une grappe de visages se met à sourire
dans une fenêtre entrouverte. Et Maxime, dont
les yeux suivaient les évolutions des parents,
nous découvre isolés tels deux mannequins aux
prunelles bien dessinées, parmi tout ce désordre
d'invités déjà pénétrés de moiteur; comme si
notre vue le soulageait, il s'excuse auprès de
plusieurs, et cherche un chemin point trop
long pour nous rejoindre, dans cet espace où les
passages des danseurs interdisent la ligne droite.
Et voici qu'Angèle, apparemment si fière au-
dessus du vertige, enivrée gorgée à gorgée de
sa régence dans ce champ soumis d'ordinaire à
d'autres pôles, vacille entre des bras malhabiles
à changer le sens de la rotation, s'arrête, souffle
un peu, entend la légère accélération de son
cœur, respire, se reprend, et aperçoit en nous
l'occasion de cesser le tournoiement, sans s'a-
vouer vaincue.

« Oh, Bénédicte », s'écrie-t-elle, entraînant
son cavalier par la main, « je désespérais presque de te voir.

— C'est ma faute. Tiens, bonjour, Maxime.
J'ai été retenu très longtemps par un raseur
qui...

— Alors, vous n'avez pas dîné ? Gustave, vous êtes impardonnable. Monsieur Gérard Mogne... »

Maxime s'écarte, retourne au bureau, prend une cigarette dans la boîte ouverte sur la table, et se rassied dans son fauteuil.

« Cette musique est d'une vulgarité. »

L'égyptien rentre à la cuisine. Chaque invité lui a spécifié le degré de sucre qu'il désirait, sauf un nouveau, pour qui le maître a parlé. Jamais madame Phyllis n'a essayé de le suppléer dans la préparation du café turc, comme si elle pensait que pour y réussir il fallait murmurer des formules trop gutturales pour sa voix ; aussi, tandis qu'il croise ses mouvements tel un tresseur de cordes afin de modérer l'écume noire dans les trois casseroles à long manche, silencieuse elle emplit d'olives, d'amandes et de dattes fourrées les assiettes d'étain qu'il disposera au salon sur toutes les tables.

Grésillement métallique. C'est la sonnerie de la porte d'entrée. Un certain temps.

Au chevet de Marie Mérédat, un croquis au crayon ; qualités de trait : souple, incisif ; monocle ; les enfants ne savent pas qui 'est ; Frédéric n'a rencontré Julie qu'après mon veuvage. Je parlerai de lui au vieux Mogne ; il me racontera son enfance et ses noces. Quelle vie nous avons menée dans ce Paris d'alors ; brève ; du moins tu n'as jamais vieilli.

Il faut attendre dans le noir que les yeux se ferment d'eux-mêmes, et que s'éloigne la légion des bruits, longtemps durer entre ses draps, conscience désarmée que pillent les dou-

leurs de reins, longtemps hanter les ruines de
son corps qui ne se réchauffent que lentement,
les pieds surtout, hideux à revoir nus.

Et tous les personnages de la pièce où elle a
joué le premier rôle reviennent la saluer à mi-
voix, vivants et morts, les aimés et les détestés,
visages sans corps, noms sans images, un mouvement de main seul quelquefois, ou une in-
flexion ; les mots qu'elle soulevait ont disparu.

Le sourd martèlement quasi continu qui m'en-
serre se mêle au pouls métallique du réveil qu'il
m'avait donné. Nous avions une maison de
campagne, une villa au bord de la mer, il a
fallu vendre. Vieille bouche édentée, le Mogne n'en a pas besoin ; dans son lit il n'encombre pas ; mais je voudrais tant qu'il m'aide
à tenir cette vie qui s'éparpille en moi ; il
faudrait qu'il ait près de lui à chaque insomnie
un battement qui l'encourage. Je le choisirai
très simple, assez masculin, mais avec une certaine ligne... Que de tracas vous m'annoncez,
projets qui relevez toujours de nouvelles têtes
au milieu des encres et des acides que le sommeil lent à venir m'instille.

Jacques Vimand debout, écharpe et manteau
sur le bras, regarde les buveurs de café.

« Donne ça à Ahmed.

— Je suis très en retard... Je désirais profiter de l'occasion pour rendre visite à l'abbé
Jean Ralon.

— Ah oui, un des curés d'en bas. Alors c'est
une de tes relations ?

— Je m'en flatte. C'est un homme très fin,
ouvert. Il prépare depuis longtemps un gros

ouvrage de morceaux choisis de littérature égyp-
tienne ancienne, de très belles traductions vraiment. Nous en avons longuement bavardé...

— C'est pourquoi j'avais fait servir.

— Pour moi, juste sucré. J'ai été très surpris
d'apprendre que vous ne vous connaissiez pas.
Qu'est-ce qu'il y a au-dessus, un club de char-
pentiers mélomanes ? Il serait certainement très
honoré si...

— Tu sais, j'ai peur de ne pas l'intéresser
beaucoup ton... ecclésiastique. Les spécialistes
et les amateurs, bien souvent... Une olive, monsieur Griffin ? »

Quand madame Phyllis a eu fini sa petite
vaisselle, la dernière tasse revenue, elle a enlevé
son tablier, s'est regardée dans la petite glace
près du compteur, pour arranger ses cheveux,
puis elle a redonné au costume de son oriental
ses bons plis ; elle l'a embrassé chastement sur
le front, ce qu'il n'aime pas, et lui a fait ses
dernières recommandations.

« Si l'on sonne, mais seulement si l'on
sonne », dit-elle en désignant deux dernières
assiettes ; « et puis ne monte pas trop tard te
coucher. »

Il ne quittera la cuisine, elle le sait bien, à
moins d'un signe de son maître, qu'une fois
l'étage endormi. Auparavant il restera sur son
tabouret, les coudes sur la toile cirée, fumant,
dès qu'elle aura fermé la porte, des gauloises ou
des égyptiennes dont elle retrouvera les cendres
sur le carrelage, l'oreille inattentive, les yeux
perdus dans des images d'ailleurs ; peut-être
même éteindra-t-il, et allumera-t-il un rond de

de gaz. Un soir elle était rentrée ; elle avait trouvé la cuisine obscure, sauf un point rouge, et les flammes bleues. Elle avait tourné le commutateur, et Amédée encore tout engourdi avait sursauté, avait jeté son bout de cigarette, s'était précipité pour fermer le fourneau. Elle l'avait grondé comme un enfant. Mais de quoi pouvait-on le menacer vraiment ? Et puis à quoi cela servirait-il ? C'était un homme...

Il la regardait ouvrir la porte ; il l'aimait, bien sûr ; il la considérait presque comme une mère ; mais maintenant, sous son turban, il ne désirait rien tant que son départ.

« Bonne nuit. »

Lèvres épaisses, au contour si bien dessiné, comme vous savez vous faire pardonner par un seul léger mouvement.

Quelle tyrannie, se disait-elle, montant les marches ; au fond c'était ça, l'esclavage. Ce soir, même ce soir, nous aurions pu monter aider ; ça lui aurait fait voir d'autre monde, et puis la gaîté de tout cela l'aurait remonté. Elle ne m'en avait pas parlé ; c'est à cause de sa Gertrude ; les patronnes ont de ces idées. Comme si, avec cette brave Charlotte et moi pour les surveiller... Bah, je l'aurais bien fait venir ; elle ne m'aurait pas refusé ; et elle aurait peut-être été enchantée si je lui avais proposé. Cela aurait apporté à sa fête un petit côté sensationnel : Amédée dans son beau costume, vers cette heure-ci, qui serait apparu au milieu des jeunes filles, en portant, comme il sait le faire, un plateau de rafraîchissements ; et il aurait fait goûter du café turc à tous ces jeunes gens qui ne savent seulement pas ce que

c'est... Madame Vertigues m'aurait dit : « c'est
que je ne voudrais pas déranger monsieur Léonard ; j'ai déjà scrupule à vous prendre » ; et
puis toutes les manières, parce qu'elle sait les
formes. Le sultan n'aurait eu qu'à s'incliner,
et le petit aurait profité de tout ça, au lieu qu'il
est à se morfondre en la cuisine à regarder
le vague. Le vieux grigou, le vieux jaloux, il
a bien su les faire venir ses beaux parleurs ;
comme s'il n'aurait pas pu changer son jour...
On n'y voit rien.

Elle toque. Plus fort.

On l'entend, leur bastringue.

Elle retoque.

Remue-ménage. Une raie de lumière verticale
souligne le côté droit de la porte, et par cette
fente se précipitent sur un arrière-fond de pas
et de cuivres les chocs sonores des assiettes et
de l'argenterie qu'on lave.

Elle pousse le battant, toute joyeuse de se
laisser inonder par les reflets du bal. C'est
Charlotte qui est à l'évier ; Gertrude l'accompagne d'un torchon assez sûr.

« L'autre plateau », dit l'Allemande. Un bouquet de couverts s'y étale, avec un bruit de
cymbale confuse.

La fille, flattée qu'un connaisseur la voie si
bien tenir sa partie dans ce petit récital ménager, observe et écoute la visiteuse, en gardant
à la main un plat humide, vertical, tout blanc,
tout luisant, tandis que l'ancienne fait les honneurs.

« Vous le voyez, madame Phyllis, nous ne
chômons pas. »

Elle essuie ses mains sur son tablier.

« En avons-nous fait des babioles. Asseyez-vous là ; les chaises sont bonnes, mais les murs sont tristes, ne trouvez-vous pas ? Hé, hé, il y a des choses qui ne sont pas mauvaises ; tenez : ce sont des sandwiches à la salade. Vous n'aviez jamais mangé ça, je gage ? Moi non plus. Tâtez-en, vous verrez. »

L'invitée choisit avec curiosité, prend le petit bloc de mie entre le pouce et l'index, l'examine, puis le déguste du bout des dents avec des gestes de duchesse. Elle apprécie.

« Qu'en dites-vous ? »

Comment répondre, sinon en fronçant les sourcils, et en attaquant le morceau avec décision, sûreté, connaissance.

« N'est-ce pas. Comment s'appelaient vos prédécesseurs, déjà, avec la vieille Elisabeth ? Ils recevaient beaucoup, mais je crois qu'ils avaient moins d'imagination. »

Prenant deux assiettes chargées de tartelettes aux champignons et de petits fours blottis dans leur abat-jour de papier :

« Tenez, ma fille, finissez vite d'essuyer ça, au lieu de bayer aux corneilles, et puis vous m'apporterez ces deux plats là-bas — goûtez-en, madame Phyllis — et vous rapporterez tout ce qu'il y aura de sale. Avec le plateau, voyons ; à quoi pensez-vous ? »

Gertrude rougit jusqu'aux oreilles, honteuse d'apparaître inférieure à son emploi.

« C'est bien, c'est bien, comme cela.

— Je ne vous dérange pas, au moins ?

— Mais comment, voyons ? Restez assise, je vous en prie. Cela fait tant plaisir d'avoir un peu de compagnie.

— Alors, dites-moi, les patrons ont l'air contents ?

— Ça va bien ; d'après ce que je peux voir, hein ; je ne suis pas sortie de la cuisine.

— Non ?

— Mais madame Vertigues vient très souvent ; elle a l'œil précis, cette femme ; elle tient sa maison, et elle mène cette petite Gertrude qui sort de son trou, je ne vous dis que ça. Avec un homme ce doit être bien différent, n'est-ce pas ? Chez moi, jamais les deux abbés ne fourreraient le nez dans des questions pareilles. Et puis vous avez le domestique, c'est vous qui le faites marcher ? Allez, nous avons de la chance... Dans la bassine, ma petite, s'il vous plaît. Vous voyez : c'est à elle qu'il faut demander des renseignements sur les danses et les cavaliers. Remarquez : il faudra que je m'y faufile ; au moment des assiettes anglaises, vous comprenez. »

L'envie. Voilà madame Vertigues, les yeux brillants.

« Comment allez-vous, madame Phyllis ? Alors vous êtes venue saluer vos amies ? »

Mes amies ?

« J'ai terminé mon travail en bas ; si vous avez besoin d'un coup de main, je suis toute prête.

— Oh, vous êtes vraiment trop gentille, madame Phyllis ; nous nous arrangerons très bien comme cela. Dites-moi, madame Tenant, il faudrait commencer à préparer ce dîner froid. Ces assiettes-ci. Une tranche de jambon. Gertrude, voulez-vous prendre la viande froide dans le garde-manger. »

Madame Phyllis sait bien qu'elle n'a plus qu'à monter.

V

L'écho des cloches à peine transparu s'engloutit dans l'ébranlement donné par le passage du métro sous la chaussée.

La maison possède deux minuteries différentes, deux petites machines précieuses sous leurs verres dans la loge, l'une bloquée pour toute la nuit, l'autre, l'inférieure, libre d'étendre ou de détendre ses fines articulations de cuivre et de fer doux. Madame Phyllis avait négligé d'allumer. La paroi dépolie séparant les deux escaliers diffusait sur les marches étroites une fine lumière poussiéreuse. Une main effleurant la rampe, l'autre prenant appui sur son genou, elle montait lentement, pesamment, comme si elle était une très vieille femme. Le balancement, les peines de son dos recommençant, ouvrirent à nouveau les vannes à son inquiétude et à ses reproches.

Elle a été juste gentille, juste polie ; parce que c'est vrai qu'elles ont à faire, toutes les trois ; et puisqu'il fallait quelque chose pour ses connaissances à lui, Amédée aurait été capable de porter seul ce que j'aurais préparé, et le dîner même, pourquoi pas, s'il n'avait pas été en retard, étant donné que c'est son rôle de le

servir, car je sais bien qu'il ne l'aurait pas laissé
filer, et c'est pour ça qu'il a voulu faire comme
si deux personnes étaient indispensables au travail de cette nuit, afin de ne pas avoir l'air de
lui refuser... Raide, raide... Vous voulez sortir,
madame Phyllis ? Mais vous savez bien que vous
êtes tout à fait libre, pourvu que les repas, le
ménage, et la lessive soient faits... Continue,
continue, beau parleur... Amédée ? Avec vous ?
Ah non, il faut que quelqu'un reste à la maison.
Il sortira, s'il veut, quand vous serez rentrée...
Il insiste pour qu'il soit toujours en robe avec
son calot brodé et ses sandales. Où voulez-vous
qu'il aille avec un pareil accoutrement ? Il
faut qu'il monte se changer, qu'il prenne son
manteau là-haut. Ah, pour ça, il est bien loti ;
il a l'air d'un jeune homme riche, et c'est vrai
qu'il a de l'argent dans ses poches. Mais il ne
connaît personne dehors. Quand le renard veut
changer d'air, il l'emmène comme un bagage ;
même à Paris, ils vont voir des choses impos-
sibles dont il ne sait pas me parler ; c'est afin
que tout ce qu'il découvre ici soit comme un
cadeau de sa part. Quand mademoiselle Henriette fait des courses, il lui dit d'aller porter
les paquets, et ça leur fait plaisir à tous les
deux. Ils s'habillent. Ils vont comme des fiancés
qui font leurs achats avant la noce. Avec elle
ça n'a pas d'importance, elle le prend à la fois
comme un domestique et comme un frère. L'oncle aimerait plutôt qu'elle soit dure ; s'il le
blâme sur la maison, c'est souvent quand ils
sont ensemble ; elle en a pitié, elle en est confuse, comme une enfant trouvée adoptée par un
prince, qui continuerait à se juger indigne

de si beaux valets. Quelle mauvaise surprise
si, un beau jour, lui s'apercevait qu'elle est
femme, elle qu'il est autre chose qu'un bel
animal tout proche, à son service... Mais il a
cultivé de longue date les haies de leurs âmes, et
l'un tremble de vénération devant son maître si
prévoyant, tandis que l'autre rêve au cousin
des curés...

Madame Phyllis est immobile devant la porte
de la cuisine où, dans l'obscurité, la vaisselle de
Lucie de Vere attend pour la nuit.

« ... Je suis de loin tous ces progrès ; j'apprécie le pouvoir évocateur de certains mots : amé-
ricium, polyploïde, tenseur de courbure ; et je
jouis des théorèmes, pour d'autres cristal de la
plus limpide raison, comme d'un obscur miroir
de réalités à venir. Si je décris une machine,
je ne pourrais donner sur son fonctionnement
que des explications puériles ; elle fait partie
du paysage. Est-ce là l'anticipation telle que
Léonard veut la défendre ? A bien des égards
je pratique une évasion qui pourrait devoir ses
prestiges aussi bien à l'éloignement géogra-
phique. Dans cette société savante, je crains de
paraître déplacé. »

Il avale une amande. Sous la grêle du bal
Jean Levallois pense à sa fille.

« Ne vous y trompez pas, monsieur, Hadencourt ne fait l'humble que pour nous humilier.
Nous trichons puisque, de gaîté de cœur, nous
tirons parti d'un savoir imparfait, lui ne s'en
sert qu'à son insu. Lisez *Les faubourgs de
Trieste,* vous comprendrez son hésitation à être
des nôtres et les raisons que j'ai d'insister. Il

ne donne jamais de précisions sur la date de ses histoires, mais leur parfum me faisait soupçonner quelque chose. Un jour que je t'interrogeais sur ta façon d'écrire — corrige-moi si je te trahis —, je m'imagine après ma propre mort, répondit-il, cherchant à voir ce qui se passe dans les endroits où j'ai vécu.

— Vous connaissez Trieste ?

— Je l'ai traversé. Léonard avait dû me saouler, par curiosité malsaine. En fait, je me trouve dans un état, comment dire, d'attente, où les images passent me disant : bientôt, mais trop tard pour toi ; alors la feuille blanche m'est un piège pour capturer leurs ombres. Hélas, dès que le jour me rend la mesure des choses, je ne retrouve en cette magie que subterfuge...

— Alors, faux devin, il m'a semblé que travailler dans l'élément de l'avenir marquait l'imagination. Tous vos essais, malgré les divergences fondamentales qui les séparent...

— Je reviens dans quelques instants.

— Tu sais où c'est ? Personne n'a envie de boire ? De boire. Ces gens font un bruit. »

Madame Phyllis soupire et reprend sa montée. Quelques vestiges de lueurs atteignent les dernières marches. On laisse glisser les mains sur les murs.

Je ne leur souhaite pas, pauvres enfants, tous les deux perdus dans la ville, sans parents ni fortune, lui ignorant souvent jusqu'à la façon de dire les choses. Et il les tient par là, le vieux célibataire ; il joue avec le feu en toute sécurité. Voici la chambre de l'idole. Ils doivent danser tous les deux sur ces airs qui percent jusqu'ici. O bleu du trou du ciel. La vieille doit être endormie depuis plus d'une heure, manières d'autrefois. Est-ce qu'ils y sont aussi, les garçons du second ? Comme je connais l'envers de cette porte, les chevaux, collés sur les murs, les pyramides que je lui découpe (et il les regarde en riant quand je les lui donne), le lit de fer assez large que je lui borde, et le broc que je lui remplis. Le trou de la serrure, son chambranle. Il marcherait entre des obélis-lisques avec un regard de cavalier, fier, sûr (et tous les soldats devant les montagnes agiteraient leurs yatagans avec des hourras), vers les rem-parts d'une ville chamarrée, et le soleil ferait briller des grains de sable sur la crinière. La mienne. Sur les terrasses damassées, des nègres souffleraient dans des défenses d'ivoire creusées en cors. Ferme-toi, serrure, et toi, clé de fer, renfouis-toi dans mes mouchoirs tachés. La fe-nêtre se détache doucement dans l'obscurité. Je vais lui fermer sa paupière de toile verte. Et le vieux roi, tel le grigou, à son balcon, lui offrirait à boire. J'allume ; quatre murs, le bois du lit, moins mauvais que celui d'Amédée, la table de toilette avec son marbre. Il est entendu que demain j'irai prendre un bain au troisième. Miroir, ma chevelure est-elle encore si brune, si jeune d'apparence ? Une épingle. Mon mari dans son cadre noir à ma gauche, et mon ma-riage avec lui aussi son brin de buis. Et la reine? Elle est morte depuis longtemps ; c'est pour ça qu'il n'a pas d'héritier. O temps passé, mon blanc Edmond, qui avais une si dure moustache.

Une larme roule au long de son visage penché. Elle fait sortir ses bras de sa robe, enlève ses fringues, décroche ses bas de laine grise, déplie la chemise de nuit qu'elle a prise sous l'oreiller.

La chambre de Gaston Mourre, chez les de Vere, au-dessus de celle d'Angèle Vertigues, encombrée de meubles déplacés, au-dessus de celle d'Henriette Ledu, chez Léonard, tranquille, à peine traversée par les bruits du quatrième, au-dessus de celle de Martine et de Viola Mogne, en désordre d'un rhabillage rapide, au-dessus de celle de l'abbé Alexis, qui se couche exténué, et triste.

Boulevards extérieurs, combien de fois vous a-t-on parcourus la valise à la main avant d'arriver là ? Les artistes, pourvu qu'on leur rende par-ci par-là quelque service, ne surveillent ni vos rendez-vous, ni vos heures, et ils ont beau avoir un « de », il comprennent fort bien que Clara... ; alors qu'entre eux deux, pas une bavure ; quant aux moutards, mon Dieu, c'est très vrai qu'on s'y habitue.

Il ouvre la porte. Corridor. Il ouvre la porte. L'atelier. Il fait moins sombre qu'on aurait pensé. Des longues vitres glisse une lumière plate, aux rayons presque horizontaux, qui détache une moitié grise de chaque objet. Au delà des toits la lune éclaire les dernières fumées. Il ouvre un carreau ; un peu de vent lui siffle dans les narines ; des fenêtres au-dessous la musique monte comme de la vigne vierge. Les douze carrés, en plein milieu, dont le fouet de la lune ne parvient pas à révéler les couleurs. Le grand carton sur la table. Les deux feuilles blanches qui sont restées dehors. On peut distinguer les moindres détails de leur dessin, des personnages

de tailles diverses, avec un oiseau au centre de
celui-ci. A ce moment un léger coup de vent
rafraîchit l'air. Gaston va allumer le radiateur
qui se remplit lentement de chaleur rouge. Les
deux dessins glissent de la table. On pleure ;
encore un môme à faire pisser. Il quitte la pièce
traînant ses pantoufles, l'esprit tout occupé par
le visage de Clara, qui lui a dit qu'elle passerait
sans doute très tard.

Madame Phyllis se glisse dans ses draps, se
réchauffe un moment, puis arrange son traver-
sin, s'installe confortablement et choisit sa lecture. Sous la petite lampe s'empilent quelques
numéros d'*Elle,* sa propriété, des *Match* reçus par
les Vertigues, hérités par Gertrude qui en fait
profiter tout l'étage, des *Confidences* prêtées par
Liliane Fraisin, la vendeuse, et, un petit roman
déniché par Charlotte, spécialiste d'histoires bizarres et attendrissantes, *Les faubourgs de
Trieste.* Elle feuillette.

Il savait déchiffrer de fines lignes tourmen-
tées, bardées de points et d'apostrophes dans des
livres qu'il ouvrait à l'envers. Souvent le patron
le faisait réciter hautement, rauquement, et
parfois il le reprenait.

Texte :

« ... Les membres de l'assemblée étaient isolés
dans des cages de vitres, dont la transparence
variait au gré de la secrétaire... »

Peut-être a-t-il un peu perdu l'habitude. Il
y a longtemps qu'il est en France. Peut-être
que s'il retournait là-bas, on se rirait de la façon
dont il parle...

Les lettres tremblent ; elle n'arrive pas à lire.

Le plafond qui bat : un, deux, trois, quatre. Les lacets de Jacques Hadencourt, petites tresses claires et propres ; il est plus jeune que moi, aisé ; deux enfants encore tout petits. Samuel a l'air content, le menton dans la main, les yeux rétrécis. Comment s'appelle donc celui qui parle ? Crivier, c'est vrai ; je ne l'avais pas vu souvent ; il doit être assez nouveau venu.

« ... l'entière fausseté de mes prophéties, sur laquelle le lecteur ne peut avoir aucun doute. En ce sens je joue parfaitement franc jeu... »

L'accent de quelle région de France ? Toulouse ? Habile, très habile, je m'en méfie. Il n'y a qu'Antonin Creil qui soit plus âgé que moi, et peut-être Samuel, quelques mois, un an, deux au plus.

« ... essais pour concrétiser les conséquences que vous pressentez à l'état de choses actuel ; vous devez donc vous situer à la pointe extrême du présent... »

C'est drôle qu'Antonin Creil ne lui réponde pas. Ah, il lève le sourcil, mais il fume ; il aime mieux continuer de fumer. Très grisonnant. Peut-être ce Claude Crivier ne le connaît-il pas encore.

« ... Je me suis efforcé d'imaginer ce qui serait arrivé, ce qui devrait arriver, dans le cas où l'invasion allemande aurait réussi, l'évolution de la conscience que cela aurait pu produire, essayant, en explorant cette menace qui a si longtemps pesé sur nous, de toucher à un fond humain solide... »

Oui, je l'ai déjà entendu raconter ça. Fumer, je devrais fumer moi aussi. Tiens, c'est la voix de Samuel.

« ... par une projection dans un temps qui
ne nous est pas donné, de mettre au jour ses
craintes et ses espoirs, d'agir dans l'infime mesure de ses forces sur le cours des événements
par ses mises en garde ou par ses suggestions.
Le temps qui passe réfute d'heure en heure
nos pronostics... »

Il prononce avec volupté ; il introduit dans
notre langue un rythme sûr et souple : avant de
l'émettre, il jouit de la consonne qu'il forme.

« En un sens Antonin Creil est en train de
poursuivre une tentative fort comparable à la
tienne... »

Ils se tutoient. Ils se connaissent depuis plus
longtemps que je ne supposais.

« Au premier abord c'est l'inverse, en réalité
c'est tout proche... »

L'astucieux Wlucky, je ne sais plus sa natio-
nalité d'origine.

« ... puisque cela aboutit, tout compte fait, à
donner une image de ce qu'aurait pu être le
temps même où nous vivons... »

Il connaît donc les deux textes, ou du moins ce
qui en existe. Plus avantagé que moi. Il est vrai
que je n'ai pas le temps. Samuel d'un signe de
tête donne la parole à l'excellent Antonin, qui
raffermit son masque de vieil universitaire, comme s'il se maquillait pour une académie. Il se
sert de nous comme d'un clavier. Quelquefois.
Nous lui donnons des déceptions.

« ... Naturellement, malgré tout mon désir de
situer l'auteur fictif de mon ouvrage à la fin
du dix-huitième siècle, je sais bien que je n'ai
pas pu ne pas tenir compte dans une large mesure de ce qui est arrivé depuis.

— O felix culpa ; laissons donc pour un instant ces scrupules. Si tu avais réussi dans ton dessein, ç'aurait été, je l'accorde, un tour de force bien digne de ta réputation d'historien. mais nous autres, hommes présents, aurions été moins intéressés... »

Il n'y a pourtant que quelques années qu'il est ici. Certes, il est venu à Paris souvent avant de s'y installer ; il y est même né. Antonin serait-il un ami d'enfance ? A son âge on n'admet pas facilement le tutoiement, quelque méditerranéen qu'on veuille se croire. Il est vrai que Samuel doit représenter pour lui une telle liberté.

« ... la difficulté, c'était d'éviter ce qu'ont de ridicule les prophéties après coup.

— Oui, on changerait légèrement la grammaire d'un certain nombre de coupures de journaux, et le tour serait joué.

— Vous avez fort bien su vous tenir entre ces deux écueils », intervient Jacques Vimaud.

Quel était l'autre ? Je n'ai pas suivi ; avec ce tapage.

« ... et vous avez introduit, je crois, dans le genre littéraire qui est l'occasion de notre rencontre, une dimension nouvelle. »

Palam, pram, plam, prapalam, ça recommence. Pourvu que Suzanne s'amuse. J'aurais voulu voir les visages des jeunes gens qui l'auront attirée. La fumée dessine comme un escalier de treillage.

« ... que je désespère de jamais achever, car cela me demandait beaucoup plus de peine que mes travaux historiques sérieux. C'est à l'intérêt qu'y portait Léonard que j'ai dû de ne pas renoncer plus tôt à cette laborieuse fantaisie... »

Ce visage de granit sombre qui me fixe depuis que je me suis assis dans ce fauteuil.

« Publierai-je un jour ces fragments ? Incomplète, cette expérience perd presque toute valeur... »

Cabotinage. Non ? Qui sait ?

« ... l'œuvre curieuse d'un philosophe dont les autres livres sont tombés dans un oubli justifié, je crois, et dont le nom m'échappe en ce moment.

— Levallois nous tirera d'embarras. Pour une fois que son métier lui confère une compétence.

— L'*Uchronie* de Renouvier, j'imagine ; histoire de l'Europe occidentale telle qu'elle n'a jamais eu lieu, mais telle qu'elle aurait pu avoir lieu, ou quelque chose comme ça.

— J'ai voulu présenter une histoire anticipée, mais attention : je prends le mot histoire dans le sens de science des événements du passé. Mon héros est un archéologue futur, à qui je fais découvrir de nouvelles inscriptions hiéroglyphiques ou cunéiformes, qui non seulement complèteraient celles que nous avons, mais infirmeraient un certain nombre des résultats que nous croyons avoir obtenus. Pour faire sentir l'épaisseur temporelle qui nous séparerait de ces trouvailles, je les lui fais interpréter par rapport à un état de connaissances déjà sensiblement différent du nôtre. Tout cela demandait avant tout un joli travail de faussaire, que je devais remettre perpétuellement au point pour le faire cadrer avec l'évolution de ma fausse égyptologie, de ma fausse assyriologie, mais qui n'était qu'un premier pas. En fin de compte, il m'était humainement impossible de poursuivre, et j'avais l'appréhension de jeter plus de suspicion encore que je n'aurais voulu sur ces admirables disciplines, auxquelles d'autre part je travaille... »

Ce visage de pierre noire, c'est comme si c'était le portrait de quelqu'un que j'aurais entr'aperçu.

« De l'alcool, Levallois ? Cigarette ? Vous êtes bien silencieux ce soir, cher maître. »

Et le plafond reprend son branle.

« Ils sont infatigables. Je les envie ; pas vous ? »

Tous les deux pensent à leurs filles.

C'était la première fois que Félix Mogne dansait. Il avait commencé par regarder de tous ses yeux, tranquille dans un coin, allant se réfugier près de ses sœurs quand elles se reposaient, et faisant de nombreuses incursions au buffet pour se donner une contenance. Et puis Angèle Vertigues était venue lui faire remarquer (avec un sourire, mais il y avait dans le ton de sa voix presque de l'aigreur), qu'il était là pour danser. La dame le lui avait répété. C'était agaçant. Il le savait bien qu'il lui faudrait quand même essayer, au risque de se ridiculiser. Vraiment ce n'était pas sa faute. Il avait demandé à Vincent de lui apprendre, et il avait dit oui en lui riant au nez, gentiment, puis il n'y avait plus pensé. On était revenu à la charge sans se décourager, et la sixième fois, le frère en avait eu assez. Il n'était pas sans une certaine brutalité, Vincent. Gérard avait plus de patience, et ses pas seraient plus faciles. C'était toujours pour une autre fois : et puis tu commences à nous barber ; à ton âge nous ne sortions pas ; tu verras bien comment les autres font. Il avait l'air malin maintenant. Et il fallait absolument qu'il s'y mette, sinon, en bas, sarcasmes pour toute une semaine. Il ne connaissait personne ici, à part la famille et Angèle, et aussi le cousin des curés, qu'à vrai dire il n'avait fait que rencontrer (et l'on se dit : ça va ? ça va), parce qu'il couche au même étage que les aînés, porte à porte, et qu'ils ont été plus ou moins camarades de classe. En plus il avait l'air de mauvaise humeur. Quant aux jeunes filles, celle-ci avait l'air bien gourde, l'autre vulgaire, toutes des sourires, un peu forcés parfois, qui montrent la corde, et toutes prêtes à se moquer.

Heureusement Martine, la réservée, la calme, la constante, avait eu pitié, et l'avait emmené dans une pièce qui devait être le bureau de monsieur Vertigues, avec cette lampe sur la table et le téléphone, et ces livres reliés qui n'avaient pas l'air bien intéressants. Dans un profond fauteuil près de la porte, un jeune homme à l'air absent scandait la musique.

Sur quelques mètres carrés préservés ; attention aux angles de la table.

« Tu me prends par la taille de la main droite ; voilà. Je mets la main gauche sur ton épaule », elle est nettement plus grande que lui, « et nous joignons les deux autres.

Ne te crispe pas... Ne m'oblige pas non plus à te porter ; à la hauteur des yeux ; les miens, ceux de ta cavalière.

Un, deux, trois, un, deux, trois. Quand c'est trois temps c'est une valse, alors on tourne.

Pas trop vite ; lâche-moi.

Regarde mes pieds. Je me mets à ta place.
Un, le pied droit ; deux, le gauche le rejoint ;
trois, on pivote sur les pointes. Pigé ? On y va
tous les deux ensemble. Tu vois : c'est tout simple. Quand tu en es là : gauche en arrière ; deux,
rassemblé ; pivoté ; et ainsi de suite. Vas-y.
Non ; avec moi. Tu dois bien tenir ; c'est toi
qui fais marcher la machine, et tu dois m'empêcher de tomber si j'ai le vertige. Souple la
main, un peu plus haut. Souris, n'aie pas cet
air absorbé, tu me fais penser à Vincent. C'est
pas mal. Ne fais pas de trop grands pas. Et c'est
fini.

Merci, cher monsieur. Vous me retenez pour
la prochaine, n'est-ce pas ? Présentation au pu-
blic.

— Et si on... » Mimique des yeux.

« Eh bien, tu fais l'inverse : tu tournes dans
l'autre sens.

— Je ne change pas de bras ?

— Mais non, idiot, comme ceci, ou tu te re-
poses : tu marques le pas presque sans bouger. »

Il s'efforce de l'imiter.

« C'est assez difficile en cours de route. Il faut
prendre ses précautions. Si tu sens que tu n'es
plus bien solide sur tes jambes, si ta danseuse
ouvre des yeux désespérés, avise le plus proche
fauteuil, et dépose-la élégamment, avant que
vous ne vous écrouliez tous les deux. »

Des hochets à noyaux préludent.

« Vous dansez la rumba ?

— Mais avec plaisir, Philippe. Excusez-moi,
cher ami ; c'est entendu pour la valse. »

Ils commencent à onduler. Martine a du
style ; elle n'exécute des figures que le strict né-

cessaire, un accompagnement aussi discret que possible ; mais quelle efficacité. Viola, au contraire, c'est la fougue, la flamme, les déploiements. Philippe, il s'appelle ; elle le connaît celui-là ? Danse pas mal. Elle aurait bien pu m'apprendre ce truc-là aussi. Et si Viola ne danse pas, bien qu'un peu vif-argent... Pensez-vous, elle est prise. Ah, c'est Gérard, il se débrouille lui aussi, et Vincent est avec une personne assez jolie. Angèle parle avec ses parents ; ce serait l'occasion à saisir... Adagio... Hop, le cousin des curés met le grappin dessus ; un manche à balai, un sourire de plâtre, elle attend que ça passe. N'est-ce pas la nièce du schnock d'au-dessus qui danse avec le frangin dauphin ? L'air un peu affolée, se demande ce qu'il va encore inventer, au contraire de l'héritière d'ici qu'il captive. Depuis le début de la soirée ils l'accaparent, Gérard et lui, ne laissant aux autres que les valses ; pas bien généreux. A chaque nouveau disque, Mogne deux la cherche, mais si numéro un arrive, s'efface. Il sait qu'il ne peut pas en garder l'exclusivité ; si elle doit se frotti-frotter à d'autres, autant que ça reste dans la famille. Marrant, le gars, tout sage, tout tranquille, et de temps en temps on ne sait plus ce qui lui passe par la tête ; ce n'est pas comme le prince de Galles, au poil, mais siphonné, on est prévenu. Le droit d'aînesse comme chez les anciens rois et les juifs de la Bible. Pieux, comme pius Aeneas, ce n'est pas lui qui ferait le coup des lentilles, d'ailleurs ce serait plutôt lui qui aurait la tête d'Esaü ; c'est comme si ça lui faisait plaisir de les voir ensemble. Quant aux autres demoiselles, ces mes-

sieurs les laissent tomber d'un plein accord, sauf
Anne de Bretagne et la jeune ensorceleuse, à
peine de ci de là une politesse. Goûtons un peu
ces petits fours. Cette servante qui doit avoir
mon âge, et qui se précipite. Je voudrais bien
savoir ce qu'il leur reste à la cuisine comme
surprises. A la liqueur ; pas mal du tout. Pas
d'histoires, il me faut ma valse. Le père Vertigues regarde le pick-up ; quelques spires encore... Belle pile.

Le maître de maison, prévenant :

« Vous désirez quelque chose de spécial ? »

Félix rougit jusqu'aux oreilles.

« Un bon disque de jazz, sans doute ? J'aurais
du mal à vous guider...

— Vous ne savez pas ce qu'il y a comme
valses ?

— Vous voulez une valse, tiens... Hélas je
crains qu'il n'y ait pas grand'chose. Il m'a
pourtant semblé entendre du Strauss tout à
l'heure... Et ceci : *La vie rêvée ?*

— Oh, cela conviendra sûrement, monsieur ;
je vous remercie beaucoup. »

Arrêt automatique.

« ...passés par petites hordes, ils avaient des
journées minutieusement remplies d'occupations
variées. Hélas, ils ne parvenaient pas à rivaliser
avec les exemples qu'a donnés Fourrier lui-même ; je me parais des plumes du paon, et dans
cette Harmonie toute mon invention personnelle
sonnait faux. Peu à peu, au rêve pacifique du
nouveau monde industriel, se substitua la déchirure et la hantise de la guerre, comme en
septembre l'été se lézarde. Mes jardins zoolo-

giques se vengèrent, se couvrirent de sang, hur-
lèrent de religions hérissées. Cinq ou six fois
je l'ai récrit entièrement ; j'ai été bien pris à
mon propre jeu. Remarquez, à bien des égards,
je préférerais vivre dans les alcôves qui donnent
sur le temple de Mitchourine, me promener
dans les jardins où chaque fleur appartient à
une race différente, et où chaque année apporte
ses inventions végétales nouvelles, goûter les
glands juteux, les grands faînes rouges, les enfants des mariages compliqués entre les pins,
les melons, et les roses. Mais je ne réussissais pas
à me faire à l'idée que mon œuvre puisse s'être
retournée à tel point contre mon dessein primitif... »
Malet, celui qui vient de parler, tout petit
comme un vieil enfant.

Félix avec Martine, passable pour un début ;
quelques accrochages, elle est patiente, elle est
comme l'orme, le seigle, et le mimosa. Viola
c'est l'érable, l'avoine, et les orchidées de la
Pentecôte. Il s'efforce si bien de la soutenir.
Cérémonieux :
« Merci, mademoiselle.
— Enchantée, monsieur. »
Gérard qui passe :
« Félicitations. »
Viola :
« Je suis jalouse. »
Dommage qu'elle soit encore tellement plus
haute que lui. Avec cette petite qui a l'air de
s'ennuyer là, ça ira sûrement beaucoup mieux.
C'est qu'il faut bien encore une répétition avant
de s'attaquer à l'infante.

Secousses alanguies, violons traînants suivis de hoquets.

« Dis, Martine, tu ne voudrais pas ? Qu'est-ce que c'est ? »

Un intrus :

« Mademoiselle ? »

Elle lui sourit.

« Gérard te montrera. »

— Tu veux, Gérard ?

— Vincent ne danse pas très bien le tango. Regarde ça : comme elle le boit des yeux, et il ne la regarde même pas.

— On sera mieux dans le bureau.

— Hello, Maxime, fatigué ? »

« ... les treuils des égyptiens, leurs pompes, leurs miroirs, et le conventionnel d'Antonin Creil rêve de grands parvis où brillent les appareils multipliés de l'électricité statique, mais chez Wlucky les machines apparaissent à peine, ce qu'il cherche c'est éprouver les rapports humains les plus simples, et pour ce faire il modifie les relations de parenté. J'ai déjà de la difficulté à suivre les différents degrés de cousinage dans notre système actuel, dans celui de Léon cela devient pour moi un tel casse-tête, que j'aime autant renoncer tout de suite à m'y retrouver, mais, dans ses bizarres maisonnées, j'admire les nouveaux sentiments qu'il sait faire fleurir.

— Nous serions bien surpris, sans doute, si nous revenions au jour d'ici deux cents ans...

— Comme on trouvera notre audace terrestre et limitée, et que pensera-t-on de nous, témoins

d'un âge de transition, obsédés par ce temps
qui sera venu ?

— Vous y croyez tant ?

— Toute activité semblable à la nôtre est
bannie au temps de mon livre où la victoire de
la croix de fer est devenue un fait historique...

— Tout au plus interdite, et si l'homme
éveillé devait refuser à sa conscience même les
projets d'amélioration, le sommeil prendrait sa
revanche.

— Peut-être, tout d'un coup se trouvera-t-on
devant un mur, certains domaines explorés,
d'autres se révélant encore inaccessibles, avant
des années de hasard et d'erreurs...

— Alors les anticipateurs futurs...

— Je vous vois sourire, Wlucky.

— C'est que l'idée m'était venue. Parmi les
machines qui apparaissent au marquis de Neu-
ville, l'aristocrate révolté d'Antonin Creil, il y
en a que nous connaissons bien, mais elles sont
décrites, c'était nécessaire, dans un vocabulaire
ancien, et par comparaison avec des objets anciens, inversement j'imaginais mon auteur déjà
situé dans l'avenir comme l'archéologue de Vimaud, mais anticipant à son tour à l'aide du
matériel déjà à sa disposition. Je travaille au
deuxième degré. Mais il est bien certain que ce
que je décris en réalité c'est l'état de choses
contemporain à mon auteur, ce qu'il prend
pour donné.

— Et aux lecteurs de l'avenir il apparaîtra
que ce que le véritable auteur Léon Wlucky
a réellement exprimé, c'est un aspect du monde
qui lui est contemporain.

— L'époque imaginée est un foyer virtuel

organisant autour de lui tous les matériaux du récit ; ils reçoivent ainsi un tout autre éclairage, un caractère d'étape ou de promesse, ils se situent dans une dimension plus profonde, et l'approche indirecte accentue leur réalité.

— Exactement.

— Que veux-tu dire ?

— Je pensais à l'auteur de chair et d'os. Ou comme quoi, contrairement à l'enseignement de nos maîtres, c'est souvent lorsque les choses se compliquent qu'elles commencent à apparaître clairement. S'il n'y a plus d'amandes, je vais en faire venir. »

Sonnerie.

A la fin de la leçon, Gérard regarde sa montre.

« Dites-moi, cher ami, savez-vous que l'heure commence à tourner ?

— Onze heures ?

— La demie bien passée. Si tu as des devoirs à finir...

— Non, non.

— Ou des leçons...

— Je n'ai pas encore dansé avec Angèle Vertigues.

— Précipite-toi.

— Il faut que ce soit une valse.

— Je viens de t'apprendre le tango.

— Je n'ai pas encore essayé.

— En ce cas je vais avec elle. »

Et Vincent passant près de lui :

« Je crois que tu ne devrais pas tarder à rentrer. »

Et Martine :

« Papa t'a fait promettre de rentrer tôt. »
Et Viola qui va arriver maintenant, avec la méchanceté en plus, naturellement...

Gêné par le bruit du bal, Levallois s'efforçait d'expliquer :
« ... L'important n'étant plus d'avoir des canons, mais les derniers canons, toute l'énergie se concentre sur la modernisation, et la fabrication effective se trouve comme suspendue. S'accélérant, l'avance technique ne trouve plus moyen de se réaliser. Paradoxalement, on ne voit plus dans les rues que de vieilles automobiles, bientôt irréparables, bientôt irremplaçables. On se retrouve allant à pied. Sacrifiant tout à l'avenir, on l'empêche de s'approcher. D'abord ce n'est qu'une gêne bizarre, une méfiance, et puis la décomposition et la faillite, jusqu'au jour où les hommes, et il faut que ce soient tous les hommes, s'aperçoivent que le progrès leur a fait faux-bond, qu'il n'est pas un garant suffisant de lui-même, et qu'il leur faut y renoncer dans une large mesure, s'ils veulent en sauver une partie, s'ils veulent traverser ce mur du son.
Au lieu de continuer à laisser s'épanouir et s'épuiser en liberté la conquête technique, on se résout à la faire surveiller étroitement par un état qui la limite. Alors, on oblige les usines à produire, on leur interdit de changer leurs chaînes, et, pendant ce temps, on met tout en œuvre pour en construire de nouvelles qui devront être prêtes dans dix ans, selon des normes arrêtées, et qui seront mises en marche telles quelles, malgré toute découverte survenue. Il y a une hiérarchie de bureaux d'études : ceux qui cons-

truisent en dix ans selon des projets que d'autres
ont mis dix ans à mettre au point, ceux qui
préparent et qui trouvent, sachant que leurs
idées ne seront réalisées qu'après une attente
d'au moins vingt ans, et tout en haut, un concile
de purs chercheurs, mettant au point au fur
et à mesure de l'arrivée des nouvelles la figure
possible de l'avenir, qui ne livre ses résultats
que de dix en dix ans.

Ce visage, comme il sera précis et tentateur,
et l'homme, il faudra bien qu'il se résolve à cette
malédiction du retard, et les savants, quelle
immense tentation de rompre pour leur propre
compte les barrières dont l'ensemble des tra-
vailleurs les auraient institués les gardiens. Mes
héros vivent dans la hantise de ces démons qui
mettraient en danger non seulement ce qui
leur serait promis dans ce système de réalisation
ralentie, mais cela même dont nous jouissons... »

Madame Vertigues, la figure échauffée, arrive
à la cuisine. Les assiettes anglaises s'alignent en
basses pyramides sur les plateaux qui couvrent
la table. Charlotte et Gertrude s'appliquent à
en garnir d'autres avec un soin méticuleux.
Lydie fait le compte d'un coup d'œil.

« Il est inutile d'en avoir plus d'une par personne », dit-elle en riant.

Plus bas, comme s'il s'agissait d'affaires pri-
vées dont la cuisinière du premier ne devait
avoir connaissance qu'indirectement :

« Dites-moi, Gertrude, il faudrait que vous
descendiez une bonne assiette de gâteaux aux
concierges, je crois qu'il est grand temps, et
de quoi boire aussi, une demi-bouteille de porto.

Ah, mon Dieu, tous les plateaux sont pris, quelle affaire. »

Elle ouvre l'armoire, l'inspecte, vaisselle et réserves.

« Eh bien, sortez-moi ce grand plat à poisson, le blanc, cela sera fort convenable, mettez-moi ces deux verres dessus. Mon Dieu, ma fille, comme vous êtes empotée ; tenez-le bien. Madame Tenant, ne reste-t-il plus de ces petites meringues ? Merci. Quelques éclairs, un choix de canapés. Tant pis pour l'assiette anglaise ; ils auront déjà de quoi s'occuper. Vous n'oublierez pas d'aller rechercher la vaisselle avant de vous coucher. »

Charlotte, pendant ce temps, fait mine de continuer son travail, en modifiant artistement la position de quelques feuilles de salade, ou l'angle de rencontre entre l'ivoire de la fourchette, et la lame dorée du couteau. Gertrude, terriblement troublée par sa nouvelle mission, ne quitte pas des yeux la bouteille, qui tremble déjà sur la faïence.

« Vous commencerez à servir le dîner dès que vous serez remontée, puis vous apporterez le gâteau avec toutes ses bougies allumées. Madame Tenant, comment va-t-il ? »

Elle ouvre le frigidaire ; Charlotte en sort le large cylindre plat, chocolaté sur les bords, ondé de crème par-dessus, avec vingt petits tourbillons tout autour. Un travail d'art.

Gertrude est restée immobile attendant la suite des instructions.

« Qu'est-ce que vous faites là, ma fille, plantée comme un piquet ? Allez. »

Son sourire, et l'amabilité heureuse de sa

voix enlèvent aux mots qu'elle dit toute désobligeance. Gertrude s'ébranle ; Charlotte lui ouvre la porte ; mais les marches de l'escalier inspirent à la porteuse d'offrandes une inquiétude qu'elle surmonte mal ; apercevant la rampe, l'idée que justement elle ne pourra pas s'en servir lui fait prendre une grande respiration, et tenter d'arranger mieux ses mains qui risquent de glisser sur l'émail.

« Et surtout ne cassez rien, je vous en prie, ni les verres, ni vos jambes. »

Lourdement elle aborde sa descente. Trois petits blasons comestibles s'échappent et roulent.

« Laissez, laissez. »

D'un pied réconforté, elle en écrase un qui reste attaché à sa semelle, et elle s'enfonce, solennelle et guindée dans un tintinabulement menaçant. La maîtresse de maison, craignant le pire, laisse la porte ouverte, et garde l'oreille aux aguets. Aucun fracas ne se répercutant :

« Je vais chercher les bougies dans ma chambre », dit-elle. « Une entre chaque trognon de crème. Vous les allumerez quand Gertrude en aura terminé avec ses assiettes anglaises. Je compte sur vous, madame Tenant, vous m'aurez été bien précieuse. »

Et elle repart, rapide, vers le bruit, chassant d'une chiquenaude quelques miettes accrochées à sa robe.

Quand il eut remercié Angèle, Félix vit quatre regards tirer à blanc sur lui. La famille... Ils ont raison d'ailleurs ; la montre de Gérard avançait peut-être, mais maintenant... Et cette dissertation pour demain.

Il file à l'anglaise, nanti de quelques gâteaux dans ses poches pour grand-père, s'il n'est pas encore endormi.

La porte fermée ; les yeux ne s'y retrouvent plus ; tous ces visages disparus d'un coup ; et le bruit étouffé comme par des mains de feutre. La rampe, l'ascenseur, et leur lumière fade. Descendre deux étages quatre à quatre. Sonner. Stupide de n'avoir pas demandé à Martine sa clé. Des pas.

Frédéric Mogne, heureux, et un peu surpris de voir son fils rentrer si tôt :

« Content ? C'était beau ? Tu as dansé ? Va dire bonsoir à ta mère, à la cuisine, et ne traîne pas à te coucher. Oui, tu as encore des leçons à « revoir », n'est-ce pas ? Mais pas longtemps. Sinon, demain, tu ne pourras encore pas te lever ; je serai obligé de venir te tirer du lit, bonsoir. »

Il l'embrasse sur le front, se retourne, s'éloigne, hésite, ouvre la porte de la salle à manger. Comme ce dos est vieux, pense Félix, et qu'il est facile de lui faire accepter nos mensonges ; tout à l'heure au salon cette douceur désolée transparaissait-elle déjà si fort sous la rudesse machinale des paroles ? A-t-il tous les jours ces épaules voûtées, ces vêtements de cendre, cet air craintif ?

C'est la même maison, les mêmes pièces presque ; le buffet était là.

Et grand-père, pourvu qu'il ne dorme pas, il sait peut-être quelque chose...

La cuisine allumée, la planche à repasser, le fer.

« Tu ne devrais pas travailler si tard. »
Blouses, mouchoirs pliés.

« Tiens, te voilà. Tu me raconteras tout ça
demain, et tâche de te lever à l'heure, pour
une fois. »

Le baiser pressé de celle qui voudrait en
finir, le fer qui glisse, et le fil comme une
couleuvre.

« Tu es encore là ?
— Je voulais te dire...
— Qu'est-ce qu'il y a encore ?
— Papa... Il semble fatigué.
— Ton père ? Avec tout le mal qu'il se donne
pour vous nourrir et vous vêtir et vous fournir
de tout... Vous travaillez quand ça vous
chante... »

Le refrain. Soudain comme réveillée :

« Aujourd'hui ?... Allons, mets-toi au lit ;
pourquoi faut-il vous répéter dix fois les mêmes
choses ? »

Félix sait bien que pour ce soir il serait maladroit de poursuivre les efforts de conversation.

Je n'ai plus douze ans, tout de même. Une
autre fois on essaiera... Grand-père est différent. Sa porte. Si on frappe il n'entend pas.

Ouvre. C'est le noir. Entre à pas de loup.
s'approche du lit. Ce n'est pas tout à fait le
noir ; un peu de lune au travers des volets ; on
distingue les meubles, la blancheur des draps,
la tête, et même les yeux ouverts.

« C'est toi, Frédéric ?
— C'est Félix, grand-père.
— Donne-moi ta main... Oui, tu es déjà presque un homme, on pourrait confondre ta main
et la sienne. »

Sa voix a la couleur de l'ombre de sa chambre.

« Dis-moi, Félix, tu as dansé ? Et ce n'est pas encore fini, car, si j'écoute bien, j'entends dans le bois de mon lit un musicien qui frappe, et les pas des danseurs comme s'ils sautaient, et de temps en temps ils claquent des mains...

— Non, on ne claque pas des mains. Je suis descendu le premier parce que j'ai du travail à finir, mais la fête est à peine commencée...

— Eh oui, ces choses-là commencent lentement, et puis l'on attaque des danses plus vives n'est-ce pas ? Et les garçons se mettent à tourner toujours avec la même demoiselle. »

Il lui caresse la main.

« Avais-tu déjà ta préférée, Félix ?

— Moi ? Voyons, grand-père...

— Mais tu as dansé avec la fille de la maison ? Elle est jolie, je crois.

— Oui. Gérard et Vincent l'invitaient tout le temps.

— Et les autres ?

— Oh, ils l'ont eue un disque ou deux... Le cousin des curés n'avait pas l'air content.

— Et Viola ?

— Grand succès.

— Et Martine ?

— Elle est toujours plus réservée... Il y avait un grand jeune homme, je ne sais pas son nom... »

La main se fait plus osseuse, comme si le restant des muscles se dissolvait dans le sommeil prochain. Qu'est mince la mienne dans cette paume tannée. Et la voix qui s'en va dans le sable et les draps défraîchis :

« Tu as ton travail à faire, c'est bien ; je

crois que je vais dormir maintenant, c'est bien ;
bonne nuit, Félix. »

Les yeux encore ouverts, on le devine, mais
immobiles comme s'il ne savait plus fermer les
paupières. La porte qui se ferme tel un couvercle de cuir, avec juste un petit choc dans
la poignée. Et la page blanche qui vous attend.

Bréviaire :

« ... *Quia repleta est malis anima mea, et
vita mea inferno appropinquavit.*

*Aestimatus sum cum descendentibus in lacum,
factus sum sicut homo sine adjutorio inter mor-
tuos liber.*

*Sicut vulnerati dormientes in sepulcris quo-
rum non est memor amplius, et ipsi de manu
tua repulsi sunt.*

*Posuerunt me in lacu inferiori, in tenebrosis
et in umbra mortis...* »

Où ai-je la tête, dit Jean Ralon, je me suis
trompé d'un jour.

Et le plafond tonnait, et les fumées montaient,
les yeux du vieil Antonin Creil se fermaient,
et ceux de Levallois brillaient d'un discret
triomphe.

« ... En ce sens qu'il dépeint un malheur auquel nous avons échappé ? » intervenait Wlucky ; « le steamer de l'humanité a doublé heureusement le cap des tempêtes ; petits enfants,
chantez les louanges du bon pilote qui tient le
gouvernail de l'histoire universelle. »

Une expression de surprise gênée embua le
visage de Crivier.

« Je ne me crois pas naïf au point de croire
à l'efficacité de telles consolations...

— Allons, Léon, le décalage qu'il fait subir
à l'anticipation, bien loin de la reléguer dans
un imaginaire lointain, sans conséquence, accentue l'impression de menace. Nous nous disons : l'état de choses qu'il décrit risque si fort
d'être un jour le nôtre, que, comme tout son
livre s'efforce de le montrer, nous pourrions en
être déjà là.

— Ainsi l'on vit dans un sursis. Oh, je fais
amende honorable ; si j'avais pu lire votre livre.
Mais alors je ne comprends plus pourquoi tu
parles d'optimisme.

— Eh, l'homme réussit à survivre, la tyrannie
se cicatrise. Mais chez Levallois, si la règle de
fer se relâche, tout s'effondre.

— Oui, j'ai mis l'univers dans un triste pétrin...

— Pourtant, de temps en temps, quel en-
thousiasme.

— C'est que le progrès est réel, je ne suis
pas de ces réactionnaires...

— Ne t'énerve pas.

— Vous ne l'avez sauvé qu'en instituant un
régime social d'une immobilité absolue.

— Et comment pourrait-on, sinon hypothéquer
avec tant de précision sur les décades ? Ils vivent
suspendus entre cet avenir proche sur lequel ils
comptent absolument, et un passé qu'ils abhor-
rent... »

Accalmie au plafond.

Ils ne dansent plus ? se demande Samuel
Léonard.

VI

Au milieu de la fête une voix râpeuse qui chante :

« *But, o Lawd, you made the night too long...* »

Et l'on devrait changer la page du calendrier, Saturne supplantant Vénus. A l'horizon de vingt-quatre heures perce l'étrave d'un autre demain.

Qu'il vienne. Qu'il vienne le sommeil, dit Virginie, au lieu de me laisser dévorer par les abeilles de ce faux silence, et les immenses craquements.

« ... On dit aux enfants : vos parents vivaient rivés à la terre, presque immobiles ; ne vous étonnez pas ; corrigez-les doucement. On leur décrit dès l'âge de dix ans l'état du monde dans lequel ils pourront vivre leur récompense, alors que les aïeux mourront. On les change d'espoir, une fois que l'ancien est devenu présent, toute leur vie s'orientant vers la grande fête décennale où les nouvelles installations entrent en fonctionnement, et les nouveaux objets inondent les marchés. Au fur et à mesure que les figures annoncées se réalisent, les traces du monde antérieur disparaissent dans l'exécration et l'oubli. Les âgés reconnaissent que leurs habitudes

périmées les rendent maladroits, demandent
qu'on les guide.
— On ne favorise pas la mémoire.
— Elle est un des plus grands dangers. Non
seulement on la limite, mais on la remplace par
une conscience de l'avenir. Ainsi s'accumule un
savoir de résultats ; ainsi s'éternise l'accroisse-
ment de la puissance... »
Les paroles tombent dans l'air de la salle
comme du grésil.

On n'entend déjà plus que le bruit des couverts, et si l'on faisait attention, même celui BÉNÉDICTE
des mâchoires serait perceptible. Le trafic de la
rue a cessé avant que le père d'Angèle arrête
sa musique. A la fin cela fatiguait, et l'on se soû-
lera d'autant plus tout à l'heure. Ils ne savent
plus que faire de leurs membres ; il faut qu'ils
se réhabituent. Mon Dieu, comme ils se précipitent, dirait-on pas des affamés ? Celle-ci
qui s'absorbe dans son jambon avec une voracité... Pourtant elle faisait tapisserie ; elle n'a
pas dû beaucoup danser jusqu'à présent ; à sa
place je me serais rabattue sur les petits fours ;
elle n'aura pas osé, timide, inexperte. Elle a
l'avantage d'être assise, son assiette sur les genoux, ce qui lui permet de se servir au mieux
de la fourchette et du couteau que l'on a si
gentiment mis à notre disposition. Quand on est
debout comme moi, suivant d'un tiers d'œil
une de ces fumeuses conversations où mon cher
Gustave, comme ils disent, s'efforce si naïve-
ment d'introduire un peu d'information, il faudrait avoir trois mains. Toute ma mayonnaise
pour un coin de table. C'est très joli ces dîners

sur le pouce, mais c'est bien peu pratique. On va quand même tâcher de se trouver un fauteuil. Tout a l'air pris. Ah, là-bas ; ne perdons pas un seul instant, car j'ai peur que cet intéressant jeune homme ait eu la même idée ; je ne veux pourtant pas courir...

« Pardon, monsieur. »

J'ai une bonne longueur d'avance ; voilà ; entre deux chandeliers ; celui-ci c'est le prince allemand, l'autre a l'air encore plus bête, une tête de catalogue de grand magasin. Du diable si je me souviens de son nom. Ils ont l'air très intéressés par leur salade russe ; c'est presque une chance ; au moins ils ne m'adresseront pas la parole...

HENRI L'avantage de Clara c'est qu'elle sait s'habiller, d'une façon un peu extravagante peut-être, mais c'est tant mieux si ça lui va. Elle se fait et vous fait remarquer. Nous n'avons d'illusions ni l'un ni l'autre ; nous ne nous posons pas de questions, ce qui ce soir est précieux. L'avoir menée ici lui aura fait plaisir. Mon Dieu, comme je m'ennuierais si j'étais venu pour les mêmes raisons que tout ce beau monde qui se débrouille si mal à manger sa salade. Avouons que l'héroïne n'est pas sans mérites, et puisque j'en suis au choix des objets de mon larcin, je pourrais bien la mettre en tête de liste. Demain dans les journaux on lirait : MYSTÉRIEUX ENLÈVEMENT. Un incident des plus troublants s'est produit la nuit dernière au 15, passage de Milan... Monsieur et Madame Vertigues donnaient hier soir une réception en l'honneur des vingt ans de leur fille ; la société était nombreuse et animée ; tout se déroula de la façon la plus joyeuse, etc... Comme on écrit l'histoire. Nouveau paragraphe : Ils eurent beau frapper à sa porte, ils ne purent recevoir aucune réponse. Inquiets, ils pénétrèrent dans la chambre et trouvèrent le lit défait. (Pourquoi défait ? Laissons-le intact, cela corsera l'affaire). Malgré toutes les recherches, il fut impossible de découvrir la moindre trace de la jeune Angèle. Désespérés, les parents avertirent aussitôt la police, qui a commencé son enquête... Les cheveux de messieurs les prétendants (car la victime était très entourée), se hérisseraient sur leurs têtes...

Il est bien appréciable d'être assise, après quelques boogie woogies fournis par la maison BÉNÉDICTE Maxime et C°... J'étais déjà toute en sueur, et la taille de ma robe était tournée. On ne peut pas dire que Gustave danse bien ; cela l'ennuie plutôt ; Philippe au contraire... Il grignote sa laitue devant la glace. Et les deux frères vous emportent avec une sorte de frénésie. A vrai dire, moi non plus, je ne suis pas très forte à ce jeu-là ; cela n'est-il pas mieux ainsi, puisque nous sommes faits l'un pour l'autre. Et lui, là-bas, toujours dans son coin, boudeur ; il s'y est réfugié même pour manger. Il s'ennuie mais il a ses disques, et il ne veut pas les laisser un instant sans surveillance aux mains des barbares. Drôle de peintre, les ailes noires de l'as, et tous ces observateurs de la scène centrale ; je ne serais pas étonnée qu'il ait une idée de derrière la tête. Si je n'active pas, la petite Angèle va s'imaginer que je ne trouve pas ça

bon, et mon petit discoureur, persuadé que je
tombe de fatigue, va me traîner jusqu'à chez
moi. Le bord bleu fait très bien sur ma robe
vieux rose. Dommage qu'on n'ait pas servi quelque vin blanc bien sec, très frais ; il faudra
que j'y pense pour ma surprise-partie ; je lui
demanderai de s'en occuper ; c'est un damné
intellectuel, mais il saura dénicher ça...

HENRI   Les commentaires iraient leur train, poivre
et sel, les larmes et les médisances. Les bonnes
âmes, après s'être sincèrement étonnées, après
avoir passé en revue tous les mobiles possibles,
en arriveraient fatalement à se murmurer que
de nos jours, la façon la plus simple et la plus
sûre de procéder à un rapt, c'est d'avoir le
consentement de la victime. Je vois d'ici le
beau scandale : une jeune fille si bien élevée ;
mais qui a pu lui tourner la tête à ce point ?
Le malheur c'est que c'est un objet un peu encombrant, difficile à cacher, difficile à écouler.
Recel de femme.

« Voilà votre couteau, Henri ; vous l'aviez
laissé tomber. Vous en faites une tête. Allons,
à quoi pensiez-vous ?

— Je ne pensais qu'à vous, chère amie.

— On se croirait en plein dix-huit cent trente;
je ne vous savais pas si vieux jeu en galanterie. »

Elle a de la culture, paraît-il. Je ne connaissais pas encore tous les attraits de cet être précieux, pour continuer dans le style vanille.
Laissons tomber. Si je commence à m'occuper
d'elle, je vais avoir une éruption de scrupules ;
ce n'est certes pas le moment. Quelque chose
d'assez petit, mais d'assez voyant tout de même.

Il y a bien les tableaux ; c'est banal ; et puis
j'ai déjà décroché deux petits cadres chez les
parents de cette exquise Gisèle, de ce pétillant
Denis. On les dirait sculptés dans du savon ;
elle, presque dans une crème à raser. Quand on
danse avec elle, on a l'impression qu'on va en
détacher des morceaux. Ma chère, n'est-ce pas
votre sein qui traîne là-bas ? Nous valsons trop
vite. Je ne vole pas pour l'argent, mais j'exige
la qualité, le rare. Ces grandes gravures ? Se
promener avec ça sous le bras, même à quatre
heures du matin, non merci. Il faudra que
j'aille inspecter un peu la grande vitrine de
l'entrée. Pour donner plus d'éclat à la chose,
il conviendrait que je me fasse présenter tous
petits trésors par leur propriétaire...

Ce salon est un vrai clapier ; je suis aussi
lapin qu'eux tous. Angèle, très digne, tient son **BÉNÉDICTE**
assiette de la main gauche, et coupe son jam-
bon avec la fourchette. Elle se donne beaucoup
de mal ; et les frères encore plus, ses chevaliers
servants, debout de chaque côté de sa chaise.
Madame Vertigues surveille le tout avec une
aisance de maîtresse de ballet. Elle ne mange
pas, son mari non plus ; triomphants, ils contemplent leur fille entourée, et se chuchotent en
coulisse leurs appréciations ; je me demande
quelle cote aurait Gustave dans ce barème. Elle
plaît, c'est certain ; ses vingt ans l'ont amé-
liorée. Ce n'est plus du tout le petit bout de
fille d'antan. Et sa robe lui va, pas tout à fait
toute blanche, très légèrement jaune, mais à la
lumière électrique elle paraît blanche comme
le carré du type au-dessus. (J'ai oublié son

nom ; Gustave le saura ; je ne sais pas comment il fait, c'est un appareil enregistreur. Il fera les comptes quand nous serons mariés. Je lui abandonnerai ce plaisir.) Un peu jeune pour la dame de cœur, mais la dame de son tableau n'a rien à voir avec la nourrice des jeux de cartes ordinaires. Les deux frères ne la quittent pas des yeux, et ce jeune homme à l'air timide et renfermé ; ce ne sont pas les valets qui manquent; le compte y est ; plutôt largement même. Reste à savoir lequel est d'une autre couleur...

VINCENT   Il y a de la noblesse dans ses traits, quelque chose de fier et qui peut attirer. Si j'étais plus libre dans mes jugements, je préférerais peut-être Viola, vivace comme le feuillage d'un érable, ou la tranquille âpreté de Martine ; mais il est certain qu'il y a chez Angèle un aspect vierge et grand oiseau, à peine encore révélé, qui pourrait jaillir d'un léger choc comme une avalanche. On sent sous sa blancheur un autre corps plus sombre et obstiné qui aime les danses sauvages.

GÉRARD   Il a beau avoir son sourire, qu'il ne quitte que pour la colère et l'abattement replié, je sais bien qu'il n'est pas indifférent. Sinon pourquoi serait-il debout à son côté tout comme moi. Le ridicule de la situation lui sauterait au visage. A travers toutes ses attitudes transparaît son inexpérience ; il cherche à nous faire croire qu'il se dirige et se contrôle souverainement ; il est presque aussi neuf que nous, et le masque dont il s'encombre, s'il le gêne pour voir, ne

réussit ni à le protéger ni à le cacher autant
qu'il le voudrait.

Gérard semble fortement sous le charme.
D'accord, elle a de la réponse, et s'il faut son-   VINCENT
ger au mariage, elle pourrait rendre la chose
acceptable. Un peu jeune ? Oh, nous attendrons.
Comme si j'allais m'enchaîner si tôt. Oui, mais
j'ai l'impression que je ne suis pas seul en piste,
et que les concurrents y mettent plus d'achar-
nement que moi, notamment l'aimable jeune
homme qui me sert de symétrique.

Je sais, je ne suis pas aussi malin que lui ;
il a un art de circonvenir et de jouer double   GÉRARD
auquel je n'atteindrai jamais. D'un mot, comme il vous humilie. Mais dans l'affaire, c'est
moi qui connais la vérité sur lui, alors qu'il se
trompe sur moi.

Il a bien des difficultés avec sa viande, et
s'efforce de ne pas pas laisser voir sa maladresse   VINCENT
à la dame de ses pensées. Elle enfile les petits
pois, et les dés de légumes variés, tout barbouil-
lés de mayonnaise, l'un après l'autre patiemment
sur les dents de sa fourchette à manche d'ivoire.
sans doute son cœur est-il préoccupé. Où dirige-
rai-je mes pensées, se dit-elle, le frère de droite,
le frère de gauche, et pourquoi pas l'un de ces
agréables jeunes gens qui décorent le mur du
salon de mes chers parents ? Dans l'incertitude,
elle s'enfonce dans la contemplation du petit
monde comestible sur ses genoux.

GÉRARD Il la regarde entre deux bouchées, et de temps en temps il m'observe ; comme il serait honteux s'il savait qu'on s'en aperçoit. Je n'y mets pas tant de précautions. Il est plus élégant que moi, je le reconnais, mais il agace vite, alors qu'on me pardonne puisqu'on m'oublie.

VINCENT Il a l'air simple et franc de celui qui vous aimera du fond du cœur sans histoires. Comme il se précipitait pour danser avec elle, dès que je ne la retenais pas. Il est possible qu'il soit marié avant moi, bien que sa situation soit encore moins faite que la mienne. Grâce à Dieu, il n'en est pas encore au grand amour, et si je lui brûlais la politesse, il ne m'en voudrait nullement.

GÉRARD Angèle, Angèle, vous avez de beaux cheveux, et c'est moi qui m'en aperçois.

VINCENT Ne pouvant l'obtenir pour femme, il serait son plus fidèle ami, et dans quelques années il en épouserait une autre qu'il adorerait d'une façon touchante, et qui danserait moins bien qu'Angèle.

GÉRARD Si vous êtes surprise par ses figures, et les discours qu'il semble tracer sur le sol, n'est-ce pas qu'auparavant la danse, ce ne fut que balancements sans allures, au son d'une musique que l'on n'écoutait pas. Je ne vous reproche pas d'être charmée, mais ne vous laissez pas trop prendre. Sitôt remonté dans les chambres, il risque de vous oublier ; vous n'aurez été pour lui qu'un bel instrument, tel un clavecin chez

un ami, qui fascine les doigts pour quelques
heures. Une fois le clavier refermé, seul demeure l'accent de quelques notes dont on ne
sait plus où on les a frappées.

Un fin bon sens, une heureuse absence de
complications. Il préférera le bonheur avec tout   VINCENT
son poids à des raffinements sentimentaux. Ce
serait assez drôle si je me mettais à penser à
la chose avec sérieux. Tel qu'il est à présent, il
deviendrait mon premier adversaire ; or je dé-
testerais lui faire un coup en vache ; il faudrait
que je lui évite le choc, et que je le désintoxique
à l'avance, afin que tout soit clair. Nous ferions
un assez plaisant couple.

Dès que le disque s'est arrêté, c'est comme
si la salle s'était agrandie, et nous sommes tous   GÉRARD
les trois isolés du reste de la foule à laquelle
nous étions si bien mêlés tout à l'heure. Les
gens s'observent en mâchant et nous dévisagent
comme si nous étions sur la piste d'un cirque,
habillés du feu d'un projecteur. Il faut se
concentrer sur le découpage de cette viande dure.

Mais quelles sottises à tout prendre. Il fau-
dra la voir dans quelques années ; neuf chances   VINCENT
sur dix pour qu'elle se gâte. Et si Gérard pourtant, avec sa belle sincérité... Il faut que je le
mette en garde, un mot ou deux, légèrement
sarcastiques ; le mal est évité. Cela me va bien
de jouer un rôle de confesseur ou de père noble
qui surveille son fils afin qu'il n'aille pas en-
dommager par des folies de jeunesse une superbe

position. Une superbe position... Cher brave Gérard.

GÉRARD Je calomniais la maîtresse de maison. Belle-mère. Avec une jeune fille que j'ai rencontrée dans l'escalier. Le subtil Vincent en tirerait judicieusement argument. Je le vois décrivant à ses camarades : dès que je la vis, paf, vous savez : le coup de foudre, comme dans les histoires, et chaque fois que je remettais les pieds sur les marches, paf ; à la fin c'était intenable. Mieux naturellement. Moi je suis suffisamment paysan pour m'en foutre.

VINCENT Et le soir, après toutes les cérémonies, — on aurait fait ça très simplement, mais selon les meilleurs usages —, je m'approche de la jeune mariée, dans sa robe juste un peu plus blanche que celle qu'elle porte aujourd'hui, et je lui dis d'un ton pénétré : moi non plus, je n'étais pas resté insensible à vos charmes, et si mon frère ne m'avait pas précédé... Il faudrait trouver la formule.

GÉRARD Le goût du sang dans les dents, le morceau qui roule sur la langue, et les fibres que l'on sent toutes fraîches déchirées ; le bruit de la fourchette que l'on repose sur la porcelaine. Il faut reprendre le couteau. Toutes ces jeunes filles à la peau si soignée qui broutent comme des brebis dans un pré, et Vincent qui retourne son jambon d'un air pensif. Angèle, je vous caresserais, et il ne faudrait pas m'en vouloir, car vous seriez pour moi le plus beau des animaux, et toute parole de votre part m'étonnera toujours comme un miracle, moi votre chien, votre fusil, vous ma maison, et nous foncerions en voiture, tandis que Vincent n'en aura jamais. Il vous détruira, il vous volera, et puis il vous rejettera, et vous vous trouverez comme un vieux gant troué qu'on a laissé tomber dans le charbon de la cave, et qu'on remue avec une pelle. Vous seriez beaux ensemble, mais alors il faudrait qu'il s'attache à vous de toutes ses forces comme un naufragé, et pour cela que vous lui sacrifiiez tout, comme s'il était tout ce qui vaut la peine d'être sauvé au monde. C'est cela qu'il faut absolument que vous compreniez, et que je devrais vous expliquer, mais vous savez bien que cela m'est impossible. Il pourrait faire de votre vie à deux les figures de quelque danse plus magique que tout ce que cinq minutes de musique peuvent lui inspirer, mais c'est avec moi seul, Angèle... Tous ces gens qui cherchent un endroit pour se débarrasser de leur assiette. Suis-je bête de m'énerver ainsi. Elle ne sait qu'en faire, elle non plus. Si on la regarde de sang-froid, malgré toutes ses qualités, elle n'a pas l'air très dégourdie. Enfant gâtée. Elle aura un certain nombre de choses à apprendre d'ici peu. Papa et maman Vertigues ne sont pas éternels, et de toute façon...

Angèle, voulez-vous que je vous délivre de votre assiette ?

— Oh, vous êtes gentil, Gérard. Est-ce que votre frère est en train de résoudre un problème de mathématiques ?

C'est comme si nous avions prononcé les mots. Son petit clin d'œil à propos de Vincent. Le buffet qui reste désert, toutes ses richesses of-

fertes ; la glace où l'on aperçoit Viola, et dans
l'autre coin, le nommé Lécuyer, les yeux chargés
comme des pistolets. Bon zèbre, un peu sinis-
tre. En déplaçant le cendrier ; voilà ; mission
remplie, madame. Voyons, si je profitais de
cette pause pour aller. Ils doivent être au même
endroit. Discrètement.

VINCENT   Il n'y a rien que je déteste comme avoir un
truc à la main dont je ne sais que faire. Une
auréole pour la princesse ? Si je me mets à
avoir mauvais goût, je n'aurai plus d'excuse.
Et la sienne, au fait ? Elle a dû en charger le
fidèle Gérard, son âne, son agneau, son chien ;
au fond, elle est bien bête, à sa place je m'enflammerais, un merveilleux mariage de raison ;
il représente une telle sécurité. L'astucieux jeune
homme a eu l'idée de déposer son encombrant
gage de vassalité sur le marbre. Rien de terne
en lui. Discrètement. Il y a encore de la place.
« Pardon, monsieur, mademoiselle... Oh, c'est
toi... »
Elle pouffe. A sa place, je m'enflammerais.
J'aurais dû prendre un autre mouchoir. Ce n'est
pas qu'elle en préfère un autre, si ce n'est... Déjà
la vanité s'en mêle, je me dégoûte. Jamais je
n'aurais pu être garçon de café, j'ai fait une
tache. Et puis on reprend la pose pour attendre
la suite des événements. Il ne faut pas qu'on
me voie grimacer ; elle ça n'a pas d'importance,
au contraire, si mystérieux... ; c'est Viola qui
serre les lèvres et qui m'observe. Je ne sais pas
ce qu'elle croit avoir deviné, mais elle m'agace
avec ses airs de demi-complice. Plus avancée
qu'Angèle... Non, non, je sais trop bien qu'elle

n'est pas qu'une jolie sotte, et même le terme
joli ne lui convient pas. Ris, ris, Viola, ris avec
ton type — de dos je ne sais pas si c'est bien
lui —, mais cesse de m'observer d'un air malin,
car tu n'y comprends absolument rien. Et Martine m'a l'air en bien ennuyeuse compagnie,
cette grosse fille à côté d'elle, et le bébé grand
format qui est, si je comprends bien, son frère.
Ce à quoi la politesse nous contraint... A propos
de mariage, voilà une victime toute désignée,
mais naturellement il y a des limites, pas avec
ce... Je crois qu'elle mourrait plutôt. Si seulement elle réussissait à se persuader que faire
un pas, forcer un peu la décision n'altère en
rien... Oui, mes ongles pourraient... L'entr'acte
dure un peu longtemps. Et le Lécuyer, qu'est-
ce qu'il a ? Dans le rôle d'Hamlet. Est-ce que
lui aussi serait en piste ? Allons ce serait trop
dommage. Il est très gentil. Et ces gens n'ont
même pas une peinture potable. Vulgaire, vulgaire. On s'étouffe au second, mais au moins on
a sa petite civilisation de famille.

Surtout le choix. Je l'ai vu, je l'ai voulu, je
l'ai pris. Pas pour le garder, pour le donner **HENRI**
plutôt. Redistribuer. Si la providence fait mal
son métier, aidons-là. Chevaleresque, n'est-ce
pas ? Je pourrais en faire cadeau à Angèle, en-
robé dans une petite déclaration d'amour sans
conséquence, — veiller à l'aspect chansonnette.
Oh, dirait-elle à son père, comme c'est étrange :
cette cafetière qu'Henri vient si gentiment de
m'offrir me rappelle étonnamment celle à laquelle nous tenions tant, et qui a si bizarrement
disparu. C'est merveilleusement délicat de sa

part. Comment a-t-il pu deviner. Et si j'avais
vraiment à faire ma cour, jolie fausse clé. Il faut
que je retrouve Clara ; elle est bien capable de
faire un scandale. Je sais que je n'ai pas toute
la faveur des parents, et que si l'on m'a invité
c'est parce que les miens et la suite... On ne peut
pas faire autrement, chérie. Flatteur en un sens,
mais déplaisant. Cela ne se voit pas sur leurs
têtes, et c'est d'autant plus énervant. Une petite
vengeance humoristique est de mise. Quant à
la délicieuse, l'exquise, qui vient d'avoir vingt
ans ou qui va les avoir — à quelle heure a-t-elle
daigné apparaître telle une créature céleste sur
notre pauvre terre émerveillée, la chère petite
dinde ?...

« Ah, Clara.

— Avec votre assiette à la main comme un
éventail, tout marmonnant avec un regard de
jésuite... Dites-moi, vous n'êtes pas gris ?

— Chère amie, c'est pour ne pas l'être que
j'ai si peu dansé avec vous jusqu'à présent. Je
voulais garder le contrôle de moi-même au
moins jusqu'à minuit. Dans le monde cela se
fait. »

Si seulement elle n'avait pas ce rire qui fait
dresser les sourcils des gens et les miens.

BÉNÉDICTE Le prince gagne à être regardé, désemparé,
rêveur, presque de ma taille ; il ne doit pas savoir trois mots de français ; je me demande ce
qui a bien pu le faire aboutir ici. Une nouvelle
pile d'assiettes. Et le zèbre à ma gauche a fini.
Il faudrait que Gustave accélère. Et cette tranche de mortadelle ravissante avec son grain de
pistache juste, on a presque regret de la manger.

Ce brouhaha ? Il était temps. Où poser ça ? On
éteint la lumière... Encore un de ces jeux ? Ah,
le gâteau, bien sûr ; applaudissons avec les fous.
La figure d'Angèle au-dessus des vingt bougies qui l'illuminent d'en bas, déformant son
sourire en une sorte de rictus peureux.

Au milieu du cercle des invités qui cherchent
à voir, l'éclairage tremblant détachant les pom-
mettes, dessinant sous la peau la structure des
os et des muscles, alors le vent, écartant violemment les vantaux de la fenêtre, roule dans la
pièce en faisant voler les rideaux et tourner les
robes longues, et caressant de ses vagues froides
le dos en sueur des demoiselles, il supprime les
petites flammes sauf quelques-unes. Une quin-
zaine de bouts de mèches rouges émettent une
légère fumée âcre. Madame Vertigues se précipite. On entend le bruit de l'espagnolette fermée d'une main nerveuse. Les bras nus crispés
se détendent. Angèle, hâtivement, souffle les
derniers lumignons. Applaudissements. La mère,
régisseur tourmenté, mais précis, redonne le
courant. Tous les visages se retrouvent.

« Bénédicte, voudrais-tu tenir le plat ? »

Un peu courbée pour le laisser à la bonne
hauteur.

Et chacun reçoit son triangle.

Alors monsieur Vertigues repose la tête du
pick-up sur un disque placé par Maxime. Une
fine découpure au piano sert d'horizon à ce paysage que la batterie sème de cailloux, et s'élèvent les phrases nouées, lointaines et insistantes,
qui délivrent pour quelques instants les bouches

encombrées de crème et de biscuit de leurs murmures intérieurs.

Mais dans l'atelier de Martin de Vere, personne n'était là pour fermer le carreau que Gaston Mourre avait laissé entrouvert. Les deux dessins qui avaient glissé de la table, soulevés par la fourche de l'air, se mirent à tournoyer lourdement à quelque quinze centimètres du sol, s'effondrèrent sur les résistances incandescentes du radiateur, prirent flamme, et, allégées, se déchirant et ronflant, sautèrent avec leurs chevelures jusqu'aux douze carrés, dont la peinture fraîche se salit et fondit au centre.

VII

Les cendriers se remplissaient ; les noyaux des olives traînaient dans des soucoupes dispersées, et sur le bureau de Samuel les bouteilles à demi vidées brillaient en paix. Chaleur.

« ... chez vous, perdent le souvenir après quelques dizaines d'années. Le siècle antérieur, c'est une horrible, haïssable nuit des temps ; ils ne parviennent à se donner une quasi certitude de l'avenir. qu'en réduisant leur mémoire à quelques décades...

— Il leur fallait bien supprimer tout scrupule à détruire, éviter tout regret à changer...

— Mais ils auront tout oublié de nous-mêmes et de notre histoire. En quoi pouvons-nous les reconnaître comme notre avenir ? »

Dans les deux grands tableaux de Sébastien Stoskopf, les personnages marchent lentement vers des colonnades et des forêts.

« Oui, en un sens j'ai triché : mon récit se si⁺ue quelques décades seulement après l'institution du régime stable.

— Qui s'écroule avant même d'être pleinement entré en vigueur ?

— Exactement. Nous devrions avoir à jamais disparu de la mémoire des hommes...

— Mais après, qu'arrive-t-il après ?

— Vous m'en demandez trop.

— Vous sortez des règles du jeu. Si on vous posait de pareilles questions, que répondriez-vous ?

— Je ne sais, mais il devrait pouvoir y avoir une suite. Il nous faut en finir avec tous ces récits de fin du monde.

— Qui vous parle de fin ? Nous attendons avec impatience la suite des anticipations de Levallois, mais ne soyez pas trop pressé, décidez-le plutôt à faire paraître les premières.

— Je serais curieux de savoir de quel côté il voit une issue.

— A la vérité, j'ai l'impression qu'alors tout recommencerait.

— Aux débuts de l'humanité ?

— Quelle idée. Mais non, quelques années après le moment où nous sommes. »

Le sourire de la statue de pierre noire ; ces yeux demi ouverts ; son ombre multipliée par les petites lampes autour de la pièce.

L'abbé Jean passe dans sa chambre.

« Suis-je étourdi », dit Gaston Mourre, refermant le carreau dans la tranquillité obscure. « Elle n'aurait pas été contente, sûrement. »

« ...empires interstellaires et mécaniques, que nous avons souvent l'impression de replonger plutôt dans un lointain passé, comme si c'étaient des formes anciennes de la conscience qui s'affirmaient par ce si judicieux détour, d'anciens pouvoirs, d'anciens désirs se réveillant, d'anciennes craintes... »

Effacé par le tonnerre des pas qui reprend ; les verres tremblent. Tout d'un coup chacun voudrait savoir l'heure. Le vieil Antonin Creil ouvre les yeux ; il retire ses lunettes pour les frotter.

— Vous voyez, cher monsieur Griffin, comment tous ces thèmes, loin de s'exclure, s'enchaînent, se complètent, s'éclairent mutuellement, et si nous sommes réunis ce soir, c'est pour mettre au point ce projet dont je vous avais touché un mot, et qui est la conclusion logique de ce que vous venez d'entendre : tenter une œuvre en collaboration. »

Le buffet commençait à se dégarnir, l'appétit des danseurs à s'apaiser. Il importait peu maintenant que les plats vides fussent aussitôt remplacés, mais on avait besoin de boire, et Gertrude portait sans arrêt des verres sales à la cuisine et des verres propres à la fête.

Un chant, mais comme on arrache une porte ; Hawkins ; puis il décrit de longues montagnes désertes.

A une heure exactement, Gisèle et Denis Petitpaté ont fait leurs adieux indécis. Angèle danse avec Gérard. Louis Lécuyer entraîne Viola. Maxime tâte des meringues. Philippe Sermaize a invité Martine, pure politesse. Clara Grumeaux s'amuse avec le prince, qui, peu habitué aux alcools français, étale un sourire des plus réconfortants. Henri Delétang et Henriette Brigadier se balancent dans les bras l'un de l'autre ; il parle du vieux temps comme si rien ne s'était

passé, mais l'envie qu'elle a de le gifler transparaît dans le ton cérémonieux de ses réponses.
Quant à Suzanne Levallois, elle se repose sur
un fauteuil, le menton sur son poing qui serre
son mouchoir, tandis qu'Henri Tonnet et Gérard
Ducric lui apportent des petits fours qu'elle
accepte en riant bruyamment. Deux devant la
cheminée cherchent quelque chose à se dire.
Vincent est à la fenêtre.

« Il y a quelqu'un qui n'est pas venu.

— Peut-être est-il déjà parti.

— Il aurait pu nous saluer. »

Comme nous les comprenons bien, comme
nous sommes indulgents ; nous ne remarquons
leurs manquements que pour avoir le plaisir
de ne pas leur en faire grief.

« Dis-moi, je crois que nous pourrions aller
coucher. Reste si tu veux ; je commence à n'en
plus pouvoir.

— Ne nous mettons pas à leur dire bonsoir,
ils seraient tous gênés.

— Il faut signaler notre départ à Angèle,
sinon elle nous chercherait dès que quelqu'un
ferait mine de s'en aller. »

Le disque s'arrête. Les couples se défont.

« Chut, nous disparaissons. Vous avez toute
liberté ; nous sommes si fatigués ta mère et
moi que vous aurez beau faire, vous ne nous
réveillerez pas. »

Lydie toute droite auprès de la porte.

Une déchirure de cuivre, puis la tresse des
instruments. La présence de Léon fait hésiter
Vincent ; mais non, la conversation doit être
terminée, il a même l'air plutôt heureux de me
voir arriver.

Les pas martelés font choquer les verres, mais
leur tintement est englouti dans la masse des
sons, comme le bruit de la serrure qui se ferme.

Qu'il vienne, qu'il vienne le sommeil au lieu
de me laisser rouler dans cet enfer d'étoffes
froides, dit Alexis, et de scrupules, et d'im-
puissance, et de souvenirs du jour même. Que
leurs visages au moins me laissent en paix.
N'ai-je pas récité mes prières, et évité, et lutté ?
Pourquoi donc le voleur s'est-il introduit dans
ma nuit ? Et je crains mes rêves si je demeure
ainsi dans une dure veille agitée, car je sais
qu'ils ne seront ni pacifiques ni chastes, et
qu'il me laisseront demain effaré de moi-même
et plus faible contre le monde. J'ai laissé passer
le moment du voyage, et maintenant qui m'ar-
rachera de cette soute où je me suis laissé enchaîner ? Comment pourrais-je ne pas envier
mon frère, puisqu'il a si bien trouvé le moyen
de satisfaire cette passion que notre père nous
a léguée ? Et comme il a su voir en lui, et pourquoi m'a-t-il laissé dans l'ignorance ? Car c'est
dans l'ombre de moi-même que s'est développée
cette graine dont les racines maintenant brisent
les parois de ce cœur enfermé dans une mission
qu'il est incapable de remplir. Toutes ces pensées sont mauvaises et ne font que m'éloigner
davantage de mon travail demain et de mon
repos maintenant.

La chambre de Léon et de Lydie Vertigues,
encombrée des objets enlevés aux pièces tu-
multueuses, tables notamment, et les bouts de
tapis roulés, les bibelots rongeant les étagères,

les commodes et la cheminée, comme une tache
d'acide qui s'est étendue, l'envers de l'embel-
lissement, l'envers de l'espace gagné.

Il faudra ranger avant son retour, car le désordre fait siffler ses nerfs, et la soirée dont le
bonheur caresse maintenant ses gestes — enlever le dessus de lit, le plier, soigneux ; voici
les draps bien frais tentants, les deux oreillers
bombés et tendus, il les flatte pour les rendre
plus lisses encore —, lui laisserait un mauvais
souvenir. L'huile de tes os ne s'est pas trop
corrompue de rouille, et nous savons faire figure ; allez, la limaille de l'âge ne réussit plus
à conserver son masque quand on arrive au
délaçage des souliers. Son pyjama de séducteur.

« Lélé, je reviens dans un instant ; il faut
que j'aille dire à la brave madame Tenant et à
Gertrude qu'elles peuvent monter. A propos,
que convient-il de leur donner ? Mille francs ? »

Il relève la tête, réaffermit ses yeux :

« Pour madame Tenant ? Oui, ça ira ; et
pour Gertrude... »

Mais la voix, malgré le ton assuré, les coupures brusques, est diluée de tilleul.

« Allons ; soyons généreux ; cinq cents ?
— Comme tu voudras. »

Chère vieille peau, il vaut mieux ne pas trop
la voir à la lumière.

Tout le monde remarquait l'air exalté de
Louis. Il buvait beaucoup, il dansait beaucoup,
et parlait très fort.

Dès qu'un des Mogne a remercié sa danseuse,
il se précipite pour la prendre, et ne revient
vers Henriette Ledu, la nièce de Samuel Léo-

nard, que de loin en loin, et comme par dépit.

Pour lui ne se distinguent plus, dans cette salle peuplée, que quatre visages. Tout le reste se perd dans l'indécis.

Elle arrive à la cuisine. Madame Tenant lave les verres ; Gertrude les essuie et les repose sur le plateau.

« Je vais aller me coucher, mes amies, et je vous conseille d'en faire autant. Vous rapporterez ces verres à la salle à manger, et puis ce sera tout pour cette nuit. Ne vous inquiétez pas pour la vaisselle, madame Tenant, nous terminerons tout cela dans la matinée, n'est-ce pas Gertrude ? Je vous remercie beaucoup. »

D'un geste discret, elle tend à Charlotte le billet qu'elle a astucieusement plié de telle sorte que le chiffre soit apparent, mais sa main le cache à Gertrude.

« Vous nous avez vraiment bien aidées.

— Merci, Madame. Bonne nuit, Madame. Ce fut une soirée fort gaie, fort réussie, et qui m'a l'air de ne pas devoir finir de sitôt.

— S'ils ont besoin de quelque chose, Angèle saura le trouver. Cela va s'alléger ; quelques-uns sont déjà partis. »

A Gertrude, un billet plié de la même façon, mais en prenant soin que Charlotte voie. Puis, dans le chambranle, rassemblant tout ce qu'elle a d'indépendance vis-à-vis des préjugés de classe, termine l'affaire d'un cordial bonsoir chuchoté.

On a beau offrir une bringue à sa fille pour ses vingt ans, on n'en est pas moins radin en ce qui concerne la cuisine. Cela me rendrait vio-

lente, et je dirais des mots qui ne conviendraient
pas. La petite, le dos tourné, déplie, contemple.
Au delà de ses espérances. Rusée, la patronne,
connaît son monde. Et le replie, le range, et
le referme, et cache la clé de sa boîte à trésors dans un autre tiroir, et se retourne, et s'en-
hardit :

« Vous montez ?

— Ecoutez, ma petite Gertrude, pendant que
je suis là nous pourrions en finir avec toutes
ces assiettes sales. Sinon vous ferez ça toute
seule, car il y aura bien autre chose à faire et
pour vous aussi, croyez-moi. Un petit verre de
porto pour nous encourager... »

Elle fait cela par gentillesse, et il ne faudrait
pas la vexer, n'est-ce pas.

La quantité de mouvement a déjà fortement
diminué. Regrets d'avoir laissé se fermer les
grilles sur le dernier métro. Aussi dans les
bergères on s'affale, doucement béats. Passe de
main en main l'inlassable, la rayonnante Angèle. Plus de valses ; la musique allègre et
sombre possède l'air épais.

Ce petit tas, les mains croisées sur les genoux.

Clara qui a décidé de ne plus boire :

« Vous venez de quelle partie de l'Allemagne ?

— Allemagne ? » comme si ce mot le sur-
prenait beaucoup.

Elle aurait envie de l'embrasser ; ses yeux
sont si bleus ; comme des écailles de poisson.

Et peu à peu tout le monde en est venu à
garder les yeux fixés sur Louis réalisant ce qu'il
cherchait sans se le dire. Cette fièvre, cette
obstination, ces grands gestes inhabituels. Hen-

riette la délaissée l'observe, inquiète, le sentant
tout tendu intérieurement, le sang brûlé, et
quand il approche d'Angèle, c'est comme si tous
ses nerfs résonnaient. Un sourire brillant, exces-
sif, l'envahit de la tête aux pieds...

Ils dansent. Il dit des mots qui passent le
long de ses oreilles sans entrer, qui la caressent
comme des mains caressent une belle carène.
Qu'a-t-elle donc pour lui délier la langue à ce
grand taciturne ? Il s'arrête en sueur ; il la
dévêt des yeux ; et la reprend avec une sorte
de fureur, et la fait tourner dans ses bras comme
il a vu faire à Vincent. La trompette qui s'élevait, s'élevait ; on trébuche dans le silence. Et
les frères applaudissent, presque sincères. Louis
fait quelques pas ; tout à coup la peau de son
visage tombe, comme si tous ses muscles à la
fois s'étaient détendus.

A nouveau le battement de la basse. Vincent
invite Angèle.

Il cherche un mouchoir, s'essuie le visage, lentement, comme s'il venait d'être heurté par un
camion, s'examine soucieux dans le miroir, et
le reflet soucieux aussi de l'interrogative, de la
tendre ; Angèle et Vincent dansant, plus loin ;
— eh, que m'importe-t-elle ?

Je n'oserais vous interrompre dans vos fron-
cements de sourcils, dans vos grimaces ; brutalement si visible votre fatigue m'a tant impres-
sionnée ; et c'est pourquoi je voudrais vous faire
rentrer dans votre chambre : et s'il se retourne c'est qu'il va me dire, après un moment
de confusion :

« Je vous retiens pour la prochaine ; ce disque
est presque terminé.

— Oh, Louis, c'est-à-dire... »

Et l'heure à sa petite montre-bracelet qui justement ce soir lui manque ; ses yeux cherchent un cadran.

« Vingt », dit-il, en pressant son poignet contre son oreille, « c'est parfaitement raisonnable ; au besoin je mettrai le réveil sur l'assiette... »

Il rit.

« Je peux redescendre seule, vous savez ; l'escalier n'a pas de voleurs. »

Elle rit.

« C'est le cher oncle, je parie, qui vous a fait promettre de ne pas rester plus tard qu'une heure. »

Pâteux, les mots qui se décollent mal.

« Excusez-moi un instant, j'ai terriblement soif. Voulez-vous boire quelque chose ?

— Une dernière citronnade, s'il en reste. »

Et tout ce qu'il voudra si c'est de moi qu'il s'occupe.

Un coup de pompe, se dit-il ; une forte lampée me remettra ; vraiment j'étais tout étourdi, ridicule...

Le dos contre la table, la bouteille carrée hoquetant dans sa poigne, il verse, examinant les spécimens humains qui se meuvent autour.

Vêtements, s'ils ne cachaient rien que de la sciure avec un nœud de fils au cœur, que l'on embrouille, brise et mêle, à chaque réponse que l'on a cherchée. C'est à peine si vos visages vous masquent. Belles épaules, sœur Mogne, mais voici l'endroit où commence le cartilage sous votre nez ; on devine tout l'os, le triangle noir, vos mâchoires de morte, et si je tire cette

fine oreille, combien de votre raboutage conso-
lidé de crème et de poudre vous trahira ?

Le gin déborde sur sa main. Il se retourne.
Goutte sur le bois du sol. La griffe de l'aiguille,
le bruit d'un train, l'odeur des plateaux, des
petits buissons épineux. Que de cailloux mêlés
pour faire fleurir au milieu de l'été toutes les
traces de l'hiver. Noire ponctuation résineuse,
fraîche et brûlante à la fois comme la course
d'un animal. Orangeade, m'a-t-elle dit, s'il y
en a de quoi remplir un verre. Non ?

Bien se garder des huit danseurs que l'on
voit mal, surveillant la surface des liquides. Je
n'ai pas été généreux.

Et ses deux mains sont revenues près de moi.
« Je m'excuse d'avoir mis si longtemps... »
Mais sa voix, quelle peine elle a pour s'approcher. Il n'écoute pas ce qu'on lui dit, ni ce
qu'il dit.

Gorgée après gorgée, un peu bruyamment, le
blanc réconfort, l'eau un peu plus lourde où
une vigueur forestière s'est amassée, comme si
l'on buvait un peu du vent qui précède un
orage, et l'on prend une immense respiration...

Ignoble air encombré d'odeurs qui m'aveu-
glent et me divisent. Tout ce que je voudrais
prendre et emporter. Tu la trimballes bien,
Gérard, ta digne sœur, la démonstration est
suffisante et je m'incline et je t'envie, et si l'on
t'arrachais la lèvre supérieure, alors je voudrais
voir la déchirure bien nette, les ailes qui s'é-
cartent ; eh oui, rien de tout cela n'est solide ;
et l'on ouvre la peau comme les deux rideaux
d'une fenêtre. Cela vaut bien d'être arraché
pour trouver deux yeux abasourdis dans leur

auréole de mince viande où se précipitent les
mouches. Piètre repas sous tes grands airs. Mais
c'est Vincent surtout, sa prétention, qui hérisse
mes cils et me brouille tout spectacle. Sa chair
jaune ne doit pas tenir si ferme à son crâne
gris, plus friable qu'on ne croirait, tous tendons
détachés, muscles au vent, au milieu de ses
vêtements lacérés qui tournoient à chacun de
ses pas comme des algues dans des remous ; et
ses dents brillantes tachées, et le globe de l'œil
marbré de veines au milieu de sa caverne miné-
rale comme un bloc de glace, et je ne par-
viendrais pas à réduire à néant cette beauté qui
leur est propre, et dont ils ont tellement conscience, et dont ils m'accablent injustement.

Votre verre tremble dans votre main, Louis,
retrouvez-moi ; voyez comme je fais effort afin
d'atteindre votre regard, ainsi qu'on se débat
parmi les herbes d'un étang pour remonter à
l'air. Que vous a-t-on fait ? Vous me terrifiez
presque. Je n'arrive à rien dire dans ce bruit,
intimidée par cette étrangeté qui vous possède,
et qui me fait tout craindre de ma maladresse.
Las vous déposez votre verre, las vous vous
efforcez de rassembler les lambeaux fuyards de
vous-même. Et vous l'avez vu ce visage qui vous
fait signe au milieu de la débâcle de ce qui vous
apparaissait ? Continuez votre effort pour me
sourire.

« Cela va mieux. Dites-moi, si vous êtes
vraiment fatiguée, nous allons dire adieu à
cette aimable compagnie. Ne protestez pas, soyez
sincère ; nous sommes de bons camarades ; il
n'y a pas de manières à faire entre nous. »

La fin du disque ?

Leurs corps qui viennent de perdre leur sou-
tien, qui se séparent et se relâchent ; si seulement c'étaient de belles machines avec des articulations polies et le doux passage de l'huile
entre les billes et leurs gorges. Angèle seule est
véritable au milieu de ces squelettes affublés
d'horribles oripeaux vivants, et celle-ci comme
son ombre déléguée pour ma consolation. Que
l'on me laisse me baigner dans son chaud mer-
cure, dans ses ombres pourpres, ses petits lacs.
Votre corps est couvert de plumes, Angèle,
juste au-dessous de votre peau, minces autour
des yeux, amples sur votre ventre, et de toutes
petites vagues sans se lasser qui lavent, chargées
d'un peu de sable, et de sel et d'essence.

Je les vois tous les deux se concertant, se
préparant, me cherchant. Je saurai bien noyer
leur décision.

« Je suis désolée, Angèle...

— Comment, vous n'allez pas me dire que
vous avez un long chemin pour rentrer.

— Je suis confuse, Angèle. Rarement j'ai vu
soirée aussi réussie, mais demain...

— Allons, ne vous embrouillez pas à chercher des raisons, je ne vous tiens pas prison-
niers ; désolée seulement.

— Nous...

— Un de ces jours dans l'ascenseur ou l'escalier.

— Monsieur et madame Vertigues... ?

— Couchés depuis longtemps, endormis vrai-
semblablement. Et vous nous privez avec vous
de votre chevalier servant ? Bonsoir, Louis.

— Bonsoir, merci, c'était...

— Et vous aussi, Philippe ? Mais pourquoi ?

— Eh, il faut bien, que voulez-vous. J'ai la voiture de mon père en bas, si vous voulez en profiter...

— Malheureux ; ils habitent la maison même...

— J'ignorais. Si cela peut rendre service à quelqu'un...

— Voulez-vous bien vous taire... Mon Dieu, Marie-Claire, mais qu'est-ce qu'il a ?

— Il est dans un état... Il faut que je le ramène ; ça ne vous dérangerait pas de nous voiturer un bout de chemin ?

— Au contraire.

— Cela me rendra grand service... Alors, Angèle, il ne nous reste plus qu'à te remercier... »

Le prince tend une main très longue avec un air de grande affabilité, tel un jeune cardinal, et, les yeux mi-clos, la tête légèrement vacillante, parvient à se plier en rigoureuse équerre.

Pas de nouvelles défections ? Qu'ils écourtent, qu'ils disparaissent ; je ne veux pas que l'accroc s'agrandisse, et j'étoufferai le bruit de la porte.

Elle n'a pas fait le moindre signe qu'elle désirait me revoir, alors que je serai à quelques pas.

L'ombre du bruit de la fête descend comme une goutte d'eau le long des parois, alourdie encore, épaissie encore, par la traversée des étages, indéchiffrable, rongeant mon insomnie. La musique là-haut, j'espère qu'elle calme et soigne le serpent de haine que je sens se lover dans sa tête à son insu, et qui a reconnu, je le sais bien, son semblable en la mienne. Quand nous nous saluons, c'est avec une poignée de main de complices ; tout ce que nous avons de

caché en nous-mêmes tremble alors et se reconnaît. Qu'il soit protégé par les lumières, la
compagnie et les instruments, et qu'il demeure
assez longtemps, pour que le sommeil lui soit
propice dès qu'il s'étendra, afin que lui soit
épargné ce silence pourri, grignoté par un fantôme de murmure, que la fatigue et l'obses-
sion changent en reproche intarissable : Alexis,
Alexis.

Et les cinq qui descendaient ne sont plus que
trois maintenant. Le prince a du mal à se tenir
à la rampe. Marie-Claire et Philippe commencent à mi-voix un délicieux jeu de massacre.

N'a-t-elle donc pas de clé ? Mais c'est vrai,
où l'aurait-elle mise avec cette robe ? Elle se
décide à sonner. Comme la musique est lointaine
maintenant, cachée par tous ces talons qui
frappent.

Brusquement la porte s'ouvre. Ahmed marche
si doucement qu'on n'entend pas ses pas. Au
travers des rideaux de voile, les lueurs du salon
bougent encore, et des bribes de voix parviennent à s'insinuer par les fentes, sous l'épaisseur
sourde de la masse sonore que le plafond dif-
fuse. Elle entre précipitamment, sourit au beau
garçon en blanc, se retrouve· chez elle.

« Bonsoir, Henriette.

— Mais voyons, entrez, c'est trop bête ; vous
n'allez pas redescendre jusqu'en bas pour remonter chez vous ensuite ; vous passerez par la
cuisine, c'est bien simple. Allons, allons, Louis,
vous pouvez bien passer par la cuisine, elle est
très propre, vous savez. Je ne vous pensais pas

si délicat. Ne prenez pas vos airs d'enfant timide et scrupuleux. »

Il sourit en secouant la tête ; il entre. Derrière lui se ferme une tenture, rouge vieux sang, brodée de cercles noirs et dorés, où brillent de petits miroirs, et, çà et là, des idéogrammes d'oiseaux. L'impénétrable gardien se tient immobile tout auprès comme s'il était peint sur le mur, et que seul son sourire s'en détachât.

Il reprend du poil de la bête. Le calme de l'escalier l'a-t-il remis vraiment d'aplomb ?

Apparaît Samuel Léonard, impressionnant et las, déçu de la conversation qui se poursuit, traînant une intense odeur de tabac.

« Tiens, vous voilà ; bonsoir, monsieur. Alors vous avez eu une bonne soirée ?

— Excellente, je vous remercie.

— N'est-ce pas, oncle Sam, il est tout naturel que Louis passe par la cuisine ?

— Ah, c'est vrai, vous habitez là-haut. Mais bien sûr, voyons ; Ahmed vous accompagnera. Tu peux monter te coucher.

— Je vous suis très reconnaissant de m'avoir permis d'accompagner Henriette. »

Ce petit cureton voudrait-il se payer ma tête ?

Ce vrombissement doux semblable à celui des chauves-souris, c'est une automobile paresseuse qui s'en va, disant velours velours, ainsi que j'implorais le sommeil dans mon enfance, mon rosaire d'alors. O saints, ô anges, qui de vous est suffisamment proche pour poser la main sur mes paupières, apaiser l'essaim de regards qui reprend son bourdonnement tout autour de cette démangeaison où le nom de

Louis est marqué. Veillez pour nous si vous êtes dans la lumière, vous qui voyagez, car lui le maître est trop lointain, et je suis de plus en plus perdu dans ses paroles, dont les échos et les gloses bien loin de me sauver m'égarent le jour et la nuit ; et tout au fond de moi il y a une blessure narquoise qui suppure indéfiniment : je le hais.

« Non, ce n'est pas tout à fait fini, mais je n'ai pu résister au plaisir de t'embrasser avant que tu t'endormes. Alors il s'est bien occupé de toi, ton beau soupirant ?

— Il a été très gentil.

— Il n'aurait plus manqué que ça.

— Bonsoir, oncle Sam ; je ne veux pas faire languir tes invités. »

Elle se presse vers sa chambre.

« Dis-moi, ma vieille Angèle, qui était ce type avec un fort accent étranger...

— Et qui en avait bu son compte ? A vrai dire, je ne le connais pas ; c'est un prince allemand, paraît-il. Oh, inutile de t'exclamer, ça ne veut pas dire grand'chose ; dans ces pays-là, il y a tant de gens qui ont des titres, et je n'y comprends rien, moi à toutes ces vieilles histoires de familles, de reines et de couronnes. Marie-Claire l'a rencontré pendant son voyage, et, comme il est à Paris pour quelques jours, elle m'avait demandé si elle pouvait l'amener, parce que ça l'amuserait de voir une soirée française... Comme soirée française, je pense qu'elle aurait pu trouver mieux, mais je lui ai dit, bien sûr ;

que veux-tu répondre ? Je crois qu'il a été pleinement satisfait...

— Et cette demoiselle un peu rousse, qui danse si galamment avec Henri ?

— Là, j'en sais encore moins ; c'est la première fois que je la vois. C'est Henri, imagine-toi, qui a jugé bon de la prendre comme accompagnatrice. Elle a l'air brave, d'ailleurs.

— Mais c'est insensé. Il fait toujours des choses comme ça. Il n'a aucun tact, ce garçon. Je te jure qu'à ta place, je le lui aurais fait sentir.

— Inutile de te dire que mes parents étaient un peu surpris. Ils sont obligés de l'inviter à cause des siens, tu comprends. La prochaine fois je m'arrangerai...

— Mais je ne te reproche pas du tout de l'avoir fait venir. Je n'ai jamais voulu dire ça... »

Basse de boogie. Henri, Clara font la toupie, les quatre poings comme des crochets serrés, les pieds bien appliqués martelant leur fine ronde précise, et la robe comme des bavures d'encre sur un dessin frais.

S'effondre sur le lit, sa main cherche l'interrupteur de la lampe de chevet.

D'accord elle a des seins, l'enfant gâtée, et l'on sent bien que ma peau est un peu sombre même à la lumière électrique. Cela ne vaut-il pas mieux que sa chair brillante, fade, fardée ?

Et ma robe me gêne ; je n'ai plus la force de me déshabiller. Comme il est dur de se rasseoir, de se pencher pour dégrafer. Et mes jambes sont maigrichonnes, et ma poitrine un peu informe, honteuse de mon sang mêlé.

Avec tous ses admirateurs, cette dizaine au

moins qui tournaient autour d'elle, et soignaient
leurs mines quand ils l'approchaient, chats sia-
mois se frottant à leur folle vieille maîtresse...

Pendant ce temps Louis Lécuyer remonte les
étages, en compagnie de l'égyptien. Aucune parole. En passant, ils entendent le bruit des assiettes qu'on lave.

« Boune nouit », dit Ahmed à sa porte, si
humainement, si fraternellement, si heureux de
parler enfin à quelqu'un d'autre, ne serait-ce
que pour dire les mots les plus simples, tendant
la main, mais Louis ne comprit pas l'invite. En
fouillant dans sa poche il retrouva la clé que lui
avait confiée Henriette, hésita s'il allait descendre, mais il n'avait nulle envie de la voir à
présent, et il s'enferma.

Je n'ai pas envie de dormir. Je suis prêt à
danser pour des heures. Dire que cette idiote...
Il me suffirait de sonner pour entrer. Ah, ridicule...

Chaussures, pantoufles, lavabo, de l'eau sur
la figure, s'essuie, s'assied à sa table, retire un
cahier du tiroir, qu'il feuillette, choisit une page
et s'efforce de lire. Les images du bal, le dîner
chez la tante, c'est une lettre de condoléances.
Pauvre Alexis, pourquoi s'est-il fait prêtre
aussi ? Médecin guéris-toi toi-même.

Fin du boogie. Basse de pick-up ne réussissant
pas à s'arrêter.

Henri Delétang, aussi gentleman que possible, salue sa cavalière, et, d'un ton laborieuse-
ment distingué :

« Chère amie, je suis au désespoir de vous

importuner en vous rappelant une chose aussi
triviale : ne commencez-vous pas à vous apercevoir que l'heure tourne ? Peut-être aurait-il
été sage que nous... euh... partissions... »

Elle éclate de rire. Heureux de son succès.

« ...Avant l'heure du dernier métro. Mais si
j'en juge par ma montre, qui s'est toujours
montrée envers moi d'une fidélité sur laquelle
vous devriez prendre exemple, nous avons manqué ce coche depuis longtemps. Je ne sais si
vous avez l'intention de rester jusqu'à ce que
le premier de ces ingénieux véhicules souter-
rains démarre de son point d'attache, c'est-à-
dire vers cinq heures du matin, en ce cas, hélas,
il serait de mon devoir de vous avertir qu'étant
données les habitudes de la maison Vertigues,
et notamment de la jeune personne pour l'an-
niversaire de laquelle nous a été donnée cette
soirée si high life et si à la bonne franquette
à la fois, il m'étonnerait qu'une telle décision
puisse s'exécuter complètement : il se pourrait
que vers les trois heures et demie, étant les
derniers survivants, nous soyons contraints à de
rapides adieux, sans que, songez-y, nous n'ayons
plus à notre disposition aucun petit jeune homme bien intentionné à qui papa a eu l'imprudence de prêter sa voiture, ce que le mien a
fâcheusement oublié de faire, pas vrai, poupée,
pour ramener à son dodo votre précieuse personne fourbue. »

L'orchestre Jelly Roll Morton.

« Tandis que si...

— Oh, vous alors, quand vous aurez fini de
parler comme un académicien ; et puis si la bas-

tringue s'en mêle, je n'y comprends plus rien du tout. »

Moins vulgaire que je ne pense, peut-être...

« Bon, je m'excuse de vous arracher brutalement à ce lieu de délices...

— Vous avez envie de partir ? Dites-le. Vous avez quantité de choses à faire la journée prochaine ? Comme ça se trouve, moi aussi. A propos, quelle heure est-il dans tout cela ?

— Pas loin de deux heures moins le quart.

— Oh, mais c'est affreux.

— Chère amie, vous dramatisez, mais mieux vaudrait ne pas louper la diligence. »

Je ne l'aurais pas crue d'habitudes si rangées. Pour filer d'un zinzin, ce n'est, grand Dieu, pas si tard.

Et pourvu qu'il ne se soit pas endormi, comme il m'aura maudite en attendant ; et puis si Henri se met dans l'idée de m'accompagner dans l'auto d'un de ces types ou dans un taxi jusqu'à chez moi, je ne vais pas m'amuser à revenir...

Stupidement il avait laissé passer l'heure ; ce n'est que maintenant qu'il s'apercevait du rôle fondamental qu'avait joué le fonctionnement du métro dans l'élaboration de son projet. Trois petits médaillons mochards, mais entourés de perles que le paternel avait assurées vraies, qu'il s'arrangerait pour fourrer dans les poches du bon Denis, incapable de sécher le cours de deux heures. Dommage de ne pouvoir assister en chair et en os aux scènes qui découleront le soir, à partir du moment où le jouvenceau aura fait la pêche miraculeuse : tout benêt. On en réfère à little pie senior (oh, oh, anguille sous roche, fiston, anguille sous roche), lequel, bavard de nature, retrouvant le fidèle associé : imaginez-vous, cher ami... Bizarre, bizarre, je viens justement..., dans la nuit même où nous fêtions... mais votre fils était à cette soirée. La suspicion, soupçons, soupçons, personne n'y comprend rien, car : pourquoi ? Mais tout le monde à la maison : suspects ; on n'en démordra pas si vite. C'est comme une fente dans un mur, elle finira par le détruire, surtout si on évite de la voir ; et la belle raison sociale Petitpaté, Delétang, Vertigues et Cie, se fendille de la façon la plus réjouissante... Jamais je ne lui pardonnerai la gale qu'il m'a léguée avec son nom.

Peut-être les verra-t-on vaciller, les bons apôtres, se brouiller, s'étouffer l'un l'autre ? Ne serais-je pas enfin lavé de cette ordure que je traîne ? Les trois rats ; le papa de la belle est le moins salopé, presque jeune...

(Emmenerai Angèle à la station, mais non, Clara ; lui dire adieu, chacun sur son quai ; et puis je rentrerai en douce avec les clés de l'excellent changeur de disques subtilisées dans son manteau pendu comme toujours près des waters, et que j'y remettrai. Alibi parfait ; on pensera que le vol a été commis pendant la soirée, et très probablement à la fin.) Mais maintenant comment se débarrasser de cette fille qui ne peut plus me servir à rien et va me gêner au point de tout foutre en l'air ? Le Tonet et sa sœur, les chauffeurs qui conviennent, ils doivent avoir la vieille Ford, et ont la mine embarrassée de ceux qui ne savent pas comment se tirer des flûtes.

« Angèle, je crains que mon amie Clara... Elle habite assez loin... Si, par hasard ?

— Je la ramènerai bien volontiers chez elle.

— Oh, je vous en prie, cher monsieur, marcher me fera le plus grand bien ; je suis à un quart d'heure d'ici, au plus.

— Comment, Clara ? Ce ne serait nullement raisonnable...

— Henri, soyez gentil, accompagnez-moi un bout de chemin.

— Clara, voyons, vous avez une voiture qui vous attend.

— Vous êtes fatigué, Henri ? Je saurai bien m'en aller toute seule.

— C'est un caprice ridicule.

— Bien, bien, c'est un caprice ridicule ; n'en parl s plus, nous irons dans l'auto.

— Je ne vous force pas », intervient le chauffeur pressenti, mi-figue mi-raisin.

Angèle attristée.

J'oublierai mon poudrier. Je m'en souviendrai tout d'un coup : ah. Non, ne me raccompagnez pas ; il se trouvera bien quelqu'un... Pourvu qu'ils ne veuillent pas imposer à tout prix une gentillesse importune. Bah, je les ai déjà suffisamment indisposés par mes manières.

« Voulez-vous aussi profiter de notre moteur, mademoiselle ?

— Henriette, ce n'est pas gentil, toutes les jeunes filles s'en vont.

— Cela fait peut-être beaucoup de monde.

— Ne vous inquiétez pas, j'habite tout près d'ici ; mademoiselle Grumeaux aura d'excellents protecteurs. Prenez ma place sans scrupule, René. »

Pourquoi nous ment-il ?

Ils s'en iront par l'avenue, il suffira qu'ils

me dépassent ; au revoir, au revoir avec la main ; me couvriront.

Tout le monde a repris son sourire.

« ... Une revue, tel était le projet initial... »

Allume une cigarette.

« ... où l'on commenterait, où l'on discuterait, où l'on signalerait, où l'on expliquerait... »

Dans une pose de conférencier.

« Mais l'œuvre même de Léon Levallois suggère mieux... »

Musique ; le tonnerre des pas qui reprend, plus grêle.

« ... collaboration d'un nouveau type qui ne devrait pas ajouter une heure à votre temps de travail... »

Les pieds qui se croisent ou se décroisent.

Le lit de l'abbé Jean Ralon s'est changé en barque. Elle bouge à peine. Il ouvre les yeux ; il s'aperçoit qu'il est en soutane, les mains croisées sur sa poitrine serrant un crucifix. Il voudrait se lever, ne peut. Il n'est pas seul ; un homme est debout, la poitrine nue ; son visage ressemble à celui du domestique de Samuel Léonard, mais il est nettement plus grand ; tient dans la main le manche d'un gouvernail primitif.

« ... se réfère aux œuvres des autres. Au lieu que chacun soit isolé dans son avenir imaginaire, notre patrie (comment faudrait-il dire ?) commune deviendra réalité. Ainsi, sournoisement le lecteur porté vers ce genre d'explorations se trouvera devant un monde cohérent et contraignant dont bientôt tous auront à tenir compte. La vigilance dès lors en notre pouvoir garantira des catastrophes prévisibles. »

Nez interrogateurs ; boit avec une lenteur satisfaite.

Il voit que l'abbé Jean a ouvert les yeux, quitte son poste, se penche ; son visage est éclairé par une lumière tout à fait horizontale et verdâtre. Il lui pose la main sur le cœur.

« Peux-tu parler ?

— Qui êtes-vous ? »

L'autre sourit :

« Allons, ne fais pas l'enfant, je suis ton gardien ; j'ai l'impression que tu as besoin de moi ; tu as un de ces accoutrements. As-tu faim ?

— Non, soif, un peu ; oui, j'ai soif ; avez-vous quelque chose à boire ? »

L'autre prend dans la barque un vase de poterie poreuse, couleur de sable blanc, et lui verse dans la bouche quelques gorgées d'eau très fraîche.

« ... Naturellement ceci implique, de la part de chacun, nombre d'abandons. Il faut nous soumettre à l'œuvre collective, mais quelle multiplication, quelle efficacité nouvelle jaillira de cet émondage. Il devient nécessaire de laisser l'avenir toujours ouvert. Lions-nous par un serment d'optimisme... Allons, allons, Levallois, n'arrivera-t-on jamais à se purger de ses apocalypses d'étudiant ?... »

Vexé ; vexé d'être vexé ; prend sur lui ; rit.

Les pas, les pas, moins de pas.

La petite lampe sous le visage de pierre comme si c'était une icône.

En bas de l'escalier, le concierge, la lèvre molle, somnole, coudes étendus sur le tapis de la table. Sa femme est déjà descendue se coucher.

Encore un à qui nous n'avions pas pensé.

Paupières clignotantes, examine de très près comme un myope les numéros présentés.

Si j'arrivais à passer en sa présence sans qu'il me voie. Cette soie blanche avec ces cheveux roux.

S'écarte pour laisser rentrer Lucie, Martin de Vere, qui parlent penchés, très bas, mais très clairement :

« Tu vois, ce n'est pas encore fini.

— J'espère que les enfants...

— A leur âge ? Ils dormiraient sous un bombardement.

— Le pauvre Gaston Mourre, il est bien complaisant. »

Ils s'enferment dans l'ascenseur.

Henri a vu Clara sursauter légèrement.

« Serrez bien votre écharpe », lui dit-il très amicalement ; « vous risquez de prendre froid. »

Et sort de la maison.

« Je regardais à l'avant, naturellement, pour conduire, et puis, il y a quelques instants, j'ai vu ta robe noire ; quelqu'un que j'aurai oublié, je me suis dit. Tu avais l'air de dormir si profondément. Je vais t'aider à t'asseoir, et je retourne au gouvernail ; il ne faudrait pas manquer la porte. »

Le dos contre une barre de bois, avec des couvertures roulées autour de lui pour le soutenir, Jean Ralon découvre une immense caverne qui va se rétrécissant, cachée par des brumes cuivrées, de grandes bandes fumeuses, au-dessus du fleuve dont l'eau est toute infusée de l'éclat vert du soleil sombre à l'horizon, et une multitude d'autres barques, dont certaines ont un fanal brillant dans son halo de toutes les variétés de l'argent.

Une sorte de ville troglodyte apparaît derrière deux hautes jetées, aux créneaux triangulaires de métal, aiguisés comme une mâchoire de moissonneuse.

« ... Nous bannirons aussi, puisque trop gratuites, toutes spéculations sur les habitants d'autres mondes. Ces œuvres que nous publierons dispersées, projetteront d'autant plus de lumière que nos imaginations seront mieux coordonnées, d'où la nécessité de s'accorder dès maintenant sur un certain nombre de principes de base. »

Il sent un léger trouble ; il attend pour provoquer l'applaudissement et l'accord. Glissement des regards.

Et ceux qui savent entendre des cors de chasse dans les peintures devinent, dans les autres salles des palais, des bouquets de fleurs couleur de fourrures, plus haut que les femmes sous-marines et méditatives qui les sentent, tandis que dans les orgues d'ormes rouillent des arcs.

« ... expriment notre appréhension, Samuel ; je ne sais, peut-être aurions-nous tort de les abandonner. »

De moins en moins de pas.

Et l'on se met à penser à la guerre.

La barque du grand astre à l'auréole reptile passe le seuil. L'ombre prend possession du fleuve, mais le sommet du second mur resplendit au-dessus de l'autre, et, au-delà, commence à s'illuminer un pylône. Murmure de lamentation.

La température a brusquement baissé. Il ne reste qu'un rougeoiement. Quand on s'approche, on voit que les créneaux sont ourlés de flammes.

Il serre dans sa main son crucifix.

« Oui, implore ton petit dieu, puisque c'est le seul que tu aies. »

Mais l'orage de plaintes qui ronfle de la région obscure couvre presque les mots, et Jean se met à crier de toutes ses forces le « Je vous salue Marie ».

Une île au bout de la jetée ; un personnage comme un phare, les deux jambes serrées, les mains croisées sur le cœur, tout son corps entouré de bandes ; seul son visage est libre. On aperçoit ses deux yeux phosphorescents et le dessin de ses lèvres.

Le brûlot d'une des dernières barques, longeant le mur, découvre neuf sentinelles à peine dégagées de la pierre, excepté leur visage en larmes.

« C'est à lui », hurle son gardien, « c'est à lui que tu dois demander le passage.

— Mais il ne pourrait rien faire pour nous ; ne voyez-vous pas ses membres entravés. »

Alors le sourire de la figure immobile s'éclaire ; une flûte naît à ses lèvres ; les flammes se raniment à l'entendre, la lamentation s'adoucit.

Gong.

« A quoi t'aura servi d'étudier tout ce temps, et de violer les tombes de ceux qui nous honoraient, si tu ne sais pas même nous identifier? »

Gong.

Ce sont de grands cobras qui vomissent les flammes. A l'interruption de la seconde enceinte, veille un autre immobile plus haut encore. Au centre du pylône, une porte couverte d'écailles est en train lentement de se refermer.

VIII

Le profil d'Henri Delétang qui pointe par la fente de la porte, comme un museau de rongeur. Tout est calme. Sur le tapis la tête du concierge immobile, son bras déplié, ses doigts appliqués sur le bord de l'assiette aux billets. Entre, très souple : à grandes enjambées élastiques comme celles d'un chat, s'approche le long du mur couvert de glaces, dans l'atmosphère froide et duvetée.

Pourvu que personne ne s'avise de descendre maintenant ; l'entrée de la cave ; la respiration se renforce ; déjà presque un ronflement ; tout le corps courbé sur la table se gonfle et s'abat dans un long soupir guttural ; derrière l'ascenseur ; ne pas tousser.

Un frisson parcourt l'échine, et la tête roule péniblement de côté et d'autre. Il ouvre des yeux effarés, se secoue comme un chien, se sourit à lui-même disant : mon Dieu, je m'étais endormi (les gros sourcils tout hérissés, le froid), se lève, se racle la gorge et crache, s'essuie la figure et les mains, se verse à boire.

Est-ce que ça va bientôt finir, leur bastringue ? Une douzaine de vêtements. Les salauds, ils auraient bien pu nous donner un peu plus

de leur buffet ; plutôt chiches, ça ne pourra
même pas faire un repas ; et leur vin n'est pas
mauvais, mais c'est à peine s'il reste un demi-
verre après celui-ci.

Boit dégoûté, puis s'immobilise à la table,
se tassant, pianote un peu ; les paupières re-
tombent.

Dans un petit port breton sans lune, recroquevillé comme un sac, au fond de la chaloupe
qui heurte la digue, tandis que le clapotis
des vagues, sans interruption, balbutie : Alexis,
Alexis.

A la porte de la cave, tourne la poignée avec
précaution, frotte les murs de sa main droite
pour découvrir l'interrupteur, allume une file
d'ampoules faiblardes, descend des marches de
bois. Un corridor dont le plafond rougeâtre est
tapissé de tuyaux qui bruissent, minces et con-
tournés avec méandres, appendices, et bifurca-
tions, certains épais, engoncés dans de lourds
manchons de plâtre et de toile. Le sol couvert
de poussière de terre et de charbon, où les pas
sont mous comme sur une plage sèche. Murs
de briques minces avec des portes à barreaux
de bois rugueux givrés d'échardes, marquées
de numéros peints en noir, et d'une petite
lampe, pendue par un crochet à l'une quelconque
des canalisations qui toussent et fusent.

Nonchalamment, le fil tordu trace son ara-
besque sur ces portées.

Comment vais-je attendre ici sans me salir ?
Même s'il y avait des chaises dans ces cagibis,
elles auraient un pied cassé ou la paille noire.

A droite un sifflement, puis le bruit d'un objet lourd dont la chute est amortie ; c'est le grand cylindre gris du chauffage dans sa loge, avec ses manomètres et ses soupapes, et la pelle dans la houille, et le long tisonnier ; en face, une vraie porte à poignée et serrure, avec une vitre en losange, obscure.

Ce doit être leur logement ; je vais être obligé d'éteindre ; mais cela m'indiquera quand j'aurai le chemin libre.

Je vous ai retrouvés, rayons verts ; de nouveau je vous respire et vous me nourrissez.

« Méfie-toi, je ne sais pas ce qui t'a valu ces faveurs. Peut-être aurait-il mieux valu pour nous que nous restions dans la nuit à nous lamenter. S'ils ont décidé de se rire de toi après ta conduite insensée... »

Le fleuve, au lieu de s'étendre largement, était contenu par des quais dessinant des îles creuses qui donnaient sur la surface d'eaux inférieures aux flots épais, où nageaient, flottaient et sombraient une multitude d'hommes et de femmes à qui la lumière parvenait par ces ouvertures. Et ils acclamaient le soleil vert sombre qui s'éloignait au pas de ses quatre immenses hâleurs.

Continue à gauche. Une sorte de balcon à rambarde de fer donne sur la machinerie de l'ascenseur, au sol un étage plus bas. Un cul-de-sac ? Encore à gauche quelques marches qui descendent, de pierre cette fois, humides et irrégulières, mais le fil ne continue plus. Une petite lampe torche pas bien forte, un léger rond déformé sur la paroi, avec une boucle de cheveux plus lumineux vers le centre. Quatre marches, puis un palier dallé, quarante-cinq degrés vers la gauche ; six, puis un nouveau palier dallé glissant ; et six encore qui tournent : une grande salle basse à piliers ; et trois.

Ce doit être l'ancienne crypte d'une église, ces voûtes, ce sol pavé qui s'effondre, ces flaques ; et ça, une sorte de cube de ciment, pour consolider ? Cette maison m'a l'air d'avoir des fondations bizarres, et si un jour elle s'écroulait...

Explore. L'énorme ventre métallique sur son lit (un peu de la lumière d'en haut le dore), et la colonne dans laquelle glisse la tige qui pousse la cage où je suis monté.

Une vieille odeur de suie chaude et d'huile de graissage. Des trous, des recoins, des cailloux, et surtout de grands blocs de mâchefer entassés çà et là.

Remonte. Heureux de retrouver les maigres lampes qu'il faut aller éteindre. Et, les mains dans les poches, arpente, en fumant cigarette sur cigarette.

Lassitude, l'inévitable.

Alors les mots les plus lointains cherchés expirent de platitude sur le silence qu'ils ne peuvent entamer mais salissent, comme une pierre lancée pour la briser sur la surface gelée de l'étang, et qui y reste.

O robes, ô musiciens, ô chevelures, voici que vous n'êtes plus que les os et les miettes qui tachent encore la porcelaine et la nappe, en attendant d'être jetés avec toutes autres ordures.

Et la pile de disques épuisée, on recommence.

Sachez attendre, figures humaines, et dans vos membres mous, lourds de sciure, aux os friables comme la craie la plus trouée de coquillages, la sève de nouveau vous transira, plus lourde encore, comme le sang des loups, des sangliers, et de toutes ces bêtes âpres qui vivaient dans les forêts de la Gaule ; en longues gouttes coagulantes, refleurira, soyez-en sûrs, en envies de mouvements et de contacts avec la peau d'autrui ; et le velours des vins vous réaturera, comme une lumière dans le brouillard, même si ce n'est qu'un reste au fond d'un verre ; sachez attendre, machines forgées de métaux trop faibles, l'huile va recouler plus épaisse dans vos articulations grippées, incapable de vous laver du sable et de la limaille, mais qui les incorporera si bien que vous ne les sentirez plus qu'à peine ; sachez attendre, toutes choses revêtiront une confortable myopie, les limites du convenable reculeront dans une confusion presque endormie ; vous aurez des audaces, ô consciences atténuées ; une gaîté violette teindra vos propos et vos pas.

Ce silence, blancheur et corne, malgré le disque au loin entendu comme au travers du bruit d'un drap que l'on déchire, seuil des heures rares.

Voyez ces bras inoccupés, ces regards jaunis, ces lèvres fanées sous le rouge, ces légères nausées qu'une main légère éclipse, et les poils qui recommencent à percer le menton des jeunes gens. Alors Angèle, regrandissant, ses yeux brillant de tout le rassemblement de ses forces, surveillant la façon dont elle se tourne, seule

debout, sur le parquet ciré rayé qui reflète va
guement sa robe claire, éprouve du regard ses
fidèles. Le défi suppliant qu'il y a dans son attitude, vers quelle victime plus sensible le diriger ? Toutes les promesses du monde, tous les
mensonges qu'on voudra ; allons, que vous faut-
il encore ?

Ils vont avoir pitié de vos efforts si vous n'y
prenez garde, les admirer mais déplorer qu'ils
qu'ils soient si vains, partir honteusement ; en
minables cendres se résoudrait votre beau feu.

Il faut paraître indifférente ; absorbez-vous
dans mille travaux que vous inventerez ; ou
bien, votre profil devant la glace, bien éclairé,
se détachant sur l'autre obscur... C'est tout ;
recueillez-vous dans vos succès ; déjà Gérard
est pris dans ce dialogue de contours ; vous l'a-
percevez par hasard, vous l'approuvez ; quel
appétit tranquille et sûr le revigore.

Autre tempo.

L'outremer de la danse les fait rouler dans
ses veines comme deux grains de blé. Et les
autres se réaniment.

Les pêcheurs doivent dormir d'un sommeil de
grès, il n'y a pas une lumière. Le calvaire est
caché par le grand corbeau d'ombre, hérissé.
Des mouettes invisibles s'enfuient en criaillant :
Alexis, Alexis.

Cette chaloupe ne t'appartient pas.

Pitoyables anatomies ; je devine leur peau
blanchâtre sous la rayonne de leurs dessous,
avec de petites végétations tremblotantes. Elle
est toute dorée pour Gérard, qu'il la garde...

Pauvres jambes à cacher sous des bas ou des pantalons ; ils sont tous aussi laids que moi.

Non, il ne participera pas à cette résurgence fumeuse ; l'esprit tout occupé d'un autre visage, il attend la conclusion de l'air pour briser là.

Gérard qui a remarqué son absence à la danse, accourt au premier signe, inquiet.

« Jolie poupée, bonne danseuse, tu ne lui déplais pas. »

Vincent change de ton ; c'est le murmure d'aînesse :

« Dis donc, vieux, je crois qu'il serait temps de faire descendre les princesses ; Martine me fait des signes désespérés, et Viola m'a l'air de crouler de fatigue. Naturellement, si tu veux rester... Mais j'ai peur que nous sonnions le glas de cette... manifestation. »

Imbécile. Imbécile qui s'imagine que je ne vois rien, alors que je suis tout son jeu.

« Viola... »

Désolée ; elle avait encore des forces pour des heures. Un moment d'abattement, comme les autres, mais maintenant, si légère. Je sais bien que sa douceur est fausse, et qu'il n'y a pas de réplique ; je n'ose même pas demander la grâce de cette autre danse qui commence, et pour laquelle Bernard, justement se levait avec l'intention... ; ne pas le voir.

« Martine ; tu m'as l'air d'en avoir assez ; re-descendons, veux-tu ?

— Quand tu voudras, je ne suis pas pressée.

— Viola n'en peut plus...

— Bien, bien, allons trouver Angèle. »

Les quatre qui marchent en ligne ; comment se défendre ?

Quelle sincérité transparaît malgré tout, sous
ces compliments qu'il veut banaux ; elle a plaisir à l'écouter ; et comme il l'examine avant de
la quitter, comme il lui fouille le visage, du
regard le plus indiscret, et sa poitrine, et sa
ceinture ; si nous n'étions pas si avant dans la
la nuit... Martine, Viola même en est gênée ; si
personne n'était là il l'embrasserait. Il vous
trahira, il vous trahit déjà. Ne voyez-vous pas
cette mince déception qui perle au coin de ses
yeux ? Vous n'avez pas les ruses qu'il faudrait,
Angèle.

Et comme je vous en sais gré. Laissez-le se
perdre, mon pain.

Il ne cherche qu'à couper court (ces retards,
ces manières, et les remerciements enthousiastes
auxquels Viola se croit obligée, comme si tout
cela ne nous était pas dû), pousse la smala
comme un troupeau. Tout le salon, les murs, les
meubles et les danseurs, lui semble disparaître
dans une distance grise, tous les sons se sont
étouffés ; seule Angèle est comme ensoleillée
dans sa robe claire.

Le bang de la serrure claquée l'étonne par sa
crudité, comme s'il n'en avait pas été responsable.

C'est Gérard qui parle :

« Comment s'appelait-il, ce beau soupirant? »

Viola rougit jusqu'aux oreilles, et Martine
se trouble aussi.

« Si fatiguées, qu'elles en ont perdu la parole. »

Les robes qui traînent sur les marches dans la
lumière appauvrie.

La barque du soleil passa près d'un marais

brûlant, où de grands oiseaux chantaient avec
des paroles ; ils avaient un visage semblable à
celui des hommes, et des bras séparés de leurs
ailes avec de véritables mains, dont ils frappaient les paumes pour scander leurs strophes,
chacun sur une sorte d'île fraîche au milieu des
laves ; et toute l'incandescence liquide, seule
source de lumière, le jour pour l'immense archipel inaccessible, rajeunissait sa puissance.

« Il ne faut pas réveiller Félix, ni les ancêtres. »

Et Viola entre à grands pas soyeux, tenant sa
robe dans ses mains comme pour faire la révé-
rence, et se balançant, en se mordant les lèvres
pour ne pas pouffer. Gérard, avec un sérieux
jovial, de la main la supplie d'arrêter. Grelots.
Chuchoté :

« Mon Dieu, c'est le hoquet.

— Nous voilà bien lotis.

— Ne parle pas si fort.

— C'est toi qui parles fort.

— Veux-tu un verre d'eau ? »

Dénégation dans l'étouffement d'un fou-rire.

« Allez, couchez-vous, les princesses, ça se
calmera dans ton lit. »

Et j'ai dû perdre mon amarre, car je ne sens
plus la frappe de la digue, et j'entends le frô-
lement des poissons endormis le long de ma
quille.

Félix entendit la porte des sœurs se fermer,
les pas des frères qui s'en allaient ; mais il ne
se résolvait pas à décoller les paupières, à sortir

sa main dans le froid pour rallumer sa lampe. Il
caresse la page imprimée, rugueuse comme une
toile avant son premier lavage, tiédie par le
contact des draps. Étendant ses jambes heureuses
de leur fatigue, à la fois effrayé et ravi par l'idée
de l'heure qu'il doit être. Pourquoi rouvrir ces
yeux si bien cachés dans leurs cavernes de velours phosphorescent ; pourquoi remuer plus la
tête, alors que le seul frottement de la nuque
(cheveux qui ont besoin d'être coupés), est déjà
un empiètement sur le sommeil. Les plis que
fait le pyjama. Je n'ai pas fini, je n'ai pas fini...

L'autre rive avait l'apparence d'un désert de
sable. Des barques y abordèrent où des hommes
étaient enchaînés. Les gardiens les détachèrent,
leur lièrent solidement les coudes derrière le
dos et les firent descendre. Ils essayaient de se
délivrer, mais déjà les barques les abandon-
naient ; et ils s'enfoncèrent dans les régions ob-
cures pour se cacher de la lumière horizontale
du soleil passant, qui les poursuivait au travers
des tourbillons de poussière asséchante, et les
découvrait et les accusait ; et pour eux il y avait
une grande voix terrifiante, qui résonnait sur
les pierres.
« O mon serpent, mon puissant feu, par ta
gueule jaillit cette flamme même qui est dans
mon œil, et tes méandres sont gardés par mes
enfants. Distends tes mâchoires, et déchaîne-
toi contre les ennemis de mon père. »

Léon avait vu Mallet, Antonin Creil, et Crivier
saluer, et s'en aller ; il attendait résolument,
confortablement affalé dans son fauteuil chaud,

car il n'aurait pas voulu priver sa fille d'une minute du plaisir dont il pensait qu'elle jouissait
là-haut, alors qu'elle se morfondait, fatiguée,
isolée malgré les efforts d'Angèle, et se contor-
sionnait pour lire l'heure à la dérobée. Elle
commençait même à se demander s'il n'était pas
tout simplement parti sans elle, distrait comme
il était. Non, leurs vêtements étaient ensemble,
et il aurait bien vu que le concierge lui tendait
deux manteaux. La conversation devait durer
encore — comment pouvait-on parler si longtemps ? Si intelligent, disaient certains ; à
table il parlait à peine. Qu'elle aurait aimé
être en bas avec lui, à l'écouter... Mais en ce
moment il ne disait rien, et le grand salon paraissait presque vide, avec Wlucky, Vimaud, pa-
potant dans un coin, et le maître de maison
immobile devant sa table.

Et la voix continuait et résonnait sous la
basse voûte, et les hommes après peu de temps,
fascinés et désespérés, s'offraient d'eux-mêmes
à la destruction.

« C'est vrai, tu n'as pas dû passer par le
jugement ; les dangers les plus graves te seront
peut-être évités. »

A l'horizon de la caverne, une porte fortifiée
semblable à la précédente apparaissait dans la
lumière vert sombre. C'était comme si le soleil
était près de s'éteindre.

Félix monte ; il est très habitué à ces marches
de fer ajouré ; c'est un trajet qu'il a fait cent
fois. De l'autre côté de la rampe, au travers des
poutrelles de tringles croisées, on aperçoit de

petites automobiles qui tiendraient dans le creux de la main. Il se retourne pour savoir si grand-père n'est pas fatigué.

« Mais non, mais non », répond celui-ci avec un grand sourire vigoureux et surpris. Il porte un clair costume de sport, et balance une canne à bout de bras.

Et les voix s'entendaient à peine ; le bruit des pas d'en haut, feutrés dans leurs rognures de musique, envahissait. Mais Léon, qui devait faire un cours à neuf heures, aurait préféré ne pas ajouter aux nombreux ridicules qu'il craignait d'avoir, l'enrouement pâteux qui suit une nuit quasi blanche.

Il s'arracha.

Et l'eau commence à s'infiltrer entre les planches qui se démembrent, froide, moins froide que je n'aurais cru. Ce doit être de la neige qui tombe sur la mer grésillante. Resserrez-vous, bâches où je m'empêtre. Et l'oiseau qui vient de fermer ses serres sur ma main, je ne puis savoir sa couleur. Moins de vent qui murmure : Alexis, Alexis.

« Allez prendre votre fille, vous me cueillerez en redescendant.

— C'est cela », intervint Samuel, « tu nous la feras entrevoir. Laisse la porte entr'ouverte, s'il te plaît. »

Léon s'en va précipitamment. Claquement.

« Suis-je bête, il va me falloir sonner et déranger. »

La main gauche rasant le mur, il commença à

monter les marches, se chantant une mélopée incertaine et atonale. Le verre dépoli de la cloison de l'autre escalier fit un bruit de râpe sous ses ongles. Deux voix de l'autre côté chuchotaient.

« C'est lui ?

— Décidément c'est une fatalité ; on ne peut plus faire un pas dans cette maison sans rencontrer ce vieux schnock.

— Il va nous entendre...

— Eh, je l'emmerde... »

Mais Léon perdit la fin du dialogue. Les courbes des deux escaliers qui les avaient rapprochés jusqu'à les faire se toucher par cette fenêtre rugueuse, les éloignaient.

A la première plate-forme un employé en uniforme de gardien de square dit à l'oreille de Félix :

« Vous avez les billets ? »

Il se trouble, fouille dans ses poches, rougit, mais grand-père, qui le connaît sans doute, tire de sa poche un porte-cigare, et lui en offre

« Je ne pourrai le fumer que ce soir ; le service... »

On passe outre avec des saluts.

Le coup de sonnette fit un effet électrique sur Suzanne qui se dressa comme un ressort. puis resta immobile en regardant Angèle se diriger lentement vers la porte, car elle ne voulait pas aller ouvrir elle-même à son père dans cette maison qui n'était pas la sienne, et laisser voir ainsi qu'elle était heureuse qu'il vienne la faire partir.

L'étage est encombré de couples ; les pans des robes étonnamment longues s'élèvent, s'envolent, s'enroulent autour d'une compagne qui rit de la farce en cherchant à se libérer, de telle sorte que les accords des musiciens trapus dispersés parmi les danseurs qu'ils interpellent de leurs instruments, sont perpétuellement interrompus par un bruit d'étoffes déchirées. Il fait grand jour.

« Toutes les cavalières sont prises », murmure Félix.

« Il n'aurait plus manqué que ça. Nous sommes déjà en retard, dépêchons-nous, voyons. »

L'air de plus en plus jovial et américain.

« Puis-je saluer vos parents ?

— Mon Dieu », répond Angèle en s'esclaffant, « ils sont couchés depuis longtemps... »

Demi-grise, elle n'arrivait pas à se dépêtrer de sa phrase.

« Depuis un temps fou, depuis des heures... »

Elle se reprit :

« Je vous en veux de nous priver de Suzanne... »

Dans les remous d'un blues fluvial, la grande Bénédicte avec son cher Gustave tournent lentement.

Les yeux fermés, la lampe éteinte, il se retournait dans ses draps sans parvenir à passer sa rage.

N'aurait-il pas été bien heureux de briser le mur de gentils sarcasmes dont ils le saluaient, d'être leur ami ? Peut-être les avait-il exaspérés par des paroles maladroites ou des silences, mais qu'ils étaient stupides de lui tenir rigueur de sa famille, comme si la leur était la seule qui fût normale, alors qu'on les sentait si souvent exaspérés quand ils remontaient du second étage. Il avait des oncles curés, était-ce de sa faute ? Mesquins, deux hypocrites, anticléricaux comme des paysans, et bien pensants en plus à n'en pas douter, bons catholiques alors que c'était lui qui n'allait pas à la messe, deux enfants de chœur qui font des niches dans leurs surplis et sifflent le vin des burettes.

Et, qu'ils pensent de moi ce qu'ils veulent, qu'ils aillent au diable avec leurs sœurs et leur smala au grand complet. Leur attitude, non mais leur attitude, mufles, en plus de l'admiration réciproque, naturellement, l'esprit de famille, et les amabilités :

« Passez, mon frère.

— Je vous en prie, mon frère. »

Tandis que le reste du monde avait la permission de faire le pied de grue.

Au deuxième étage, ils rencontrent Gérard en uniforme d'aviateur, une rose à la boutonnière.

« Permettez-moi de vous présenter ma négresse. »

Il enlève le souriant visage de sa compagne et découvre une tête de chèvre.

« Naturellement c'est un bal masqué. Vous pouvez difficilement paraître dans cette tenue.

— Ne t'inquiète pas », répond grand-père, à la fois confidentiel et pressé, « nous ne pouvons rester, nous sommes déjà en retard. »

Il engage Félix dans l'escalier de fer qui tourne tant.

« Et Vincent, il n'est pas avec vous ?

— J'ai les yeux sur lui ; il était là il y a un instant. »

Il le hèle, mais sa voix se perd dans l'emmêlement des tringles et l'air ensoleillé, jusqu'à ce que tous les danseurs s'arrêtent, et relancent avec lui dans toutes les directions :

« Vincent, Vincent !

— N'importe », dit grand'père, « nous finirons bien par le rejoindre. »

Et puisqu'il ne faut rien exagérer, le petit frère était un très gentil garçon tout simple, et si heureux d'être à la fête, et même les sœurs, sans être des beautés, certes, certes, avaient leur charme, gentillesse, la grande réservée, l'autre naïve, toute en élans, et elles avaient fait des efforts pour être aimables, bien excusables d'avoir un peu d'aveuglement pour ces messieurs les fils aînés. Dadais, c'était d'être mouchés qu'ils avaient besoin ; alors la conversation deviendrait possible, et l'on s'apercevrait probablement que de toutes les belles qualités qu'ils s'imaginaient avoir, quelques-unes étaient réelles. Vincent était certainement un garçon brillant. Il dansait fort bien ; il le savait un peu trop, et il montrait un peu trop qu'il le savait, mais cela n'enlevait rien au fait. Quant à Gérard, il était manifestement capable d'amitiés solides, et l'on sentait chez lui toute la perspicacité d'un vrai bon sens. Dommage de les voir se gâter ainsi ; malheureusement ce n'était pas lui, le cousin des curés qui pouvait leur rendre le délicat service de les éclairer, pour la bonne raison qu'ils ne l'écouteraient même pas, puis-

que dès les premiers mots ils auraient attribué à
sa démarche des mobiles grossiers, ceux-là mêmes qui les auraient fait agir dans un cas semblable, l'envie par exemple, comme s'il avait
quelque chose à leur envier. L'héritier du titre,
ce jeune homme si distingué, découvrirait en
lui, pour son esclaffement, des trésors de vulgarité. Sottise. Rancuniers. Et la vie déjà difficile là-haut. Quelqu'un qui puisse avoir de
l'autorité sur eux, âgé...

Ouvrant les yeux, le plafond éclairé par une
fente de lune :

« Allons, je suis bien bon de m'occuper de
leur amélioration morale ; je ne pense pas que
moi je les empêche de dormir. »

Au delà des phosphorescences des rameaux
grumeleux, tandis que les pièces de ma chaloupe
sombrent et se dispersent autour de moi, cette
marée de visages qui ne m'est que trop connue,
et les lèvres de Louis distinct sur le sable, arti-
culent silencieusement : Alexis, Alexis.

Autrefois quand il était encore avec sa mère,
atténuant d'un sourire sa contrariété, elle lui
aurait dit de réciter son chapelet sur les doigts
de la main, et c'est la même médication qu'aurait prescrite sans doute tante Virginie.

Mais bientôt la numération, loin de le calmer,
ne fit que l'énerver davantage, et au rythme des
chiffres s'adaptaient des bribes d'airs remémo-
rés, des airs de danse, des airs de tout à l'heure.
Il voulait continuer, il fallait continuer. Tout
à coup il fut désagréablement surpris de s'entendre parler si fort ; si eux... Il rejeta violem-

ment les couvertures, s'assit sur son lit, alluma.

Il entendit deux portes se fermer.

Ils ont passé la dernière heure à autre chose. Entre nous soit dit, il faudra qu'il se décident, ou qu'ils renoncent au joli rôle de séducteurs associés, et le plus tôt serait le mieux, dans leur propre intérêt, car deux frères si pleins l'un de l'autre...

Dans le grand escalier les Levallois descendent.

« Alors, tu t'es bien amusée ?

— Oui, papa.

— Tu connaissais beaucoup de monde ?

— Non, pas beaucoup.

— Mais tu as bien dansé ?

— Oui, j'ai dansé.

— Eh bien, c'est parfait ; et il y avait un bon buffet ?

— Oh, excellent.

— J'étais sûr qu'ils feraient bien les choses. En somme, tu es contente de ta soirée ?

— Mais naturellement, papa.

— C'est l'essentiel. Il faut repasser chez Samuel Léonard, monsieur Wlucky doit s'en aller avec nous. »

Il sonne avec décision. Maintenant la vitre est obscure. Le maître de céans s'efforce d'effacer de son visage toute trace de reproche.

« Ma fille Suzanne.

— Enchanté, mademoiselle ; ainsi vous étiez à cette magnifique réception ; vous avez dû y rencontrer ma nièce.

— Mais certainement, monsieur ; elle était ravissante... »

Laquelle ? Laquelle ?

Pour se garder du froid, il serrait ses deux bras contre sa poitrine, et ses poings entre ses deux cuisses.

Ils n'y pouvaient rien ; s'il était parti, c'est parce qu'elle était fatiguée, et elle n'y pouvait rien non plus ; elle avait un air tout troublé, et lui aussi en avait assez, à dire vrai ; l'absurde était que maintenant les deux fistons allaient s'écraser dans leur lit, et hop, dodo, avec un grand portrait d'Angèle sur la cheminée de leurs rêves, alors que lui...

Vaine comme une enfant, flattée de ses gardes du corps...

Il y avait clair de lune ; se rhabiller ; une cigarette sur la terrasse ; après ça, il s'endormirait comme un plomb.

Au troisième palier, Viola, très affairée, verse dans des verres que Gertrude tient tout tremblants sur un plateau, une limonade particulièrement mousseuse.

« Et surtout, ne renversez rien ; vous savez comme tout le monde a soif en bas. »

Elle s'essuie les mains sur son tablier écossais.

« Oh, mais que c'est gentil d'être venu nous retrouver ; asseyez-vous ; mais si ; excusez-moi : j'ai un travail fou. Un verre de quelque chose ?

— Non, non », coupa grand-père, « tu es bien aimable, mais nous n'avons pas une minute...

— Vous allez jusqu'au reliquaire ? Bonne promenade... »

Et Félix en grimpant :

« Les reliques de qui ?

— Allons, ne fais pas l'enfant, tu sais bien que ce n'est pas vraiment un reliquaire, c'est un ex-voto. »

Je ne sais même pas son nom, mais Martine, qui le connaît bien, saura le retrouver pour moi. Elle vient d'éteindre sa lampe, et les draps me recouvrent les lèvres.

Il reprend sa chemise froide et grasse. De toute façon il faudrait en changer. Nerveux, il ouvre son armoire, cherche et choisit.

Et de nouveau le voici presque propre, comme s'il se rendait à une nouvelle invitation, mais il ne met pas de cravate, et enfile ses pantoufles écharpées.

Comme il craint le froid, il endosse son manteau sans passer les manches, et silencieux, soucieux de ne pas déranger tous les gens qui dorment à l'étage, il se dirige vers l'échelle métallique, au fond du corridor des chambres.

Vincent repose le broc qui va frapper le seau cylindrique blanc à liséré bleu avec de grandes écorchures comme des écailles de houille. Au-dessus, sur le mur couvert de taches d'eau sale, entre la bibliothèque bricolée par ses soins et la fenêtre sans volets, le miroir au tain brodé de petits nuages fantasques auxquels répond de l'autre côté de la brisure une tache circulaire comme une bulle.

Sur le toit court une sorte de promenoir à

rambarde, qui sert aux ramoneurs. On y accède par une trappe.

Louis la soulève.

La lune éclatante l'accueille, et de l'autre côté la coupole du grand escalier doucement lumineuse.

Il respire l'air froid, tire une cigarette et l'allume malgré le vent ; puis se met à marcher de long en large, les mains pesant dans les poches intérieures de son manteau, jusqu'à ce que son mégot lui ait brûlé les lèvres.

Alors, il crache le point rouge, et recommence à marmonner.

Le concierge dort sur son bras. Wlucky tousse. Il sursaute, regarde autour de lui d'un air noyé. On lui remet deux numéros. Exaspéré et résigné, il passe les vêtements, son visage immobile comme de la cire, assiste à l'endossage. Deux billets pliés viennent s'ajouter dans l'assiette. Il voit s'éloigner ces deux hommes et cette jeune fille en robe longue, compte les manteaux qui restent, se rassied sur son tabouret, le coude sur la table, la joue déjà barbue dans la main, l'œil qui se ferme.

L'escalier d'or tourne lentement sur lui-même devant grand-père qui se découvre.

Mais la fatigue envahit ses joues et ses yeux, ses jambes se plient comme s'il n'arrivait plus à se tenir, sa respiration se fait rugueuse, et c'est à peine s'il réussit à articuler, plus bas qu'à mi-voix :

« Montons vite, Félix ; nous avons laissé la

porte ouverte. Où peut bien être Vincent maintenant ? »

Non seulement quatre mais huit arcs de fer
tiennent à la cabine météorologique, centre de
symétrie selon lequel une seconde tour se déve-
loppe en s'évasant.

Félix recommence à monter les marches, mais
grand-père a grande difficulté, et lui-même a
besoin de plus d'effort pour chaque nouveau pas.

Les gouttes d'eau le brûlaient presque en
roulant, mais les paupières lasses reprenaient
vie et fermeté ; l'œil délivré et rafraîchi redis-
tinguait dans le miroir toutes les affiches punaisées, autour des deux moitiés de son visage,
bien moins connu.

...Vendue depuis trois ans, quatre peut-être,
(c'était un beau pays pourtant), à l'écart du village, presque seule au milieu des bois. De l'autre côté du jardin vivaient les métayers. Leur
garçon avait si brillamment passé le certificat
que l'instituteur les avait engagés à le faire entrer dans une école normale, et grand'mère
l'avait fortement appuyé. Qu'était-il devenu
maintenant ? Liseur, rieur, il avait l'air de se
moquer de tout, mais il était si aimable avec la
famille, et il savait si bien rester à sa place
qu'on le laissait jouer avec nous. Et puis un
jour très chaud (il devait avoir dans les dix-
sept ans, moi quinze, nous avions décidé d'atteindre le sommet des collines, tous les deux
seuls, car une si longue promenade aurait fatigué les plus jeunes, et nous avions déjeuné de
bonne heure dans la cuisine de grand'mère),
nous marchions depuis longtemps dans les bois.

Le soleil très haut forçait dans l'ombre bruis-
sante de brefs rayons poussiéreux. Je suivais
sans chercher à m'orienter, enchanté par ces
chemins sauvages que je ne connaissais pas, les
oiseaux, les lièvres qui fuyaient presque sous
nos pas, et les lézards sur les cailloux. Nous
sommes arrivés à une sorte de clairière. Alors
il s'est arrêté, ce qui m'a beaucoup surpris, car
d'ordinaire il attendait toujours ma décision ;
il m'a forcé à m'asseoir ; accroupi, il me regardait de ses yeux brillants, et son visage était
tout envahi par un sourire bien plus étrange
encore que celui que je lui connaissais.

« Je suis le démon », disait-il.

Gérard a entendu l'eau couler dans la cuvette
de son frère, le choc du broc et du seau, la
vidange, le rajustement du couvercle. Et maintenant il sait quelle porte s'ouvre, à qui sont
les pieds nus dans le couloir, et que la chambre
où ils se rendent est celle du domestique de
Samuel Léonard. Il prend un livre pour se
calmer, mais les mots refusent de s'assembler
en phrases. Pourquoi cette inquiétude, n'a-t-il
pas le champ libre désormais ? La chaleur accu-
mulée dans la soirée, de minute en minute laisse
place au froid.

Au ciel brillant, cristallisé, a succédé un
brouillard de plus en plus jaune, comme s'il
allait neiger, avec un grand vent remuant les
masses humides, les enroulant sur les piliers de
métal qu'elles attaquent comme des gaz acides,
de telle sorte que tout l'édifice devient incertain.
Le visage de grand-père semble flotter à trois

mètres au-dessous. (Ce n'était pas de la neige, mais des rafales de suie.) Félix veut le retrouver, et se retourne sur son lit, mécontent de lui-même.

Le livre est toujours à côté de lui, bien chaud, sous sa main. Il le sort d'entre les draps et le dépose à tâtons sur la petite commode, sans même ouvrir les yeux, puis, repliant les couvertures entre son épaule et sa joue, il appuie de tout son poids son visage dans le creux encore frais de ce côté-là.

Et les trois coups au clocher des sœurs.

IX

Samuel Léonard referma la porte sur Jacques Vimaud ; il laissa le rideau retomber derrière lui en grands plis lents.

Déçu.

Nous n'en sortirons pas.

Il arriva à la chambre d'Henriette, entrouvrit. Le visage un peu plus bistre sur les draps respirait régulièrement.

Elle est amoureuse ; elle rêve de son petit Lécuyer ; elle finira par me faire consentir à leur mariage. Pourquoi ai-je rusé toute ma vie, pourquoi l'ai-je fait inscrire au consulat comme la fille de ma sœur après l'accident ? Pour qu'elle me pardonne mes torts, il faudrait que je les lui explique ; tout cela est trop fatigant et trop vain.

Alors, comme chaque fois qu'il avait besoin de consolation, il traversa la cuisine et monta l'escalier de service. Il voulait le voir dormir, c'est tout, le caresser dans son sommeil ; il savait qu'il en serait apaisé.

Mais, quand il arriva là-haut, il vit une raie de lumière sous la porte, il avait déjà mis la clé dans la serrure ; il entendit un remue-ménage d'étoffes.

Le cœur battant, il hésitait, se retenant pour ne pas coller son œil et voir.

La chambre d'à côté était ouverte. Il entra, il vit le lit non défait.

A ce moment la porte en face s'ouvrit violemment.

Le scandale et l'effroi sur ce visage qui cherche à se composer ; lui aussi comprenait.

Gérard murmura d'une voix presque naturelle :

« Vous cherchiez quelqu'un ?

— Non, non, je vous remercie, c'est bien, c'est très bien. »

Et il répétait en s'en allant, comme une machine :

« C'est bien. »

Gérard vit son grand dos brisé s'enfoncer, puis il referma sa porte, et fourbu de pitié, sombra d'un coup dans un sommeil profond, où l'image d'Angèle surnageait seule, comme une divinité protectrice.

Il s'était précipité sous le lit, son pyjama froissé dans la main. La lumière s'éteignit ; par la fenêtre donnait la lune, qui semblait rendre toutes choses traversables. Et Vincent, haletant, gardait les yeux fixés sur la porte, qui ne s'ouvrit pas ; et il entendit son frère parler pour le sauver, et l'idée qu'il était au courant le remplissait de honte quoi qu'il en ait. Au-dessus les ressorts du sommier, et au-dessus le corps de l'égyptien immobile comme un cadavre.

Les parents Vertigues dorment, comme de

vieux amants réconciliés ; les derniers fidèles
s'en sont allés d'un coup ; Angèle est seule.

Maxime a oublié le malentendu qui l'avait
rendu si maussade, et il descend, la boîte à
disques sous le bras, avec Bénédicte et Gustave,
qui lui parlent d'un peintre dont ils ont fait
la connaissance récemment :

« Très gentil, très simple, et qui fait des
choses si curieuses ; n'est-ce pas, mon Gus ? »

Exagérément appuyée sur le bras du petit
taciturne, tandis que la robe qu'elle oublie de
relever bruisse sur les marches.

Et quand le silence fut totalement revenu,
Vincent réenfila son pantalon et sa veste, sortit
sans regarder derrière lui, et se réfugia dans
ses draps froids remâchant sa déconvenue, car
ce qu'il haïssait le plus dans la figure courante
de l'amour, l'aspect vaudeville et frivole, ce
qu'il s'était efforcé d'éviter à tout prix, voici
qu'il en avait été tout éclaboussé.

Et le visage d'Ahmed lui apparaissait plus
émouvant, plus désirable que jamais ; et toutes
les images de la soirée revenaient dans son
esprit, comme celles d'une ignoble comédie, où
il s'était efforcé de se tromper lui-même, pré-
lude à cette punition dont il avait été frappé.

Puis le concierge, tiré pour la dernière fois
de son demi sommeil, a contemplé les rayonnages enfin vides, la rangée de jetons enfin re-
constituée.

On remettra tout ça en ordre la journée prochaine, tous les deux ; il n'y a plus qu'à regagner
son lit.

Il a empoché pêle-mêle billets et pièces, remis verres et bouteille sur le plat, et se dirige avec l'ensemble tremblant vers la porte de la cave, car sa femme a pris soin de boucler la loge. Il ouvre, allume, descend les marches avec précautions, en retenant du dos le battant qui se ferme tout seul.

Or Henri Delétang, qui continuait ses pas perdus dans la poussière, quittant hâtivement la partie du couloir où il pourrait être vu, heurte une bûche, et s'étale.

Godefroy continue son voyage tintant, pose son plat sur le sol, cherche sa clé, tandis que l'autre se relève, passe la main dans ses cheveux sans prendre garde au fait qu'elles sont maintenant charbonneuses ; bien trop occupé pour le voir, agissant comme un somnambule, une petite lueur de conscience concentrée sur ses mouvements, passe, éteint, referme ; il n'y a plus que le losange de sa porte qui soit clair.

Mais la présence d'un regard, si voilé soit-il, empêche le cambrioleur de rallumer ; il lui faut aller dans un coin pour s'examiner à la lampe de poche. Il faisait chaud ; il avait laissé son manteau ouvert ; les cendres, le poussier, la mouture de briques, ont souillé même le gilet.

Mon maître va m'abandonner, dit-il, les yeux fixés sur la croix d'ombre que projette la lune, ramenant ses épaules nues sous la couverture, et seul dans ces maisons il va falloir chercher où coucher.

Et mon habit se salira sans qu'on me le remplace, dans ces maisons.

Il va falloir chercher où se laver, et je n'aurai plus de serviette pour m'essuyer les mains dans ces maisons.

Et le pain me sera refusé dans ces maisons, et ils me diront des injures ; fini de lire, dans ces maisons ; toute goutte d'eau me sera comptée, et le peu de chaleur, et jusqu'à la lumière du jour, dans ces maisons.

Alors je t'aurai bien perdu, mon fleuve.

Car quand il me verra au matin, il sera chargé comme une arme, et je n'ai pas à compter qu'il me pardonne, car il a dû se lasser de moi, depuis le temps.

La brosse du daddy fera l'affaire ; j'aurais bonne mine dans le premier métro ainsi poudré. Le temps que la jeune personne s'endorme d'un profond sommeil...

Le petit faisceau sur le cadran.

Fixons l'instant fatal à moins dix ; une demi-heure encore dans ces champs-élysées.

La dernière cigarette. Ne pas salir le bout avec mes doigts. Les dernières minutes vont être dures.

Ce n'est que la chaudière.

Mais Angèle déjouait ces calculs. Sa fatigue était si heureuse. Demain serait un autre jour, tandis que maintenant les accords, les pas, les gestes de la soirée continuaient à hanter les pièces familières métamorphosées.

Assise sur un tabouret, sa robe étalée autour d'elle, la tête dans sa main. (un disque mis sur le phono, très doucement comme si le son venait de loin ; toutes les lampes éteintes, sauf

une petite sur la cheminée, qui détachait les
plis de sa toilette presque blanche, dans l'air
surchargé de tabac), elle pensait au mariage.

Ce serait presque la même robe, avec un
voile, et des fleurs, dans les mains une superbe
gerbe de fleurs.

Quand nous avons débarqué, j'ai dit : nous
avons changé d'arbres ; c'est au départ d'Alexandrie que j'ai vu les derniers milans ; et mon
père avait une calotte de feutre ; et les murs
s'effritaient quand on les touchait de la main.

Choisissant les plus beaux lys, les plus belles
jacinthes, les plus beaux glaïeuls, et puis, devant la glace qui ne reflétait qu'elle sur un fond
noir, comme dans les vieux portraits des épo-
ques sans imagination, avec seulement, au coin
à droite, la double petite lampe dont le cuivre et
l'abat-jour rougeâtre sonnaient dans cet ense-
semble sans couleurs, cherchant la façon de les
tenir, elle imaginait les voitures, l'entrée à
l'église remplie d'enfants de chœur ; derrière
la troupe de ses chères amies, papa et maman
très émus, elle, décente, très calme, s'agenouil-
lant ; et les fleurs à ce moment-là ? Elle les
installerait sur le prie-Dieu, et elle aurait soudain les oreilles envahies de musique d'orgue,
et elle regarderait son époux avec orgueil et
soumission.

Et le soleil ne faisait pas défaut.
Dans ces maisons.

Rhodes. Une immense troupe d'oiseaux. Le

visage de Louis couvert de guêpes. Vous vous méprenez, Charlotte.

Et il sentait bien qu'il n'était nullement guéri ou délivré, et qu'il s'efforcerait un soir ou l'autre de retourner dans ce lit dont il n'était séparé que par une mince cloison de sixième étage (certes il serait aisé de s'aboucher avec l'autre pour tromper le vieux ; c'est cela, dans tout cela inéluctablement maintenant un ignoble parfum de farce), et que ce ne serait qu'une déplorable et traînante affaire d'adultère, qui les corromprait.

Quant à Gérard, quant à Angèle, les heureux...

Rassise, caressait les pétales.

Et elle regarderait son époux.

Capable d'avoir l'air à la fois heureux et troublé, et à qui il serait agréable de donner le bras au moment où les grandes portes s'ouvriraient.

Et l'on serait soudain suffoqué par l'air et la lumière du jour qu'il faudrait affronter les premiers.

Et les photographes.

Le mieux serait qu'il soit un peu plus grand qu'elle, pas trop grand naturellement ; mais cela n'était pas à craindre, la seule perche ç'avait été le prince chose, charmant, charmant, très bien élevé, on sentait la grande famille, ceci dit, on ne le reverrait plus, n'est-ce pas, reparti dans ses châteaux, conservant, enchâssé dans ses images de Paris, le souvenir d'une soirée délicieuse chez une jeune fille dont il serait incapable de se rappeler le nom.

Car ç'avait été une soirée délicieuse ; elle avait bien joué son rôle ; un début, certes, mais prometteur ; et maman avait si bien préparé tout, et papa avait été si dévoué, et si délicats tous les deux de se retirer avec tant de discrétion, et la vieille Charlotte Tenant si parfaite, et Gertrude même n'avait rien cassé ; à embrasser tous, tous.

Et déjà au matin ça ne sera plus pareil, la vie courante aura repris, qui bientôt nous aura séparés ; le mariage.

Donc pas avec le prince ; d'abord il ne tenait pas l'alcool ; amusant, mais pas pour sa femme. Quant aux autres, aucun n'était tellement plus plus grand qu'elle ; Henri Delétang par exemple, taille rêvée ; du charme ; fils d'un collègue de papa. Il est vrai que papa n'avait pas l'air de l'apprécier beaucoup, et il devait avoir pour ça de bonnes raisons, parce qu'il était assez vieux jeu, c'est entendu, mais il était renseigné. D'ailleurs impossible à tout prendre, prodigieusement énervant, passait un soir, mais même une une journée entière ; capable de toutes les mufleries ; pour commencer, cette personne ; il aurait pu prévenir ; et quel genre... Elle faisait tache. Joli couple, ma foi.

Dernières notes de piano, bruit de l'arrêt automatique.

Louis Lécuyer transi retira son manteau, le jeta sur son lit.

J'espère que j'ai encore du viandox.

Alluma son réchaud, don de la tante, alla chercher dans sa petite casserole, prêt de la

tante, un peu d'eau à la prise de l'étage près
des WC, s'efforçant d'éviter le bruit.

Et les voiles triangulaires ; l'eau descendait,
c'était l'hiver de là-bas, les îles qui se dessi-
naient de mieux en mieux ; passaient les ânes.

Très douces, les basses évoquaient de nouveau les danseurs, et, dans les arabesques de la
main droite, la reine renvoyait un à un ses
valets.

Ceux qui s'étaient empoisonnés, c'était visible. (Mais les Petitpaté étaient si bêtes aussi.
On ne les invitait que parce qu'on y était obligé,
pour rendre elle ne savait quelles politesses.)

Philippe Sermaize, peut-être un peu poseur.
Ils ne se connaissaient pas très bien encore ;
une plus grande familiarité ? Timide ? Les parents avaient l'air de le trouver à leur goût. Il
dansait avec correction... Henri avait l'entrain ;
jusqu'à certaines privautés d'un goût douteux.
Il se croyait à un bal de village. C'était Henriette — Brigadier, quel nom — qui en avait
fait une tête, quand il lui avait présenté sa nouvelle bonne amie.

Les Mogne, ceux-là s'en étaient donné, infatigables, la soirée sans eux n'aurait pas eu cette
gaîté, ce mouvement, cette fureur. Les parents,
hm ; pas de leur monde, quelle histoire... Vincent, si drôle avec son air sérieux. Quand ils
dansaient ensemble, elle avait vu ses parents
sourire d'un air attendri, à la fois admiratifs
et indulgents ; leurs préjugés pouvaient s'entamer.

Et le jour de la fête on pouvait cueillir toutes les roses. Et les grandes pastèques vertes dont l'intérieur frais était de la couleur de la langue.

L'autre, Gérard, si beau, si sain, avec pourtant comme des vagues d'inquiétude qui passaient dans ses yeux, ah, quand il dansait, ce n'était pas les complexes variations de son frère, mais une porte ouverte un clair jour de juillet.

Et les animaux du désert attendaient la tombée de la nuit de l'autre côté des falaises. On voyait la lumière au travers des ailes des oiseaux planeurs. L'automne les cigognes venaient des pays lointains, disait-on, où je suis maintenant, et où jamais je n'en ai vu.
Dans ces maisons.

Maxime pour finir, qui avait su lui sourire avec tant de reconnaissance quant elle était allée vers lui comme au secours d'un presque aveugle; ami d'enfance ; elle pourrait le rendre moins nerveux, moins distrait. Il était à peine plus grand qu'elle, et il savait se redresser parfois, avec une fierté tranquille.

Et ceux qui répétaient que la prière vaut mieux que le sommeil, et moi, non, non, je n'ai jamais su les jours de jeûne.
Dans ces maisons.

Rêvassait Angèle, comparant dans sa main ce qu'elle croyait ses atouts, et indéfiniment s'attardait, hésitant à jouer l'un ou l'autre.

Et l'ami d'Henriette Ledu, mais il me dévorait des yeux, c'en était gênant.

Du haut-parleur sortait un mince bourdonnement.

Et, regardant le bout de son soulier blanc dans l'ombre, elle cherchait à se les représenter, l'un après l'autre, en smoking, agenouillés sur le prie-Dieu, sortant de l'église, en voyage, en robe de chambre pour le petit déjeuner, en pyjama, et leur assortissait des cravates, tout en faisant tourner dans ses doigts les fleurs blanches qu'elle arrachait l'une après l'autre de son bouquet.

Il chauffait ses mains à la pâle flamme, s'étonnait de les voir tremblantes. Il fallait attendre ; l'eau n'allait pas chauffer d'un coup, surtout qu'il n'avait pas de couvercle. Recommença à marcher. Dans ses poches pliait et dépliait tous les doigts. Pour augmenter le nombre de ses pas rouvrit la porte, se mit à arpenter le corridor.

Il revenait sans cesse aux portes des deux frères. Au travers les murs qui lui semblaient formés d'un métal surchargé d'ions, grésillant, transparaissaient leurs corps phosphorescents dont la respiration énormément amplifiée l'assourdissait. Dans leurs draps noirs ils dépliaient et repliaient leurs longues ailes ; ils se nourrissaient de ses yeux dans leurs monstrueuses agapes ; ils l'avaient enchanté de concert, et leur rivalité n'était qu'un masque. Tout le sang d'Angèle passerait à laver leurs bras pour leurs sombres fêtes, puis ils l'abandonneraient vidée,

ridicule et vieillie, au fiancé convenable qu'auraient élu les deux parents Vertigues.

Et quand la lune brillait au ciel, toujours,
toujours, un peuple d'immenses étoiles l'ac-
compagnait. Adieu.
Lui seul pouvait me ramener, et maintenant
je vais être perdu sous la pluie.
Dans ces maisons.

Il était au départ de la rampe. Les marches
étaient doucement éclairées par la lumière ta-
misée qui venait de l'escalier principal en bas.
A ce moment un cri, aigu, puis s'évanouissant
comme une plainte de folle, déformé, à la fois
répercuté par les spires vides, et quasi étouffé
par les vitres, lui racle le visage.
Il se précipite.

Le visage d'un ancien acteur, les yeux ouverts, fixes et somnambules, cernés de noir au-
dessus du mince corps ganté, s'approchant dans
une chambre rétrécie. Les deux oreillers ; les
deux visages qui respirent ; la main de Lucie
caresse le menton rugueux.
« Tu ne dors pas ?
— Rendors-toi, ma chérie », murmure-t-il,
ennuyé.
« Tu as entendu ?
— Mais oui, cela venait d'en bas. »

Derrière les vitres dépolies la lumière vient
de s'éteindre.
Il ouvre le carreau de communication, s'efforce de passer.

Casse dans sa main, le jette.
Léger glas.
Saigne.
Il descend les marches du grand escalier, s'es-
suyant sur son pantalon. La porte des Vertigues
est grand ouverte ; une faible lumière la dessine.
L'interrupteur.
Et voit Angèle épouvantée, que Delétang em-
brasse sur la bouche ; lance un chandelier.
Fuite. Chute.
Elle a heurté l'arête du marbre à la tempe.

Lucie se dresse les doigts dans la bouche.
« Calme-toi. Cela semblait pourtant fini de-
puis longtemps.
— Je suis stupide, je sais bien, je suis stupide
d'avoir peur ainsi. »
Il allume la lampe de chevet.
« Martin...
— Quoi, voyons. Allons, recouche-toi. Ne
tremble pas comme ça. Couvre-toi, tu vas pren-
dre froid. »

Alors il voit : Angèle étendue dans une pose
anormale, le visage immobile, les yeux ouverts,
sa robe presque blanche noircie de grandes
taches.
Il la prend par les épaules, mais sa main
poisse de sang. Un genou en terre il cherche
un mouchoir.

« Bien, bien ; il ne faut pas être nerveuse
comme ça ; sinon je ne t'emmènerai plus voir
des films de ce genre. »
Il replie un triangle de drap sur le grand lit.

fait tourner ses genoux pliés ; ses pieds retrouvent leurs pantoufles. Les raies roussâtres de son pyjama le grandissent. Il gratte sa tête au travers de ses cheveux courts et désordonnés. Il enfile sa robe de chambre, brun monastique bordé de blanc, noue lâchement les brins de son cordon, donne un vif baiser, éteint :

« Sois sage... »

Traînant le pas, les mains dans les basses poches, chantonnant, se dirige à tâtons vers la porte d'entrée.

Comme il repoussait le battant, Lucie se faufile, enfilant une manche.

« Non, je ne voulais pas te laisser seul. »

Il hausse les épaules.

« Mais tu grelottes, mon enfant. La petite Vertigues en se couchant aura fait tomber quelque chose.

— Tais-toi, tais-toi, s'ils nous entendaient...

— Mais qui, ils ?

— Tu n'es même pas armé ; tu aurais dû prendre ton revolver.

— A quoi nous aurait-il servi contre un fantôme ? Un bon vieux chapelet ferait bien mieux mon affaire. Tout est parfaitement calme maintenant. Viens, nous allons écouter par le trou de la serrure ; quel âge avons-nous ?

— Je sais, je sais que je suis stupide. »

Et elle se serre contre lui.

La porte ouverte...

La lumière au salon...

Tout est silencieux pourtant.

Martin met la main sur la poignée.

Dormait Léon, dormait Lydie, comme des

flaques dormaient, comme deux troncs d'arbres serrés dans le filon d'une mine, dormaient sous une immense écorce fourrée de mousses, blindée de cristaux opaques, dormaient.

Dormaient Eléonore et Godefroy, dormaient Frédéric et Julie, dormaient Jean, Virginie, Alexis, dormaient Ahmed, Vincent, Gérard, dormaient le vieux Paul et Marie, dormaient Gertrude, Elisabeth, madame Phyllis, madame Tenant, dormaient les trois enfants de Vere, dormaient l'employé, la vendeuse, dormait Henriette Ledu, dormaient Martine, Viola, Félix.

Dormaient différemment, marmonnant, murmurant, respirant haut ou doucement, dormaient.

X

Et le grand escalier, pivot de l'immeuble qui venait de briller de toutes ses lampes pour quelques longues secondes, s'éteignit, car la minuterie fonctionnait de nouveau.

Henri Delétang lentement descendait les marches de l'autre, dont le bois craquait malgré sa souplesse.

Dès qu'il a entendu les pas, le grincement des gonds, Louis a fui dans le bureau Vertigues, et là, retenant sa respiration dans l'ombre, assis, les mains jointes serrées entre ses genoux repliés vers la droite, surveille les de Vere qui s'avancent dans le silence du salon, comme dans un lieu interdit, hésitant à chaque pas.

Une grimace tord le visage de Martin ; il aurait préféré éviter à Lucie ce spectacle. Il se retourne, la fait asseoir, puis se précipite vers Angèle.

Elle s'est trouvée mal, sûrement.

« Lucie, mon cœur, veux-tu être assez gentille pour voir s'il ne reste pas un peu d'alcool ? »

Il secoue la jeune fille pour la rappeler à elle.

« Mademoiselle, mademoiselle. »

La tête, les yeux grand ouverts, se balance.

Il l'avait crue endormie ; elle ne l'avait pas
entendu entrer ; la serrure avait été huilée récemment. Rien n'était encore perdu pourvu qu'il
allât assez vite. Mais naturellement, il avait
fallu qu'elle l'aperçoive ; alors il s'était jeté sur
elle pour lui fermer la bouche, et, quand il
l'avait eue dans ses bras, terrorisée... Et l'autre
qui était arrivé, et qui, l'air égaré... Il avait
juste eu le temps d'esquiver. Pourvu que ce pu-
tois ne l'ait pas reconnu. Salope. Ainsi c'était un
rendez-vous. Jolie souricière. Elle, qui la croirait ? Elle-même s'imaginerait avoir rêvé... Un
cambrioleur improbable qui n'aurait laissé aucune trace.

En bas.

Pas de poursuivant.

Il respire douloureusement ; s'efforce d'être
calme, d'aspirer et d'expirer régulièrement.

« Je n'ai trouvé que du porto », dit Lucie en
approchant avec un verre, l'autre main fermant
sur son cœur le grand revers du col de sa robe
de chambre à ramages.

Martin soutient la tête. Elle introduit le bord
du verre entre les lèvres encore peintes, ce qui a
pour effet de les retrousser comme d'un sourire,
mais les dents ne se desserrent pas, et aux taches
de sang, de cendre, et de poussière, s'ajoutent
celles du vin.

Alors les larmes. Il couche la morte, relève sa
femme, et l'embrasse de toutes ses forces.

« Tu crois que... »

Il lui essuie le visage.

« Mais c'est impossible ; et ses parents ?

— Ses parents doivent dormir, mon chéri.

— Il faut, il faut, il faut...
— Calme-toi, mon chéri, veux-tu. »
Il se penche pour prendre la main de la jeune
fille ; il a presque honte de la toucher ; elle
n'offre aucune résistance, et retombe. Ce n'est
pas encore un cadavre ; elle a encore sa peau,
ses muscles de vivante, pour quelques instants.

Ils lui apparaissent dans la lumière crue,
évoluant autour du corps frappé d'Angèle,
acteurs d'un drame liturgique, et les mots qu'ils
prononcent résonnent dans son crâne comme
dans un couloir de métro. Il ne cherche pas à
comprendre, il laisse les sons l'envahir et s'éva-
nouir, mais de temps en temps un caillot de syllabes se distingue ; tout, peu à peu, avec retard
et comme à travers un nuage de chuchotements,
prend un sens inadmissible.
Dans quel dessein agissent-ils ainsi, alors
qu'ils se croient sans témoin ? Que peuvent-ils
chercher à obtenir l'un de l'autre par cette si-
nistre pantomime, où ils font figurer la mal-
heureuse comme un accessoire de théâtre ? Comme leur mensonge est mal réussi ; est-ce ainsi
que l'on se tiendrait ?

Enfin, c'était loupé, l'idiote, avec ses yeux
effrayés de colombe ; elle avait beau jouer l'hor-
reur... Une petite grue sous sa robe d'enfant de
Marie. Il avait envie de la gifler. Et le joli
cœur avec qui, romantisme, flutiaux, et cha-
touille. Tant qu'à faire, mieux valait Clara ;
au moins on savait à quoi s'en tenir, elle ne
faisait pas de manières ; et l'amitié de ses pareilles, quand on se les était une bonne fois

attachées, était peut-être plus solide que celle
de ces petites chéries hypocrites et premières
communiantes. Et papa, maman, par derrière,
préparant déjà leurs faire-parts.

Dorment.
Et Gaston Mourre aussi dort.

« Comprends-moi, chérie, ce n'est pas que
je cherche à me défiler devant les responsabi-
lités ou les difficultés, mais je crois que nous
ne sommes pas à notre place. Je l'avoue humblement, je ne saurais pas du tout comment lui,
comment leur... Disons : leur annoncer la
chose. »
Ils le prouvent eux-mêmes par leurs gestes,
par le ton même de leurs paroles, qu'elle n'est
qu'évanouie ; sinon, pourquoi auraient-ils parlé
bas comme s'ils avaient eu peur de la réveiller ?
Elle a eu un choc ; elle va rouvrir les yeux ;
ah, ils auront bonne figure. Drôle de gens, ces
de Vere, et qu'est-ce qu'ils sont venus faire,
hein ?
« ... Si nous n'étions pas descendus ; et moins
nous paraîtrons dans cette affaire... Tu as une
mine affreuse, Lucie ; tu es toute blanche ; tu
ne vas pas te trouver mal, au moins ? »
Il a encore à la main le verre vide, va le
remplir.

Je les aurai, je les vendrai, les deux, la don-
zelle et son chien, et toute leur clique de famille
et d'associés. Une jolie suée qu'ils m'ont don-

née. Un beau mariage... Bon Dieu, je l'ai échappé belle.

Il longe du doigt la table du vestiaire. Il allume sa lampe de poche pour trouver plus vite le bouton de la porte. Une écharpe blanche par terre, soyeuse. Se baisse pour la ramasser, lentement, péniblement, comme si toutes ses articulations crissaient. L'enfile dans sa poche.

Et traînant derrière lui toute une charrette de pierres, il atteint enfin l'ouverture, et s'échappe.

Huis clos.

Il fait boire la vivante qui tousse. Mais ses traits restent tirés et blancs.

Comme s'ils se doutaient qu'il est là dans l'ombre à les épier, et que toutes leurs manigances n'aient qu'un dessein, celui de lui faire entrer cette idée dans la tête. Il y avait le râle, un certain nombre de symptômes préalables. Subit, subit, ce n'était jamais à ce point subit. Mais eux n'ont pas vu, et peut-être qu'ils sont sincères. Alors, quels bruits ne vont-ils pas répandre ?

Paralysé, les mains et les jambes aussi confondues que possible avec les lignes du fauteuil.

« Ecoute : nous pourrions, tu sais, il y a des prêtres au premier ; ils doivent savoir s'y prendre dans ces cas-là. Et puis je te ferai une tasse de tilleul ou un grog...

— Mais il faudrait éteindre au moins, ne pas laisser tout ce désordre...

— Non, non, surtout ne touchons à rien. »

Le Léonard veille comme une lampe d'église, dure sous la neige des secondes, l'esprit blanc.

Martin et Lucie attendirent longtemps.

Il fallait leur laisser le temps de se lever, de s'habiller ; ils avaient sûrement entendu, il ne fallait pas s'énerver.

Dans le silence de l'escalier ils pouvaient entendre le bruit du timbre.

De l'autre côté de la porte, isolés dans leurs chambres obscures, les trois Ralon se débattaient dans l'écho de mondes divers.

Alexis, Alexis.

O mon gardien, pourquoi m'as-tu abandonné ? Et plus encore que mon souci de Louis et de mes fils, le souvenir et l'attente de mon mari Augustin, qui rentre après un voyage insensé.

« J'ai entendu sonner ; quelle heure peut-il être ? »

Elle allume.

« Quatre heures douze... Ce doit être Louis, ça ne peut être que Louis ; il doit lui manquer quelque chose ; mais pourquoi n'a-t-il pas attendu jusqu'au matin ? »

Une troisième sonnerie, furieuse.

Quel fou avec ses délicatesses ; quelle idée de ne vouloir entrer que par la grande porte. Vraiment, à une heure pareille, il aurait pu s'éviter le détour ; c'est qu'il y avait la soirée, la fameuse soirée ; ils sortent rudement tard. J'ai eu bien tort de ne pas lui faire faire une clé ; il aurait pu chercher ce dont il avait besoin sans réveiller sa vieille tante. Je le lui avais proposé, toujours il m'a répondu que ce n'*était* pas la peine avec un air exaspéré. Pauvre chou, je suis bien inquiète.

Elle enfile ses pantoufles, et sa robe de chambre violette. Ses cheveux gris en mèches entourent son visage démasqué.

Tout d'un coup la peur la saisit.

Mais qui alors ? Et ç'aurait été étonnant de sa part, lui si discret, si distant presque, en tout cas si timide. Ne vaudrait-il pas mieux d'abord éveiller Jean ou Alexis ?

Elle n'était ni si sotte ni si vieille.

Mais elle se dirige au plus vite vers la cuisine, déverrouille, grimpe quelques marches de l'escalier de service, et ouvre le carreau de la fenêtre de communication.

Trois coups de sonnerie en crescendo.

Elle voit de dos ce couple en robe de chambre qui attend. Sans doute monsieur et madame de Vere, ces peintres.

En désespoir de cause, il se met à donner des coups de poing dans la porte.

Elle ouvre.

« Mon Dieu, monsieur et madame de Vere ; comme vous m'avez fait peur. Je m'excuse de vous avoir fait attendre si longtemps.

— Nous sommes désolés de vous réveiller à une heure pareille », balbutia Martin désarçonné de trouver devant lui la vieille dame. « Est-ce qu'il serait possible de voir un des abbés ?

— Mon Dieu, puisque c'est moi qui vous ouvre, c'est qu'ils dorment. Vous feriez mieux de me dire pourquoi vous venez...

— Je vous en prie ; nous sommes terriblement confus de vous causer tout ce trouble, mais c'est urgent.

— Mon neveu ? »

Dénégation.

« Nous ne resterons qu'un instant ; ma femme est très fatiguée, toute cette histoire ; nous lui parlerons très bien dans son lit... »

Elle a écouté tout cela dans l'entrebâillure de la porte.

« Je vais essayer d'en réveiller un », dit-elle, les laissant dehors.

Ils sont bien partis, ils ne reviendront pas. Louis se lève enfin, s'arrête un instant pour resserrer son nœud de cravate, et ne rencontre que le bouton de son col. Ce fait, auquel il ne trouve pas d'explication le gêne comme une piqûre d'insecte.

« Ce dont elle aurait besoin c'est d'un docteur ; ils auraient pu aller chercher un docteur ; ma tante en connaît sûrement, mais la réveiller à cette heure... »

Comme la salle est grande. Mon sang bourdonne dans mes oreilles ; à chacun de mes mouvements je suis pris d'une sorte de vertige comme s'il me suffisait de fermer les yeux pour tomber tout d'une masse endormi. L'autre pièce sombre comme une immense grotte, où brillent les verres et les flacons au-dessus de la nappe, le rectangle de la glace, et les reflets sur la vitrine. De loin en loin on reconnaît un meuble ; et, disposés en couronne tout autour de la pièce, les cendriers remplis de mégots blancs et jaunes, avec des pétales de rouge à lèvres. Cette odeur qui glisse sur le visage, rêche comme du sable humide. Des miettes, des fragments de gâteaux, écrasés près des pieds des chaises. Tous les

coussins semblaient creusés par le poids d'invisibles personnages. Comme cet espace était peuplé, il y a quelques heures ; on n'y pouvait
danser sans se heurter. Et moi qui aurais tant
voulu rester, voilà que je suis revenu. Les deux
Mogne ont eu beau alterner leur faction, je
suis seul avec elle, sans que personne en sache
rien.

« Alexis, Alexis.

— Oui », fait-il en retournant sa longue tête,
mais sans ouvrir les yeux.

« Réveille-toi, Alexis. »

Il se dresse sur son coude, en se secouant
comme un chien.

« Quelle heure est-il ?

— C'est monsieur et madame de Vere.

— De Vere ?

— Oui, les gens du cinquième.

— Qu'est-ce qu'ils veulent ?

— Je ne sais pas ; ils sont en robe de chambre ; madame de Vere est blanche comme un
linge ; ils veulent te voir. »

Il regarde l'heure à sa montre-bracelet suspendue à son clou.

« Mais ils sont fous. Qu'est-ce qui leur prend,
à une heure pareille ? Je n'aurais jamais cru
qu'ils fussent catholiques, ceux-là. Si c'est pour
se convertir, ils auraient pu attendre huit heures
du matin. Il y a un enfant chez eux qui n'est
pas bien et ils veulent le faire baptiser ? Une
lubie qui les aura pris, et dont ils auront honte
une fois qu'il fera jour...

— Mais je n'en sais rien, mon chéri ; ils
sont là, ils veulent te voir, ils sont dans tous

leurs états ; ils disent que c'est urgent. Non, non, ne te lève pas, ce n'est pas la peine ; ils m'ont dit que ce n'était pas la peine.

— Eh bien, fais-les entrer, ces gens ; ils doivent prendre racine. »

Elle va pour les introduire.

Les souliers blancs à demi-talons, la robe étalée, les fleurs dispersées, les taches de suie et de cendre, et cette pourpre, comme tout cela est isolé sur les planches, tous les objets semblent s'être écartés.

Louis suit les contours, les plis, cherchant à surprendre le moindre mouvement. Il a peine à ne pas se retourner brusquement pour voir si quelqu'un n'entre pas.

Et tous les prétendants rivés dans les fauteuils, sans bruit, tout droits comme des juges, les genoux serrés l'un contre l'autre, les mains appliquées sur les cuisses, paumes cachées, les prunelles fixes.

Tu ne nous échapperas pas. Louis Lécuyer dont le père est mort et dont la mère a une réputation contestable.

Dis, qu'as-tu fait de cette Angèle que tu dévorais du regard, et qui n'avait d'yeux que pour nous ?

Je suis seul avec elle, et nul ne s'en doute, et les de Vere mêmes qui étaient là ne m'ont pas vu.

Ils dorment au-dessus ou dans leurs maisons lointaines, bien enfermés dans leurs lits ou leurs rêves, et ne pourraient venir me troubler.

Mauvais génies qui la hantiez, cette heure m'a été réservée à moi seul.

Comme ils se moqueraient de mes terreurs.

Eh, c'est l'heure inaccoutumée ; calme-toi, curaillon, enfant sage.

Ils se sont immiscés dans la pièce claire, et ils se tiennent en cercle.

Mais ce ne sont que des fantômes et un seul regard les dissoudrait.

Calme-toi, criminel, criminel.

Ils m'ont interdit de la voir ; ils l'ont distraite, ensorcelée.

Angèle, il est grand temps que vous me rassuriez ; nous sommes seuls, je vous assure, nul ne saura que nous avons passé cette heure ensemble, et que je suis venu à votre secours. N'allez-vous pas briser le charme où ils vous tiennent ?

« Je suis désolé de vous recevoir dans cette tenue », disait Alexis, passant sa main sur son menton.

Il s'était assis sur son lit ; sa chemise de nuit échancrée laissait voir les poils de sa poitrine ; à l'entrée de Lucie, il se boutonne en rougissant. Ses longues mains jaunes, étendues sur la couverture couleur purée, le grand oreiller dressé derrière lui, ses yeux rougis, le souci marqué sur ses traits, tout lui donne l'air d'un malade, faible encore, à qui l'on permet quelques visites.

« En quoi puis-je vous être utile ?

— Nous allons vous exposer les faits : nous étions endormis, ma femme et moi...

— Oh, asseyez-vous, je vous en prie, au moins vous, madame, sur cette chaise ; mon Dieu, vous ne semblez pas bien...

— Nous ne restons qu'un instant. Nous étions

endormis, et nous avons entendu un grand remue-ménage à l'étage inférieur. Ma femme était
effrayée. Nous sommes descendus pour voir si...
Et la porte était ouverte, la porte de monsieur
Vertigues, vous me comprenez bien, la lumière
était allumée. Tout était fini depuis longtemps ;
au premier abord il n'y avait plus personne ; et
puis, nous nous sommes aperçus que la jeune
fille était morte... »

Il regarde les cheveux, car la tête repose sur
l'oreille, et il ne voit pas encore le visage. Ses
mains s'approchent pour le caresser ; il est à
genoux, il va l'embrasser ; elle sourit ; elle a
les yeux ouverts ; elle a l'air de se moquer de
lui ; elle a du sang sur la figure. Il se relève
brusquement.

« Angèle, pourquoi vous êtes-vous jouée de
moi à ce point ? »

A ce moment s'interpose l'image d'Henri, le
corps horizontal dans la fuite, un pied heurtant
celui d'Angèle, un œil caché par un appareil
photographique. En même temps que le déclic,
il entend qu'on s'esclaffe. Il se retourne et se
précipite pour se battre. Bien sûr il n'y avait
personne.

S'essuyant le front, machinalement s'en va,
ferme la lumière en sortant — seule brûle la
petite lampe sur la cheminée —, claque la porte
derrière lui ; titubant dans l'obscurité.

Réveiller Alexis ; lui seul était capable de
comprendre ; et surtout que tante Virginie ne
sache rien. Longe le mur. Une ligne de lumière
verticale fend la porte. Quelle heure est-il donc ?
Quel mauvais rêve. Pousse le battant avec l'é-

paule, se glisse ; il y a du bruit dans la chambre :
« Nous avons laissé la porte ouverte ; nous ne
savions pas comment... ; nous avons pensé... »

Alexis est assis dans son lit ; ces deux personnes... Et la tante aussi, comme elle écoute...

Elle le voit ; elle se retient pour ne pas crier ;
son front se ridant plus encore, ses yeux élargis ;
sa main a sauté à sa bouche ; les de Vere vont
se retourner ; Alexis...

Un endroit où ils ne me retrouveront pas ;
tout le monde sait tout maintenant ; et le froid ;
et dormir jusqu'à ce qu'ils me prennent.

A tâtons cherche la porte de la cave. L'escalier s'allume. Se précipite, descend les marches,
s'efforce de courir dans le noir, descend à la
seconde cave.

Se heurte, s'érafle, tombe.

Il fait chaud ; le sifflet d'une soupape brusquement fait résonner son long cri sourd.

Vagues, non vagues,
vous ne m'emporterez pas ; ô Vierge Marie,
grands yeux désolés tout remplis des pressenti-
ments de la croix, si elle existe en vous cette
compassion dont on parle, n'a-t-elle pas une
belle occasion de se manifester ? Voyez ce qu'ils
ont fait de moi.

Les larmes de Louis coulent dans la poussière ;
les lèvres du détroit de cendres se referment.

« Je sais, je suis folle, je suis effrayée, je n'en
puis plus, Martin ; n'avions-nous pas laissé la
porte ouverte ?

Martin, tu as vu, ce moment où madame Ralon
a eu cette expression ; je me suis retournée ;
j'ai eu l'impression qu'il y avait quelqu'un ; et tu

l'as vu ; tu ne veux pas m'effrayer, mais il rôde encore ; mais il faut prévenir l'abbé Martin, c'est affreusement dangereux...

— C'était ce garçon qui est leur cousin, je crois. Il est venu à cause du bruit, et il est reparti dès qu'il a vu l'air fâché de sa tante. Nous n'avons plus qu'un étage à monter. Allons, appuie-toi contre moi, tiens-toi à la rampe.

— Et les enfants, Martin, pourvu qu'ils n'aient pas été réveillés.

— Monsieur Mourre était là, chérie. »

Ils sont allés les contempler ; une respiration si régulière, et leurs beaux cheveux dans un tranquille désordre.

« Couche-toi ; je vais t'apporter un grog. »

Pourquoi le cousin des curés était-il habillé, pourquoi sans cravate ? Cet air hagard...

On ne peut s'empêcher de reconstituer...

Il traverse son atelier ; derrière le panneau vitré, le ciel commence à verdir. Il aperçoit soudain, sur le grand tableau inachevé, des taches noirâtres.

Quand il apporte le verre fumant, Lucie s'affole de son air défait.

« Qu'est-il arrivé ?

— Mais rien, ma chérie, rien de plus. Bois. Il y a un tableau abîmé, perdu, tout à fait perdu ; je ne sais pas comment cela a pu se produire ; décidément je ne fais que des bêtises cette nuit. »

Il se couche, éteint, caresse le visage de sa femme.

« O Lucie, Lucie. »

Le sommeil revient lentement.

C'est un beau, c'est un grand mariage, disent

les gens à la sortie du cinéma illuminé. Tout est brillant à l'intérieur ; la salle est comble. Une procession d'enfants jonche l'allée de roses blanches. Angèle à ses côtés, vêtue d'une éblouissante robe jaune, presque blanche, brodée de fils d'argent et de plumes d'autruche grise, avec des roses rouges à ses tempes, et d'autres parsemées sur sa poitrine et ses épaules, voilée, incroyablement coiffée d'une couronne qui se termine en paratonnerre noué de fils de soie de diverses couleurs, dont les prétendants tiennent l'autre bout ; puis les parents Vertigues, tante Virginie, Alexis et Jean en ornements, Charlotte avec un grand chapeau de fleurs.

Le cortège s'approche de la scène où l'on a dressé un grand lit. Au-dessous, l'écharpe tricolore derrière la table verte. Le buste de la république est remplacé par une statue de la Vierge Marie qui a exactement la même robe qu'Angèle. Le maire n'a pas de traits ; son visage est lisse comme un grand genou. Aussi c'est un haut-parleur qui prononce :

« Veuillez faire un peu de silence, afin que la cérémonie puisse commencer. »

Les orchestres se taisent. Vincent Mogne s'élance, et commence à voler en cercle autour de l'antenne d'Angèle, et, un à un, les cinq autres le suivent ; ils tournent lentement à trois mètres du sol, avec des mouvements de nageurs. Du plafond tombe une bruine d'encre ; chaque fine goutte fait une tache. Le tocsin.

« Henri Delétang, voulez-vous d'Angèle Vertigues pour épouse ?

— Mais non, c'est moi, Louis, Louis ; vérifiez

dans vos papiers, il y a une erreur quelque part. »

La pluie s'épaissit ; moins de lumière. Louis arrache le voile ; la foule entière pousse un cri ; c'est un visage d'écorchée ; les lambeaux de peau s'écartent et palpitent comme la corolle d'une anémone de mer ; les muscles se détachent à leur tour ; les veines, les artères déploient leurs délicates arborisations. Il se retourne ; la statue de la Vierge a une tête de chatte. Les lames du plancher s'écartent ; Louis s'enfonce dans le sable.

Puis sonne le clocher des sœurs.

XI

Le cône de lumière, tenu par la main soi-
gneuse mais fatiguée,
    (à sa droite une flaque d'eau, à gauche un
affaissement sec)
sonde, ausculte, vacille,
    s'accroche à des plis d'étoffes, zigzague. Une
chaussure.
Le cercle en diminuant se fait plus intense,
    dissolvant l'ombre d'une faible frange irisée.
La main,
    la poche, le mouvement de l'épaule jusqu'au
col
    (qu'il respire fort,
    il est comme en larmes dans son sommeil)
    le nez qui s'appuie dans la poussière, dont
l'aile
    s'ouvre et se relâche, et l'œil fermé
    qui se resserre et se détend, le son rauque
    et l'haleine où l'odeur de l'alcool s'est pourrie.
Ivre-mort ?
Que veut dire ce cou sans cravate, et le sang
caillé sur cette main ?
Le faisceau de la lampe comme attiré revient
sur le visage, frappe en plein l'œil droit.
La tête se retourne, cherche l'ombre. Les

vêtements, la peau, les muscles au-dessous se
tordent lentement comme sous l'effet d'une brû-
lure, et les souliers raclent le sol.

Piteuse image de moi-même ; avait-il ce veston quand il est venu la chercher ?

La bouche et les yeux s'ouvrent, le front se
barre de plis. Cherche une issue, fasciné.

« Venez », lui dit la source lumineuse, d'une
voie lourde.

« Qui êtes-vous ? Que me voulez-vous ? »

Il avait parlé bas, mais le son résonne dans
la crypte. Une goutte d'eau tombe sur une
flaque. Sensible comme celui d'un galvanomètre
à miroir, le faisceau lumineux oscille, puis se
fixe à nouveau sur Louis.

« Venez », avec lassitude.

« Je n'ai rien fait.

— Je ne vous veux aucun mal. Venez. »

Fou de rage contre cette lumière tremblante
qui l'inspecte, il se précipite tête en avant. La
lampe roule par terre, faisant surgir de l'ombre
un fragment de mur.

« Ramassez ce que vous avez fait tomber. »

Louis obéit. Il éclaire les pieds, puis les pantalon de cet autre qui le tient dans sa poigne.

« Allons, montez chez moi ; passez devant,
je vous prie. »

Et à l'heure de notre mort. Ma tête.

Ma pauvre tête et mon ventre qui ne va pas ;
les minutes vont être longues jusqu'au matin
de tous les autres. Il me faudrait encore du café
bien chaud, mais Charlotte ne sera pas contente
si je lui dérange sa cuisine.

Je suis vieille et je deviens folle. Qu'aurait-il

à faire avec tout ça ? A quelle heure se réveille-
t-il ? Pas avant huit heures ; j'irai, je verrai
bien. Quelle aventure ; il n'a que moi au
monde ; dans mon affolement j'ai cru voir sa
tête passer ; une sorte de cauchemar. Ce monsieur a eu quelques secondes de surprise ; je me
suis imaginée qu'il l'avait vu lui aussi, mais
non, je battais la campagne. Mais ce visage,
cet affreux visage, était-ce donc Louis ? C'était
Louis que j'imaginais, mais si changé, avec un
air, non, je ne peux pas dire...

Je ne sais plus si j'ai crié. Mon Dieu, si je
n'étais pas habillée à cette heure indue — ma
montre est arrêtée, mais il ne peut pas être
six heures, le soleil est loin d'être levé —, en
train de dire mon chapelet, je croirais que tout
cela est un rêve, un long et pesant mauvais
rêve, mais il n'y avait que le visage de Louis
qui était un rêve, et tout le reste était réel : ils
étaient là ; ils ont sonné, ils nous ont réveillé,
et je suis allée leur ouvrir ; ils nous ont raconté
cette histoire ; la petite jeune femme en était
tremblante, et si dépaysée. Alexis l'aurait vu
comme moi, et je me souviens bien qu'il n'a
pas bougé ; à moins qu'il n'ait pas voulu avoir
l'air d'avoir vu, parce que lui-même se demandait si c'était seulement l'émotion, l'heure, et
la fatigue ; et même s'il n'avait vraiment rien
vu, cela ne voudrait pas dire qu'il n'y ait rien
eu en réalité, puisqu'il ne regardait pas de ce
côté-là, et qu'il était tout empêtré de sommeil.

Je vous salue, Marie, pleine de grâce...

Mais les derniers mots accrochent comme un
cran, et les deux doigts restent sur le grain
comme paralysés.

Il me hait ; il a voulu me livrer lui-même ; il a tout épié ; il a tout monté ; et il est venu me prendre au piège où il m'avait fait tomber.

Un étang de cendres froides a envahi la cage de l'escalier. Ils y nagent ; tous leurs mouvements sont comme alourdis de scaphandres. Louis essaie de se dégager. Tout d'un coup il est arrêté par la vue du visage glauque de Léonard, par les paroles chuchotées :

« Voyons, ne faites pas l'enfant.

— Mais qu'avez-vous, monsieur Léonard ? Etes-vous malade ? Quelle heure est-il ? »

Il se laisse guider, comme un aveugle par un borgne.

Le réveil sonne dans la chambre de Charlotte Tenant. Il fait encore nuit, mais on en est moins sûr ; derrière les rideaux un commencement d'aube s'appuie aux vitres.

Cinq heures et quart.

Mais,
dit Virginie Ralon, en se levant brusquement,
qu'en savent-ils ? Des peintres ; presque la première fois qu'on leur parle. On vit depuis des années dans la même maison, on est habitué à leur allure et à leur nom, et si quelque événement vous met en contact, on risque d'oublier qu'on ne les connaît ni d'Eve ni d'Adam, et qu'on ne sait en rien dans quelle mesure leur parole mérite confiance, surtout à cinq heures du matin. Quelle idée de venir réveiller Alexis, comme s'il y pouvait quelque chose, alors qu'il ne ferait que brouiller les cartes. Et

ces pauvres gens qui dorment encore, à ce qu'ils disent. Ce qu'il faut, c'est un médecin. Tête de linotte, ah je plains ses enfants, ne pas même songer à ça ; et s'ils se mettent à répandre ce bruit, stupides, stupides, et naturellement en mêlant Louis à leur roman, alors qu'il n'y a peut-être rien, et que de toutes façons il n'y est pour rien, et que s'il y est mêlé ce n'est en rien de sa faute, et qu'il n'aille surtout pas s'imaginer qu'il est responsable, et que la première chose à faire serait d'effacer toute trace de son passage avant l'arrivée du docteur, et même avant que les parents se réveillent s'il est encore temps, car ils ont laissé la porte ouverte pour Alexis, disent-ils, comme s'il eût été convenable pour lui d'entrer subrepticement comme un voleur — il faut que je lui dise d'attendre —, et si je puis entrer sans déranger personne, cela vaut bien mieux, car je verrai bien qu'elle est revenue à elle, ou qu'elle dort paisiblement.

Elle entre dans la chambre de son fils qui s'est renfoncé dans ses couvertures.

Se penche, parle très bas, très maternelle :

« Ecoute, Alexis, ces peintres m'avaient l'air bien exaltés, et la femme presque malade ; toute cette histoire me semble fort suspecte, et je vais aller aux nouvelles. Crois-moi, je saurai bien réveiller les parents le cas échéant, et s'il y a besoin d'un médecin, ils ont sûrement le téléphone, c'est un homme d'affaires. Naturellement je descendrai te chercher dès que ta présence sera utile. Si jamais tout cela n'était qu'un absurde malentendu, tu te couvrirais de ridicule, comprends - moi, tandis qu'une vieille comme moi, cela n'a aucune importance. J'insiste. Pas de bruit, pas de bruit ; surtout ne réveille pas Jean, ce serait trop bête. Je vais y aller comme une souris. »

L'embrasse, arrange la couverture sur ses épaules.

Ne bouge pas, ne comprend pas, regarde l'heure.

Et Louis ?

« Votre nièce Henriette...

— Entrez, entrez ; ma nièce, que voulez-vous dire ? Non, non, nous ne la réveillerons pas. Elle est allée à une soirée dansante qui l'a fourbue. »

Le rideau rouge qui retombe.

Le renard bleu avant-coureur du matin, semblable à la dernière odeur de menthe avant l'hiver, enfonce toutes les aiguilles de sa fourrure dans le gel de l'air.

M'avait demandé de la conduire.

« Installez-vous sur ce fauteuil. »

Il y avait du monde ici-même, où j'entre pour la première fois.

« Vous tremblez ; je vais allumer le radiateur. »

Sa main droite lui fait un peu mal. Sois bienvenue, fleur de chaleur. Devant la fenêtre se détache la haute silhouette de Samuel, versant.

« Vous avez déjà considérablement bu cette nuit, moi aussi du reste ; j'espère que cela nous fera encore du bien.

— Merci. »

S'assied en face, étend les jambes, dévisage l'autre, le recroquevillé, sale des pieds à la tête.

« Qu'allez-vous faire maintenant, dites-moi ?

— Que savez-vous ?

— A vrai dire pas grand'chose. Je vous en prie, calmez-vous ; je vous assure que je ne vous veux aucun mal. Mais j'ai comme l'impression que vous vous êtes mis dans un beau pétrin.

— Pourquoi êtes-vous éveillé, pourquoi m'avez-vous épié, qu'est-ce que je vous ai fait à vous ? Il s'agit bien de votre Henriette. Pourquoi ne m'avez-vous pas laissé dormir en paix ? »

La colère envahissait les muscles de ses doigts. Après cette explosion, la tension baisse brusquement. Le verre tombe.

« Reprenez-vous. Voilà ce que je sais, mon pauvre ami : je me trouvais éveillé, j'ai entendu un étrange remue-ménage, les de Vere qui descendaient chez vos cousins, et vous entrer puis ressortir, je ne savais pas encore que c'était vous, j'ai allumé, et je vous ai vu entrer dans la cave. Les de Vere sont remontés, j'ai attendu, par curiosité, car tout cela était bizarre, vous l'avouerez ; puis je suis allé vous chercher, j'étais inquiet. Henriette avait une certaine inclination pour vous ; elle voit si peu de jeunes gens, la pauvre fille ; mon Dieu, je ne peux pas dire que j'attachais beaucoup d'importance à la chose, ni vous non plus, d'ailleurs,, vous en profitiez, voilà tout ; ne protestez pas, je vous en prie ; en tout bien tout honneur, bien entendu ; l'ennui, c'est que j'avais commencé à craindre qu'elle, dans sa naïveté, ne prît la chose un peu plus au sérieux ; j'avais quelque ambition pour elle, et vous ne me sembliez pas un parti, comment dirai-je, très prometteur ; j'étais injuste et stupide, mettons ; je ne vous avais jamais

regardé avec attention ; vous étiez une silhouette
que je croisais quelquefois, et qui me paraissait
timide, effacée ; et puis j'avais peur que vous
ayez quantité de préjugés, à cause de votre
famille ; je m'excuse de vous parler comme
cela, je n'ai nullement l'intention d'être brutal,
et je vois bien que je me conduisais, croyant
mener le jeu de cartes, de la façon la plus mesquine et la plus imprudente ; orpheline obsédée
par l'idée du mariage, c'était à vous qu'elle pensait quand elle organisait en imagination sa vie
future, c'était de vous qu'elle ne me parlait pas,
car elle se rendait bien compte que l'affaire
pour moi était définitivement close, sans que
j'eusse même pris la peine d'examiner les pièces ;
j'étais tellement sûr que son établissement était
ma tâche. Et vous, pendant ce temps, vous
moquiez d'elle avec une autre, avouez, vous ne
l'avez accompagnée qu'avec ennui, alors qu'elle
aurait tout fait pour vous, qu'elle m'aurait abandonné pour vous, qu'elle serait partie à l'aventure ; vous le saviez, vous en jouiez, vous en
jouissiez, n'est-ce pas ; si seulement vous l'aviez
aimée comme elle méritait d'être aimée ; je
m'efforçais de tout faire aller le mieux du
monde, et puis les choses se sont dérangées.
J'étais tout prêt à vous entendre si vous étiez
venu me parler à son sujet ; j'aurais tout mis
à votre service ; comme j'aurais su plaider votre
cas devant cet ancien moi-même découronné ;
hélas, j'ai peur que tout ceci ne soit qu'un autre
songe : dites-moi, qu'avez-vous donc fait cette
nuit ? »
Le froid fait se rétracter les pieds dans les
chaussures péniblement, le radiateur brûle pres-

que l'étoffe aux genoux. Et les mots se fraient leur chemin sans qu'il puisse les surveiller.

« Ne croyez pas ce qu'ils raconteront, ils n'ont rien vu ; ce sont des peintres, je crois, c'est pour ça qu'on le voit l'été sortir en chandail ; ils ont entendu et ils sont venus, l'air très effrayé, elle surtout, j'aurais juré qu'elle claquait des dents ; je les voyais, j'étais dans l'ombre, mieux que je ne vous vois, en robe de chambre tous les deux ; ils n'ont pas eu l'idée que j'étais là caché, comment s'en seraient-ils douté ? Car tout était déjà fini quand ils sont arrivés, et ils ont seulement constaté qu'elle était morte ; ils ont essayé de la faire boire, mais il n'y avait plus rien à faire, vous comprenez ; elle aura été tuée sur le coup, sans souffrances.

J'étais seul à ce moment-là ; tout le monde dormait encore dans la maison ; j'ai entendu le bruit de la porte que j'avais oublié de fermer, ils hésitaient ; j'ai eu juste le temps de fuir ; s'ils m'avaient aperçu, je l'aurais vu à leurs gestes et leurs visages, et à un moment, j'ai bien cru qu'elle me regardait avec ses yeux trop grands ouverts, mais elle a tourné la tête sans rien dire. J'ai très soif, je m'excuse. Merci, merci, pas trop d'alcool, mettez beaucoup d'eau... »

Ses mains tournent dans la chaleur. La lumière commence à traverser le verre épais de la bouteille.

« Parce qu'ils voudront raconter, vous savez comment les gens sont, et ils répandront des bruits contre moi. »

Donnant le verre, calmement, presque avec indifférence :

« Mais comment, s'ils ne vous ont vraiment pas vu ?

— Ils n'ont pas pu se retenir ; il fallait qu'ils annoncent leur trouvaille, ils sont allés chez mes cousins ; Dieu sait ce qu'ils ont pu leur dire. Et moi j'ai fait une folie... »

Lampe le contenu du verre, le pose.

« Parce que les apparences sont contre moi. Il y avait de la lumière dans la chambre d'Alexis, et j'avais voulu savoir pourquoi cette porte elle aussi était ouverte, car justement je désirais voir Alexis, et je n'ai pas pu m'empêcher, j'ai juste passé la tête et je l'ai vu qui pérorait, et ma tante m'a reconnu.

Vous croyez que j'arrange les choses, et vous aussi vous allez commencer à raconter l'histoire à votre manière, et naturellement ils vous écouteront tous, surtout que vous direz la même chose que les peintres, et je suis trop bête de continuer à vous donner des armes contre moi, et vous mentez en m'écoutant, car vous ne cherchez qu'à vous venger de l'amabilité que me montrait votre nièce, vieil espion, comme je vous méprise ; finissez de regarder mes mains; vous vous trompez du tout au tout, c'est une écorchure ; et puisque je vous dis que c'est le coup qui l'a fait mourir, et qu'il n'y a pas de blessure, et que tout le sang qu'elle a sur elle c'est la salissure que je lui ai faite... »

Presque dressé ; il retombe secoué d'un rire nerveux. L'éclairage rosâtre peu à peu envahit les joues de Samuel.

« Pardonnez-moi.

Je ne sais ce que vous allez penser de moi.

J'ai entendu crier, je suis descendu pour voir, moi aussi.

Déjà la porte était ouverte, mais moi, c'est dans l'escalier de service que j'étais ; il a fallu que je passe par le carreau, c'est là que j'ai cassé le verre.

Et j'ai allumé la lumière, et je l'ai vu qui l'embrassait, et sa tête qui se retournait, et qui me regardait en riant.

Et lui, il a vu, il a tout vu, il a vu quand je lui ai lancé à la figure, et il s'est enfui en éclatant de rire, et tous ils étaient là en éclatant de rire.

Et je me suis retrouvé seul avec elle, et sa robe, sa grande robe, un peu jaune, qui parais-blanche sous les lustres.

Si sale.

Et je ne savais pas qu'elle était morte, et je voulais lui dire quelque chose, mais quoi, car elle était tombée d'une façon si affreuse.

Et puis ils sont arrivés et je me suis caché.

Comment pouvez-vous croire que c'est moi, alors que j'avais tellement envie qu'elle danse avec moi, et je lui en voulais tant de s'amuser avec tous ces garçons frivoles.

Et pourtant je ne l'importunais pas ; elle se doutait bien, c'est tout, comme toutes les jeunes filles, à l'affût de ces choses-là, me méprisant, pour rien, parce que j'étais mal habillé et timide, et cousin des curés, comme vous me méprisiez ; si elle m'avait invité ce n'était pas par amitié, mais par pitié, et à vrai dire elle ne m'avait même pas invité, elle m'avait laissé accompagner votre nièce par pitié, et si vous m'écoutez en ce moment, je sais bien que c'est

encore par pitié. Mais il doit y avoir autre
chose dans votre cas, la pitié seule ne pourrait
vous donner la patience d'écouter à pareille
heure toutes ces histoires banales et risibles. »

S'arrête brusquement.

Il regarde par terre ; les dessins du tapis
l'iran, les oiseaux en triangle qui deviennent
visibles.

Samuel attend, pensant qu'il va peut-être
recommencer à parler.

Lézards du paradis, hérons,
et parmi les plus tendres fougères, la mangue.

Tout le mur entre la fenêtre et l'armoire était
consacré à la piété.

Elle aurait bien voulu peindre les saints et
les anges, mais elle avait toujours reculé devant
la figure humaine, et ce n'était pas à son âge
qu'elle allait introduire une pareille innovation
dans son art.

Vierge Marie, je suis fatiguée ce matin, c'est
que je suis déjà vieille. Comme ils frappaient
des pieds, comme ils faisaient marcher fort la
musique. Autrefois il fallait avoir un piano, ou
des musiciens ; nous avons dansé nous aussi ;
il y avait des places ensoleillées, et des portails
quand il pleuvait ; Augustin voyage dans votre
archipel.

Je ne suis qu'une vieille paysanne allemande,
et pas bien pieuse ; je ne vais à la messe que
tous les dimanches, mais je vous fais un rapport
fidèle, et j'ai grande confiance en vous. Je vous
prie pour Louis Lécuyer qui est plus à plaindre
qu'Alexis et Jean.

Presque le jour dans la verrière. Pourvu qu'ils aient laissé la porte ouverte, sinon... Quelle misère. J'en étais sûre. Voici le bouton de leur sonnerie, et puisqu'on est arrivé là il faut bien déclencher ce bruit d'engrenages.

Mon vieux cœur.

Et le jour qui vient comme une couleuvre.

Jean dans son sommeil, Alexis dans son lit, Augustin dans son tombeau, et Louis j'espère qu'il est dans sa chambre, auprès de ma très bonne Charlotte qui doit se réveiller malgré sa courte nuit, car elle a toujours été matinale.

Que font-ils ?

Je ferai bourdonner leur horrible sistre comme un essaim de mouches métalliques un jour d'orage bas jusqu'à ce qu'ils viennent et qu'ils me tirent de ce doute, et que tout redevienne étale.

Leurs pas.

Les lames de leur parquet craquent, et leurs plaintes s'enfilent sous la porte.

Mais si la lumière est allumée, et si la disposition des pièces est semblable à celle de chez nous, comme toutes les portes doivent encore être ouvertes à l'intérieur, ils vont la voir, telle que les peintres l'ont vue ; s'il était seul levé, il sera allé réveiller sa femme ; et quand elle verra sa fille ainsi étendue sans mouvement, et sanglante, avait-il dit, elle ne pourra s'empêcher de crier.

Quand ils m'ouvriront, que leur dirai-je ?

Un vent d'inconséquence a soufflé sur cette maison, et j'en ai tant respiré que mes actions se brisent en tronçons qui ne s'accordent plus.

Et sans doute il n'y a plus aucun espoir, et

le docteur n'apportera qu'une confirmation car
son corps doit être déjà raidi ; c'est pour cela
que je n'entends plus rien.

Et la voix de Lydie Vertigues qui crie ; et
qui est couverte par la sonnerie, sur laquelle
Virginie appuie comme si le son de scie et de
lime pouvait user la cloison ; qui s'ouvre violemment ; et la tête furieuse de l'homme dans
son pyjama fripé :

« Oooh.

Excusez-moi, madame...

— Je comprends ; je puis entrer ?

— Mais...

— Je vois ce que vous allez dire ; ce sont les
peintres ; c'est trop compliqué...

— Quels peintres ? »

L'essaim brouillé des soupçons ; il la dévisage
avec une sorte de répulsion.

O rosiers d'Allemagne et de Rhodes, protégez-
moi contre cette avalanche de fleurs funèbres.

« Je crois qu'il s'agit d'un accident. »

Du temps passe.

« Avez-vous de l'argent ? »

Blanc.

« Non. Pourquoi ?

— Il faut que vous partiez.

— Où voulez-vous que je parte ?

— Comprenez qu'à la rigueur on pourra faire
admettre à la police que c'est un accident, mais
tous les gens de la maison... »

Louis tire son portefeuille.

« Cinq mille deux cents ; j'aurais été obligé
d'emprunter à mon cousin avant la fin du mois.

— Je vais vous en prêter. J'expliquerai tout

à votre tante. Je puis vous offrir une chance.
Mon Dieu, vous ne pouvez pas sortir comme ça ;
vous allez prendre un bain ; mes costumes seraient trop grands pour vous ; je ferai de mon
mieux pour brosser le vôtre pendant que vous
vous laverez; je vais vous chercher une cravate.
Le métro est ouvert maintenant; vous irez prendre le premier train pour Marseille. Avez-vous un
passeport sur vous ? Ah bien, c'est qu'il vous
faudrait un visa. Je l'enverrai chez un ami dont
je vais vous donner l'adresse, et puis vous pren-
drez le bateau pour Alexandrie. J'espère que
vous ne serez pas poursuivi ; je m'arrangerai
pour que monsieur et madame de Vere se
taisent. De toute façon vous avez le temps ;
vous pouvez aller dormir toute la journée dans
un hôtel, si vous en avez le courage. Je vais
écrire, je vous donnerai des recommandations
pour un certain nombre de personnes, et peut-
être vous saurez vous faire une vie là-bas... »

« Martin...

— Allons, allons.

— Martin...

— Les parents sont réveillés ; l'abbé a dû
arriver chez eux.

— Martin...

— Mais oui, recouche-toi, oublie tout ça.

— Comment peux-tu rester ici à dormir alors
que ces pauvres gens...

— Nous ne ferions que gêner. Ah, je sais
bien que je ne parviendrai pas à t'empêcher... »

Fond en larmes.

On voit dans la chambre ; le jour passe au travers des volets.

Les trois enfants se réveillent et se mettent à crier.

XII

Le roulement du métropolitain, et des trains lointains qui partent pour la banlieue, pour la province, ou les vacances. Autour de la maison l'impression de ville vide, la vitre du matin que raient les premiers bicyclistes.

Apparais enfin dans ton extérieur, grande pile de veilles et de sommeils, te voilà rendu à ta destination diurne, élément d'une rue qu'on ne regarde pas.

Tout immeuble est un entrepôt, avec ses étages et son trafic, les meubles qu'on emménage ou qu'on emporte, ces humains qui ont là leur lieu d'attache, avec leurs parents et leurs possessions, et ceux qui ne reviendront plus.

Comme toute tête est un entrepôt, où dorment des statues de dieux et de démons de toute taille et de tout âge, dont l'inventaire n'est jamais dressé.

Un jour nouveau qui sonne clair et froid com-comme la couleur de la mer, commence pour tous ceux que la nuit a brassé dans un même malheur, et ceux pour qui rien n'a changé, car la vieille Elizabeth a déjà trotté jusqu'à sa messe, la vendeuse amoureuse et son bel employé viennent seulement de quitter leur enla-

cement, et tous, l'un après l'autre, seront réveillés sauf Angèle, comme ils s'étaient tous
endormis sauf Louis, et même Samuel Léonard
qui s'est effondré sur son lit sans se dévêtir.

« Ce sont les meubles du matin », dit Charlotte; « ils sont toujours à votre service dès
qu'on arrive, mais mal éveillés ; ils ont besoin
d'êtres humains pour les aider à vivre. La nuit
a déposé partout une mince couche de poussière ;
c'est la rosée de l'intérieur des maisons. »

Dans le hall en bas, que la lumière rose
imbibe, Louis Lécuyer s'en va, un pas puis
l'autre pas ; une chemise nouvelle, une cravate
nouvelle, des chaussures nouvelles, trop grandes,
ni valise, ni serviette, ni manteau sur le bras ;
ses pieds ne se soulèvent pas ; il s'en va, mais
il ne sait pas où il va ; de l'argent dans sa poche ? Oui, et des lettres, le numéro de téléphone
de Léonard. Que s'est-il passé ? A l'hôtel ; il
attendra ; comment trouver un hôtel ? Le train,
le bateau...

Se coule dehors.

Et le médecin qui le frôle, avec sa petite sa-
coche pour les instruments.

Alexis, inquiet de ne pas voir redescendre sa
mère, sonne au palier des Vertigues.

La première automobile bruyante.

Et son frère Jean :

Déjà le jour envahit mon bureau ; j'ai encore
oublié de fermer les volets. J'ai tout manqué,
l'épervier phénix de l'enfer qui se dresse au-
dessus du serpent scarabée abandonnant le corps
vert de son ombre, les dieux qui se servent d'é-
toiles pour chanter leurs hymnes, et apportent
au soleil dans sa barque son nouveau visage, et

la grande compagnie d'heures et d'astres qui
l'accompagnent dans son ascension des eaux.
Aveugle, abandonné, la fermeture de la porte
m'ayant exclu de la lumière, j'ai mêlé mes larmes et mon effroi à ceux de tous les habitants
de ces marais de naphte.

Au-dessus, les époux Mogne côte à côte. Frédéric caresse le visage de Julie encore endormie.

« Il faut que j'aille faire lever Félix ; il va
être en retard à son lycée. »

Les enfants de Vere commencent à se calmer ;
les parents s'attachent à les consoler. Clara
Grumeaux s'enfuit.

Et l'abbé Jean :

Voici que je vais me lever, me laver, revêtir
ma soutane, et il me faudra dire ma messe comme tous les jours dans les ornements sacerdo-
taux : l'aube, l'étole, et la chasuble, et quand
je m'approcherai du crucifix, le triste enfant de
chœur agitant sa sonnette, et moi tenant le
calice et la patène sous leur petite tente de bro-
cart, j'aurai du mal à soutenir sa vue ; il dira
de ses lèvres de cuivre : tes rêves sont plus
sincères que tes prières, va donc vers ces dieux
qui te tourmentent, et ne perpétue plus ce mensonge de consacrer mon corps et mon sang avec
des mots qui ne viennent que de la surface de
ton cœur.

Dans ma protestation, le son même de ma
voix me démentira.

La deuxième automobile bruyante. Le médecin
monte. Samuel Léonard respire bruyamment.
Lucie prépare un biberon. Dans la chambre de
Louis la flamme bleue de l'alcool va s'éteindre ;
l'eau de la casserole s'est évaporée.

Dormaient, dormaient dans ces maisons.

Pourquoi m'avez-vous livré à ces vieux en-
chanteurs qui se rient de mon ignorance ? Je
vous accuse ; je m'étais lié à vous pour toujours, et me voici, bien malgré moi, de quelque
sens que je me tourne, inévitablement apostat.
Alexis eut la sagesse au moins de ne pas s'attacher à de si beaux démons, qui profitent des
fissures nocturnes pour intervenir ; hélas, où en
est-il, tendu, nerveux, perdu ? Et les chaînes qui
le rattachent à vous lui sont peut-être aussi
lourdes qu'à moi.

Métro, timbre qu'un bicycliste fait sonner
contre sa roue, la troisième automobile bruyante ;
salut, socs labourant le jeune jour pour une
moisson de paroles dans ces maisons.

Sonne le médecin au palier des Vertigues, lui
ouvre Virginie au chapelet, toujours hantée par
la même apparition d'un visage, Augustin, Louis.
On n'a rien déplacé.

Soyez bénies, sources du jour.

Pensées du matin, pensées qui vont s'effacer.

Vous les aviez tous supplantés couronné d'é-
pines, mais après des siècles d'attente et d'efforts, ils vous ont entraîné dans leur éloignement. Gardien, vous nous avez trahis, qu'avez-
vous fait de votre vigilance ? Ils s'insinuent
dans nos affiches, nos machines, se rient de
nous, cachés, se nourrissant de nos arrières-pen-
sées, car ils nous tiennent dans leurs mains
comme des coquilles que l'on casse, ou la page
d'un livre que l'on froisse, et que l'on s'amuse
à voir brûler. Et ces noms, vous nous les avez
fait perdre, qui nous auraient permis de tenir
compte de leur efficace ; car il ne s'agit pas de

supplier mais d'honorer ; en est-il un seul qui
n'ait fini par abandonner ses fidèles à leur
plaintes ?

Gertrude, toute pâteuse, trouve la porte de la
cuisine entrouverte. Quelle imprudence ; seigneur, si madame savait ; s'il y avait eu un
voleur. Elle en rit. Curieuse, va vers les débris
de la fête.

Soyez bénis reflets des cuivres, disait Charlotte, qui réchauffez toutes mes fleurs ; soyez
bénie, flamme du gaz, feuille nouvelle du calendrier.

Introïbo. Les pierres, les ornements me diront : idolâtre, d'autres parties de ton âme vont
chanter, en ce moment même, des louanges à
des autels différents ; c'est à peine si tu obtiens
les quelques moments de silence nécessaires en
toi à la prononciation des paroles sacramentelles ;
ô déguisé, tandis que tu béniras, crois-tu que
nul, dans l'église obscure et froide, ne s'aperce-
vra de la honte qui te montera au visage ?

Il faut réendosser les devoirs quotidiens.

Madame Phyllis ouvre les yeux ; la vieille
Elizabeth remonte.

Gertrude voit dans le salon le corps et tous
ces gens autour : monsieur, madame, et cette
autre dame du premier, et ce monsieur l'abbé,
et cet autre monsieur qu'elle n'a jamais vu, qui
va parler :

« Eh bien... Je crois qu'il n'y a plus rien à
faire... Et, il faudrait prévenir la police... Voulez-vous que je m'en charge ?... Croyez que... »

La lumière entre en plein sur la main crispée,
l'épaule ensanglantée, la robe, sa poussière et
son vin.

Les rideaux de fer des deux magasins d'en bas qu'on lève. Les automobiles bruyantes, le métro, les timbres, les sifflets des trains, les sirènes qui commencent.

Alexis qui fait un signe de croix furtif, et qui murmure :

« *Et lux perpetua...* »

Sept heures sonnent au clocher des sœurs.

CET OUVRAGE A ÉTÉ ACHEVÉ
D'IMPRIMER LE HUIT SEPTEMBRE
MIL NEUF CENT QUATRE-VINGT QUATORZE
SUR LES PRESSES DE L'IMPRIMERIE
DE LA MANUTENTION À MAYENNE
ET INSCRIT DANS LES REGISTRES
DE L'ÉDITEUR SOUS LE NUMÉRO 2915

Dépôt légal : septembre 1994